KB001873

서양의 고전을 읽는다

3

문학

서양의 고전을 읽는다

3

문학

humanist

■ 일러두기

- 이 시리즈는 '오늘의 눈으로 고전을 다시 읽자'를 모토로 휴머니스트 창립 5주년을 기념하여 기획한 것이다. 안광복(중동고 교사), 우찬제(서강대 교수), 이재민(휴머니스트 편집주간), 이종묵(서울대 교수), 정재서(이화여대 교수), 표정훈(출판 평론가), 한형조(한국학중앙연구원 교수) 등 7인이 편찬위원을 맡아 고전 및 필진의 선정에서 편집에 이르는 과정을 조율하였다.
- 이 시리즈는 서양과 동양 그리고 한국 등 3종으로 나누었고 문학과 사상 등 모두 14권으로 구성하였다. 말 그대로 동서고금의 고전 250여 종을 망라하였다. 이 기획의 가장 흥미로운 특징은 각 분야에서 돋보이는 역량과 필력을 자랑하는 250여 명의 당대 지식인과 작가들이 저자로 참여했다는 점이다.

머리말

지식과 사유의 보물창고, 서양 문학 고전과의 대화

1

빠르다. 무척 빠르다. 어쩌자고 세상과 문화는 이토록 빠르게 변하는가. 현란한 이미지와 급변하는 스펙터클들의 질주 속에서 우리는 적잖이 현기증을 느낀다. 강한 인상과 자극을 수반하며 새로운 시각적 경험을 제공하는 스펙터클의 놀라운 볼거리, 엄청난 구경거리는 어느덧 이미지 자체를 넘어서 인간 사이의 사회적 관계마저 규율한다. 스펙터클들은 실재의 사막을 넘어 실재를 대체하고 다른 차원에서 실재화된다. 기존의 객관적 상관물이나 콘텍스트 개념을 교란시키면서 그것들은 스펙터클로서의 사회를 형성한다. 그 사회는 TV나 디지털 복합 매체 등을 통해서 빠른 속도로, 찰나적으로, 강렬하게 그리고 점멸하는 환각처럼 대중들을 파고든다. 스펙터클의 발빠른 생산과 소비는 이제 일상이 되었다. 전적으로 그런 것은 아니지만 이벤트, 스펙터클, 해프닝, 매체 이미지 등을 통해 시간

지평은 붕괴되고, 편의점으로 대변되는 인스턴트성에 대한 집착은 가속화된다. 시간성이 뒷걸음질하는 가운데 공간성이 성큼성큼 이 소비 사회를 가로지르는 형국이다. 이미지의 장면적 공간 구성에서 하이퍼 공간, 사이버 공간까지 헤아려보면 우리가 지금 이미지의 공간 천국에서 살고 있음을 쉽게 수긍할 수 있을 터이다.

2

그렇다면 그 공간 천국에서 우리는 과연 행복한가. 시간을 의식하고 역사를 고뇌하던 시절에 비해 고통이 줄어들었던가. 아무리 문화 지형에서 시간성과 역사성이 지워지고 있다고 하더라도 여전히 현실에서는 시간의 문제와 역사의 곤혹이 살아 숨쉬는 게 아닐까. 다만 시간과 공간의 불일치 현상만 가속화되는 게 아닐까. 시간의 줄기를 이탈한 환각적 공간의 이미지들만 출렁대는 가운데 인간 의식이 거기에 미혹되고 있는 게 아닐까. 가령 생각해보자. 현실의 시간과 역사에서 도대체 무슨 일이 일어나고 있는가 말이다. 여전히, 아니 더 잔혹한 방식으로 엽기적인 살인 행각이 연이어 일어나고, 이익 집단 사이의 갈등은 심화되고 있다. 많은 나라에서 부의 편중 현상은 더욱 깊은 골을 보이고 있으며, 생태 환경의 위기나 핵무기의 위협 또한 만만치 않다. 요컨대 일찍이 칸트가 주장했던 이상주의 사회에 인류는 전혀 근접하지 못하고 있는 실정이다.

우리가 이미지나 스펙터클이 꾸미는 공간 천국의 몽환에 섣불리 안주할 수 없는 이유는 그 밖에도 많을 것이다. 어쨌거나 공간성에 의해 뒷전으로 밀린 시간성과 역사성이 우리네 잠자는 의식을 부단히 일깨우고 있다. 프루스트식으로 '잃어버린 시간을 찾아서' 나서든지, 조세희식의 '시간 여행'을 하거나, 이인성식으로 '낯선 시간 속으로' 탐문 여행을 하라고 말이다. 예로부터 문학의 상상력은 개인의 의식과 무의식, 몸과 혼, 인간과 인간, 공간과 공간, 과거와 현재와 미래 사이의 심연을 채우고 연결하는 역할을 담당했다. 일찍이 헬레니즘이 인간을 언어 동물로 정의한 바 있거니와, 문학은 그 이전부터 언어를 통해 인간의 가능성 및 존재의 위엄과 영광을 추구하려는 창조적 노력의 소산이었다. 『논어』에서도 시를 읽지 않으면 말할 게 없다고 했다. 문학이 교양 형성의 기본적인 토대로 중시되었던 사정은 동양이나 서양이나 할 것 없이 비슷했다. 키이츠의 표현을 빌어 에둘러 말하자면, 문학은 오랜 옛적부터 인간 '영혼 형성의 골짜기'였다. 문학이라는 이름의 영혼 형성의 골짜기에서 인간은 내면적인 자기완성과 타자와의 교유를 통해 바람직한 시민의 덕성을 갖출 수 있었다. 또 얼굴 없는 존재의 익명성의 늪에서 벗어나 자기를 발견해 나가는 과정에서 아주 중요한 정신의 환기 장치 구실을 해왔다.

3

디지털 정보화 사회에서, 스펙터클 소비 사회의 한복판에서 종종 길을 잃기 쉬운 우리가 문득 문학의 숲을, 그 영혼 형성의 골짜기를 그리워하는 것은 차라리 당연하다. 문학의 그윽한 숨결, 고전의 향취가 향수처럼 우리를 이끌 때 우리는 새로운 창조적 삶의 가능성을 발견하는 기쁨을 누릴 수 있다. 특히 입시를 비롯한 무한 경쟁 상황 및 비속한 문화 상황에서 진정한 성장의 이데아를 갈구하는 청소년들에게 고전의 향기는 매우 의미 있고 유익한 영혼의 양식이 될 수 있다. 아니, 단지 영혼의 양식에서 그치는 것이 아니다. 그것을 바탕으로 각 분야에서 창조적 에너지를 탐색해 나간다면 귀중한 지상의 양식이 될 수도 있는 것이다. 아울러 우리와 역사적 문화적 환경이 다른 서양문학에서 보이는 삶과 죽음, 사랑과 이별, 평화와 전쟁, 부유와 가난, 희망과 좌절, 기쁨과 슬픔 등 삶의 의미 있는 요소들에 대한 다양한 상상력과 지혜를 통해 우리는 세계화 시대를 선도할 문화적이고도 실질적인 감각과 교양을 터득할 수 있을 것으로 본다.

4

이렇게 서양의 좋은 고전 문학 작품 읽기를 통해 수준 높은 문화적 교양을 함양하여 당당한 세계 시민으로 우리 청소년들이 성장할 수 있기를 기대하는 마음으로 이 책을 엮었다. 청소년의 눈높이에 맞추어 고전들을 각각의 대표독자들이 먼저 읽고, 영혼과 지혜의 대화를 나누고자 했다. 대표독자들과 새로운 세대의 독자들이 진정한 인간 영혼 형성의 골짜기에서 만나, 우리 모두 아름답고 진실하고 행복한 존재들일 수 있기를 소망했다.

전체를 8장으로 나누고, 넓은 범주의 문학 주제나 스타일을 고려하여 우선 상·하권으로 분리하였다. 상편에 해당하는 이 책에서는, 인간의 운명과 존재에 대한 본원적 성찰의 상상력(호메로스·소포클레스·괴테·톨스토이·헤밍웨이), 영혼의 성장을 환기하거나 탐색하는 상상력(토마스 만 · 릴케 · 헤세 · 생텍쥐페리), 절망적인 현실에서 구원의 가능성을 출애굽기처럼 탐문하는 상상력(단테 · 푸쉬킨 · 엘리엇 · 존 스타인벡), 사랑과 죄의 다층적 점묘화(하이네 · 도스토옙스키 · 오 헨리 · 파스테르나크) 등 네 가지 범주로 구성하였다. 물론 어떤 작품이 특정 주제만을 환기하는 것은 아니나, 독자들이 서양 고전의 세계에 접근하는 다소 편안한 길을 마련하기 위해 그렇게 했다. 그러므로 해당 주제 경로에서 독자들은 무수히 많이 여러 길로 난 새로운 트임을 확인하게 될 것이다. 상·하권에 수록된 34편 이외에도 서양 문학을 대표하는 여러 작품들이 기획에 포함되었지만, 청탁과 원고 수거 과정에서 부득이 빠지게 되었다. 그 부분들을 포함하여 많은 부분들을 새로운 세대의 독자들이 채워 넣어야 할 것이다. 바쁜 와중에도 귀한 원고를 건네주신 대표독자 여러분께 진심으로 감사의 말씀을 올린다.

끝으로 이 책은 어디까지나 서양 고전의 세계로 가는 초입에 놓인 안내 표지판에 불과함을 밝혀야겠다. 눈 밝은 젊은 독자들이 해당 고전들을 직접 찾아 읽으면서, 예의 영혼 형성의 골짜기에서 누릴 수 있는 최대치의 행복한 독서 체험을 향유할 수 있었으면 한다. 넓고도 깊은 고전의 숲에서라면, 우리 잠시 길을 잃는다 해도 얼마든지 좋으리라. 새 세상, 새 우주를 꿈꿀 수 있을 터이기 때문이다.

2006년 5월

편찬위원을 대신하여 우찬제

차례

《서양의 고전을 읽는다》 3권 - 문학 上

《서양의 고전을 읽는다》 1권-인문 · 자연

I. 지혜가 이끄는 삶

01 크세노폰, 『소크라테스 회상』 / 안광복

02 아우렐리우스, 『명상록』 / 이창우

03 데카르트, 『방법서설』 / 이현복

II. 이성과 자유의 이중주

01 스피노자, 『에티카』 / 최영주

02 칸트, 『형이상학 서론』 / 강영안

03 헤겔, 『정신현상학』 / 강순전

III. 해방된 감성, 웰빙을 이끌다

01 니체, 『차라투스트라는 이렇게 말했다』 / 김정현

02 소쉬르, 『일반 언어학』 / 김성도

03 푸코, 『감시와 처벌』 / 윤평중

04 프로이트, 『꿈의 해석』 / 박정수

05 에리히 프롬, 『소유냐 삶이냐』 / 박홍규

IV. 시간과 문명의 파노라마

01 마르코 폴로, 『동방견문록』 / 김호동

V. 문명의 가면을 벗기다

《서양의 고전을 읽는다》 2권-정치 · 사회

I. 정의와 권력, 정치 변증법

II. 자유를 넘어 평등으로

II. 낮은 땅, 높은 이야기

III. 여성성으로, 여성성을 넘어

IV. 가능세계, 혹은 허구적 실험

I 운명과 성찰

이처럼 신들은 두 편으로 갈라져 앉아 계략만 꾸밀 뿐,
양편 다 먼저 비참한 전쟁에 뛰어들기를 꺼렸다.
그러나 제우스는 높은 곳에 앉아 싸우도록 명령했다.
이제 온 들판은 사람들과 말들로 가득 찼고 청동으로 빛났다.
양군이 서로 마주 달려드니,
그들의 발 밑에서 대지가 크게 울렸다.
가장 용감한 두 전사가 서로 싸우기를 열망하며
양군의 중앙에서 마주치니, 그들은 곧
앙키세스의 아들 아이네이아스와 고귀한 아킬레우스였다.

호메로스 (기원전 8세기 경에 활동)

기원전 8세기 중·후반에 현대 터키의 서부 해안인 이오니아 지역에서 활동했던 것으로 추정되는 시인이다. 여러 도시가 서로 그의 탄생지라고 주장하고 있으나 확실한 것은 없으며, 심지어 시인의 존재 자체가 의심을 받기도 한다. 그의 작품으로는 『일리아드』와 『오디세이』가 온전히 전하고, 그밖에 『호메로스의 찬가』라는 작품도 일부 전해지지만 이것은 보통 후대 사람들이 지어 덧붙인 것으로 간주되고 있다.

이 시인은 서양 최초의 문학작품을 쓴 사람이기 때문에 서양의 문화를 언급할 때 항상 첫 자리에 언급되고 있으며, 그의 작품들에는 온갖 지식, 이를테면 활이나 방패 따위의 전쟁무기, 전차나 배 같은 장비들에 대한 지식, 해부학, 약초 다루는 법 등이 들어 있어서 예부터 일종의 백과사전으로 여겨져 왔고, 시인 자신도 엄청난 지식의 소유자로 생각되었다. 그의 작품들은 학생들의 교육 자료로 사용되었고, 많은 고대 지식인들이 그의 작품을 자기 나름으로 외워서 인용하고 있다.

01

서양 최초의 문학 작품
호메로스의 『일리아드』와 『오디세이』

강대진 | 전국민대학교 겸임교수

'그 좋다는 책이 왜 이렇게 지루하지?'

기원전 8세기경에 호메로스(Homeros)가 지은 것으로 알려진 『일리아드(*Iliad*)』와 『오디세이(*Odyssei*)』는 기원전 13세기경의 희랍(希臘) 일대[1]를 배경으로 한 이야기 시이다. 『일리아드』는 트로이 전쟁 중에 있었던 일을, 『오디세이』는 그 후의 사건들을 각각 다룬다. 앞의 작품에서 중심인물은 아킬레우스(Achilleus)[2]이고, 뒤의 작품 주인공은 오디세우스(Odysseus)[3]다.

서양에서 가장 먼저 문화가 꽃피었던 곳은 희랍이고, 그 땅에서도 가장 먼저 나온 것이 이 두 작품이다. 그래서 그 후 희랍과 유럽의 수많은 작가들이 이 작품들 내용을 끌어다 쓰거나 아니면 그 내용을 조금씩 바꿔서 자기 작품을 썼다. 그러니 이 작품들을 모르고는 유럽의 문학작품들을 제대로 이해할 수가 없다. 하지만 이런 말을 듣고서, "아, 이 작품들을 직접 읽어봐야겠구나" 생각하고, 그것을 정말로 시도하는 사람은 곧 어려움에 부딪히고 만다. 읽기가 너무 힘든 것이다. 모르긴 해도 이미 많은 사람들이 "그 좋다는 작품이 왜 이렇게 지루하냐"면서 중도 포기했을 것이고, 앞으로도 그럴 것이다. 사실은 그럴 만한 이유가 있다.

요즘에는 『일리아드』와 『오디세이』를 이야기 중심으로 개작한 책들이 많이 있지만, 만약 원문에 충실한 번역본을 손에 잡은 독자들이라면 맨 먼저, '쓸데없는' 구절이 거듭해서 나오는 데 짜증이 날 것이다. 그냥 '아킬레우스'라고 하면 될 것을 꼭 '펠레우스의 아들 아킬레우스'라고 한다든지, 민첩성을 강조할 이유가 없는 대목에서도 '발이 빠른 아킬레우스'라고 하기 때문이다.

이렇게 문맥에 맞지 않아 보이는 구절이 자꾸 나오는 것은 애당초 이 작품들이 문자로 창작된 것이 아니기 때문이다. 물론 어느 시

---

1) 희랍은 유럽의 제일 동쪽에 있는, 보통 '그리스'라고 부르는 나라다. 하지만 '그리스'라는 말은 영어식 표기이고 그 나라 사람들은 '헬라스'라 부르며 그것을 한자로 옮긴 것이 '희랍'이다. 따라서 되도록이면 '희랍'이라고 하거나 아니면 '헬라스'라 부르는 것이 옳을 것이다. 그것들을 버리고 '그리스'만을 고집한다면, '도이칠란트' 또는 '독일'을 '저머니'로 부르자고 주장하는 것과 다를 바 없다.

2) 트로이 전쟁에 참가한 영웅 중 가장 탁월한 전사다. 트로이 함락 이전에 파리스의 화살을 맞고 죽는다.

3) 트로이 전쟁의 영웅들 중 가장 지혜로운 전사다. 전쟁이 끝난 후 10년의 방랑 끝에 겨우 고향으로 돌아간다.

루벤스의 그림 「파리스의 심판」. 미모로써 경쟁을 벌이는 세 여신(왼쪽부터 헤라, 아테네, 아프로디테).

기엔가 글자로 쓰이긴 했지만 그 이전에 상당히 오랜 동안 입에서 입으로 전해졌고, 또 공연될 때마다 즉석에서 짜 맞춰지곤 했던 것이다. 이 시들은 우리의 판소리처럼 여러 사람들 앞에서 공연되던 것인데, 공연자는 운율이 맞는 구절들을 외고 있다가 필요할 때마다 이것들을 거듭 사용했었다 — 이런 시를 구송시(口誦詩)라고 한다.

독자를 어리둥절하게 하는 초반부

『일리아드』의 도입부는 보통 수준의 독자에게 약간 당혹스러울 수도 있다. 이 서사시의 주제를 트로이 전쟁으로 알고 있는 독자들은 그 서두에서 신화의 내용이 나올 것이라 기대하기 쉬운데 그게 아니기 때문이다. 즉, 아킬레우스 부모님의 결혼식에 불화의 여신 에리스가 나타나서 황금 사과를 던지고 다른 여신 셋이 등장하여 저마다 그 사과를 자신의 것이라 주장한다. 그래서 트로이의 왕자 파리스에게 판결이 맡겨지고 세 여신 가운데 사과를 얻은 아프로디테의 도움으로 파리스가 희랍 최고의 미인 헬레네를 데리고 달아나며 그것이 원인이 되어 희랍군이 트로이로 쳐들어간다는 내용 말이다.

그런데 엉뚱하게도 『일리아드』의 제1권은 어떤 여신 — 이 여신이 무사(Mousa)여신이라는 것은 한참 뒤에야 나온다 — 에게 아킬레우스의 분노를 노래해 달라고 청하는 것으로 시작된다. 사실은 이것이 『일리아드』의 직접적인 주제다. 이 서사시는 아킬레우스의 분노가 어떻게 시작되고 어떻게 방향을 틀어서 어떤 식으로 해소되는지를 노래한 것이기 때문이다.

하지만 전체적으로 본다면, 트로이 전쟁을 다룬 작품이라 해도 틀린 것은 아니다. 옛 서사시들은 모두가 사건의 중간에서 시작하되, 사건의 시작과 끝을 그 안에 담고 있기 때문이다. 『일리아드』 역시 트로이 전쟁이 일어난 지 10년째 되던 해의 며칠만을 다루고 있으나 그 안에 전쟁의 원인과 결말을 모두 담고 있다.[4] 어쨌든 이렇게 예상을 뛰어 넘어 '소박하지 않게' 구성되어 있다는 점이 독자를 당황하게 하는 것이다.

---

4) 전쟁의 원인은 당시의 모든 독자/청중이 알고 있었으므로 다시 언급하지 않고, 그것의 원인이 된 두 사람의 대결이라는 형태로 재현된다. 전쟁 결과 역시 모든 청중이 알고 있으므로 시인이 직접 전하지 않고, 주로 트로이 쪽 사람들의 말 속에 앞일에 대한 예상이라는 형태로 드러난다.

작품의 줄거리는 아주 간단하다. 희랍군의 용사 아킬레우스는 자신을 무시하는 총사령관 아가멤논에게 화가 나서 전투를 거부하고, 여신인 자기 어머니에게 부탁해서 자기편이 지도록 일을 꾸민다. 희랍군은 아킬레우스 없이도 한동안 잘 싸우지만 결국 엄청난 위기에 처하게 되고, 그것을 보다 못해 아킬레우스의 절친한 친구 파트로클로스가 전투에 참가한다. 그는 적을 격퇴하여 큰 공을 세우지만 헥토르에게 죽고 만다. 거기서 아킬레우스는 친구를 죽인 헥토르에게 분노한다. 그는 신이 만든 새로운 무장을 걸치고 —『일리아드』에 나오는 무장 중에서 가장 중요한 것이라 할 수 있는 방패는, 엄청난 크기의 것으로 어깨끈을 대어 몸에 걸치는 것이다 — 나가 친구의 원수를 죽인다. 그는 친구의 장례를 치르고도 화가 풀리지 않아 날마다 헥토르의 시신을 학대하지만, 신들의 중재로 결국 그 시신을 돌려보내게 된다.

전투 장면들

이렇게 간단한 줄거리지만 실제로 『일리아드』을 읽자면 좀 어지럽다. 그 이유는 전투 장면이 너무 많아서다. 작품의 맨 앞과 맨 뒤의 몇 권을 제외하고는, 중간 어디를 펼쳐도 전투가 벌어지고 있어서, 도대체 어디까지 읽었는지 위치 파악이 안 되는 것이다.

전투 장면들을 어지럽지 않게 보는 방법은 날짜별로 나누는 것이다. 전투를 묘사한 분량은 많지만 날짜로 따지면 모두 나흘뿐이다. 다른 날들은 그것을 준비하고 정리하는 기간이다.

전투 첫 날(제3권~제7권)은 양쪽 군대가 매우 대등하게 싸우는 날이고, 전체 서술도 맵시있게 균형 잡혀 있다. 우선 맨 앞에 헬레네를 납치한 파리스와 헬레네의 원래 남편인 메넬라오스의 단독대결이 자리 잡고 있다. 중간은 희랍군의 전사 디오메데스가 대활약을 펼치는 내용이고, 마지막에는 트로이군의 전사 헥토르와 희랍군의 다른 영웅 아이아스의 단독대결이 놓여 있다. 그러니까 맨 앞에 대결, 중간에 희랍군 전사의 대활약, 마지막에 또 하나의 대결이 놓인 것이다.

첫째 날에 이어서 나머지 사흘은 하루씩 양쪽이 번갈아 가며 승리하는 내용으로 되어 있다. 즉 전투가 시작된 둘째 날은 희랍군이 대패하는 내용이고 그 다음날은 전체적으로 희랍군이 몰리는 가운데서도 양측이 서로 세 번씩 우세한 국면을 맞게 되며, 마지막 날은 아킬레우스의 출전으로 희랍군이 대승을 거두는 내용이다.

전투에 대한 묘사는, 누가 누구의 어느 부위를 어떤 무기로 가격하였고 그래서 상대자가 어떻게 쓰러졌는지를 순차적으로 나열하는 식이다. 오늘날의 독자가 보자면 좀 지루할 수도 있겠지만, 옛 청중들은 거기서 자신이 아는 이름들을 확인하고 희열을 느꼈을 것이다. 그 외에 직유(直喩)와 인물 소개(biography)가 덧붙여져 있다.

『일리아드』는 전쟁터에서 며칠간 벌어진 사건을 다루었기 때문에 일상에 대한 묘사가 매우 적다. 즉, 독자들은 『일리아드』를 읽으면서 트로이 전쟁터 주변이 도대체 어떻게 생겼는지, 날씨는 어땠는지 전혀 알 수가 없는데, 그 이유는 시인이 거기서 일어나는 일들의 배경을 전혀 묘사하지 않기 때문이다. 이런 약점을 보완해주는 것이 바로 직유들이다. 거기는 『일리아드』에 그려진 사건들의 배경에는 나오지 않던 자연과 일상이 그려지고 있다. 한편, 인물 소개는 전장에서 쓰러지는 수많은 인물들을 특징있는 사람으로 만들어주고 있다. 보통 큰 영웅에 의해 쓰러지는 사람은 그 순간에 한 번 등장하고 그것으로 끝이기 때문에 아무 특징도 없는 이름뿐인 인물이 되기 쉬운데, 인물 소개가 그런 사태를 막아준다는 것이다. 가령, 누구는 좋은 집에 예쁜 아내를 데려다 놓았지만 즐거움도 누려보지 못하고 이국땅에서 먼지를 물고 쓰러졌다든지, 누구는 재산이 많지만 그의 아버지는 상속자를 잃고 쓸쓸히 늙어가게 되었다든지 하는 식이다.

작품 첫 부분과 마지막 부분들

전투의 앞뒤에 일어난 일들을 한 눈에 파악하자면 '되돌이 구성법(ring composition)'[5)]에 주목하는 것이 좋다. 우리는 이 구성법으로 『일리아드』의 맨 앞 세 권과 맨 뒤의 세 권을 연결해 볼 수 있다.

우선 첫째 권과 마지막 권을 보자. 제1권에서 우리는 아킬레우스

---

5) 이것은 시인이 직유를 쓸 때나, 등장인물의 말을 직접 전달할 때 주로 사용하는 방법으로, 말을 시작할 때 얘기한 요소가 말을 마칠 때 다시 나오는 것이다. 가령 포이닉스라는 노인이 아킬레우스에게, 동료들이 선물을 준다고 할 때 그냥 전투에 나가라고 권고하는 부분을 보자. 처음에는 선물을 받으라고 권하며 다음으로 옛날에 있었던 비슷한 사례를 자세히 얘기하고 마지막에 다시 "그러니 너도 선물을 받고 전투에 나가라"면서 끝을 맺는 것이다. 이런 기법을 아주 복잡하게 사용하자면 ABCDE-F-EDCBA하는 식으로 앞뒤에 짝지을 수 있는 요소를 아주 많이 늘어놓을 수도 있겠지만, 아주 간단하게 하자면 A-B-A의 꼴이 된다.

가 자신의 어머니 테티스에게 희랍군이 지게 해 달라고 부탁하고, 테티스가 제우스를 찾아가서 허락을 구하는 장면을 본다. 반면에 마지막 제24권에서는 제우스가 이리스를 파견하여 테티스를 불러다가, 신들이 헥토르의 시신을 돌려주기로 결정하였으니 거기 따르도록 아들을 달래라고 말한다. 즉, 지상의 인간에서부터 하늘의 최고신에게 의사가 전달되는 경로와, 신들의 뜻이 하늘에서 땅으로 전해지는 경로가 드러나 있는데, 그것이 서로 대칭적으로 놓여 있는 것이다.

또한 제1권 앞부분에서 우리는 '헤아릴 수 없이 많은' 선물을 가지고 딸(크리세이스)을 찾아오는 아버지(크리세스)를 보는데, 마지막 제24권에서 또다시 그러한 아버지를 보게 된다. 헥토르의 시신을 찾아 나선 아버지 프리아모스다.

제2권과 제23권도 짝지어 볼 수 있는 근거가 있다. 제2권에는 '배들의 목록'이라는 부분이 있는데, 거기에는 희랍군의 전체 구성원들이 나와 있다. 그리고 제23권에는 파트로클로스의 장례를 치른 후 경기대회를 거행하는 장면이 나오며, 거기에는 그동안 『일리아드』에 등장했던 주요 영웅들이 다시 한번 나오고 전투 장면에서는 언급되지 않았던 다른 전사들도 나온다. 그러니까 제2권과 제23권은 트로이 전쟁에 참가한 영웅들을 두루 살펴보는 의미가 있는 것이다.

다음으로 제3권과 제22권을 짝짓는 근거는 그 두 군데에 유명한 대결 장면이 있고, 또 성벽에서 내려다보는 사람들이 있다는 점이다. 제3권에는 이 전쟁의 원인 제공자라고 할 수 있는 두 사람, 즉 메넬라오스와 파리스 사이의 대결이 나오며, 이 장면을 트로이의 성벽에서 내려다보는 부분에는 아예 '성벽에서 바라보기'라는 이름이 붙어 있다. 제22권에는 아킬레우스와 헥토르 사이의 대결이 나오며, 성벽에서 내려다보는 사람들은 헥토르의 가족들이다.

물론 이런 대칭적 구성이 계속되지는 않는다. 만약 그렇게 되었다면 전체 구성이 너무 단순하고 예측 가능한 것이 되었을 것이다.

유명한 장면들

제6권에는 두 개의 유명한 장면이 들어 있는데, 그 중 하나는 '갑옷 교환' 장면이다. 엄청난 공을 세워나가다가 마침내는 전쟁의 신 아레스까지 부상시킨 희랍군 영웅 디오메데스가 글라우코스라는 트로이 쪽 영웅을 만나고, 서로 얘기를 주고받은 끝에 자신들의 집안이 조상 때부터 서로 친구인 것을 알고는 서로 무장을 교환하는 것이다. 하지만 디오메데스가 내놓은 무장은 청동으로 된 것이고, 상대의 것은 황금으로 된 것이어서 디오메데스가 100 대 9로 이득을 보게 된다.

다른 하나는 제6권의 후반부에 나온다. 잠시 성 안을 방문한 헥토르와 그의 아내 안드로마케가 만나는 장면이 그것이다. 이제 곧 영영 이별하게 될 가족이 마지막 행복을 누리는 모습이 따뜻하고도 애잔하게 그려져 있다.

제14권에 나오는, 헤라가 제우스를 유혹하는 장면도 유명하다. 헤라는 파리스의 판정 때문에 당연히 희랍군의 편인데, 자신이 응원하는 희랍군이 제우스의 계획에 따라 지고 있는 것을 보자 꾀를

아가멤논의 전령을 맞는 아킬레우스.

내어 제우스를 유혹하고 잠들게 만든다. 그 틈을 타서 희랍군이 다시 반격에 나설 수 있었다. 이렇게 전체적으로는 전투의 흐름을 바꾸는 데 사용되고 있지만, 사실 이 장면은 태초의 하늘과 땅의 결합을 재현하는 '성스러운 결혼'의 한 예이다.[6]

그 외에 아킬레우스가 출전하기 직전에 방패를 제작하는 유명한 장면도 있는데, 이것은 제18권에 나온다. 온 세계의 축도가 들어 있는 이 방패는, 나중에 헤시오도스의 작품이라고 알려진 『헤라클레스의 방패』와 베르길리우스의 『아이네이스』에 나오는 아이네아스의 방패의 모범이 되었다고 한다.

---

6) '성스러운 결혼'은 흔히 신년축제에서 태초의 상태를 재현하고 세계를 새롭게 하기 위해 치러지는 결혼의식이다. 이 결혼의식은 보통 왕과 여사제 사이에 이루어진다.

『오디세이』의 세 가지 주제

『오디세이』의 주제는 보통 세 가지로 알려져 있다. 젊은이의 성장담, 뱃사람의 모험, 실종자의 귀향이 그것이다. 이 작품 역시 처음부터 재미있는 바다의 모험이 나오기를 기대하는 독자에게는 실망을 줄지도 모른다. 물론 모험이야기가 나오기는 하지만 그것은 몇 권을 참고 읽어 나간 뒤에서야 알 수 있다.

『오디세이』의 서두에는 제1권에서 제4권에 이르는 이른바 '텔레마키아' 라고 불리는 부분이 있다. 이제 막 성인이 되려는 오디세우스의 아들 텔레마코스가 아버지의 행방을 찾아 육지로 떠나서 아버지의 옛 동료들을 만나는 내용이다.

그는 두 궁정에 머물게 되는데, 우선 필로스에서는 트로이 전쟁에 갔었던 늙은 왕 네스토르의 집에서 종교적 의례를 배우고, 스파르타에 있는 메넬라오스의 궁정에서는 호화롭고 세련된 생활 방식을 목격한다. 두 영웅에게서 듣는 이야기도 성격이 조금 다른데, 네스토르에게서 듣는 것은 사실적인 귀환의 보고와 아가멤논 집안의 사건이다. 그리고 메넬라오스에게서 듣는 것은 조금 기이한 바다에서의 모험담이다. 이 여행을 통해 텔레마코스는 어른이 된다. 우리는 작품 후반에서 그가 아버지의 당당한 조력자로 등장하는 것을 보게 된다.

모험 이야기

『오디세이』에서 뭐니뭐니해도 역시 가장 재미있는 부분은 모험 이야기다. 하지만 그 중에서 가장 극적인 부분은 '텔레마키아' 에 바로 이어 나오지 않는다. 우선은 그보다 약간 심심한 부분들이 나오고, 가장 신기한 모험담은 오디세우스 자신이 직접 들려주는 것으로 되어 있다. 하지만 여기서는 그냥 시간적 순서에 따라 정리해 보자.

오디세우스 일행이 트로이아를 떠나 제일 먼저 했던 일은 해적질이다 — 이는 오늘날의 독자에게는 비도덕적인 행위로 보이겠지만 당시에는 정상적인 경제 활동에 속했다. 이 사건에서 특히 주목할 점은 여기서 특별한 포도주를 얻었다는 대목이다. 오디세우스는 그 지역, 이스마로스의 제사장 집안을 잘 보호해 주었는데, 그 제사장이 고맙다고 내어준 포도주가 나중에 외눈박이 거인 폴뤼페모스를 취하게 하여 주인공 일행을 구해주기 때문이다.

그 해적질 이후에 오디세우스 일행은 바다에서 심한 폭풍을 만나 아흐레나 떠밀려간다. 그렇게 해서 들어간 곳은 현실 공간이 아닌 환상의 세계였다. 거기서 처음 만난 사람들은 로토스라는 열매를 먹는 이들이다. 이 열매는 그것을 먹는 사람으로 하여금 집도 동료도 다 잊고 그냥 거기 계속 머물고 싶도록 만드는 것이다. 일행 중에 두 사람이 그것을 먹고 취했는데 오디세우스가 억지로 끌고 나온다. 이 열매의 의미는 아마도 무책임의 유혹이라고 해석해야 할 것이다.

그 다음 모험은 폴뤼페모스라는 외눈박이 괴물을 만난 것이다. 오디세우스 일행이 그 괴물의 동굴에 갇혀 여섯 명이나 잡아먹힌 끝에, 괴물에게 포도주를 먹여 정신을 잃게 한 다음 그곳을 탈출한다는 이야기다.

오디세우스의 모험들을 설명하는 이론 중 하나가 '성장소설(Bildungsroman)' 론이다. 즉 주인공이 여러 모험을 겪으면서 점차 성숙한 인간으로 변해가는 과정을 그린 것이란 말이다. 이 해석에 가장 잘 맞는 것이 바로 이 폴뤼페모스 사건이다. 그 사건 전에 오디세우스는 매우 호기심이 많고 무모한 사람이었다. 하지만 그 이후로 그는 점차 조심성 있는 사람으로 변해 가고, 이런 '성장' 은 적들로 가득한 자기 집에 돌아가서 그들을 처치하고 승리하는 데 결정적인 역할을 한다.

그 다음에는 바람들의 왕 아이올로스, 사람을 잡아먹는 라이스트뤼고네스의 거인들, 사람을 돼지로 만드는 마녀 키르케와의 만남이 이어진다. 이 중에 라이스트뤼고네스 사건에서는 배 12척 가운데 한 척만 남고 모두 파선되는데, 사실 이것은 그 동안 '쓸데없이' 따라다니던 짐을 없애는 과정이기도 하다. 오디세우스의 모험에는 그렇게까지 많은 배가 필요하지 않다. 그런데 민담이 서사시로 바뀌는 과정에서 그 주인공으로 트로이 전쟁의 영웅 오디세우스를 '영입' 하다보니 그의 부하들까지 같이 딸려들어왔던 것이다.

그리고 키르케와 만나는 내용에서는, 키르케는 처음에 오디세우스의 부하들을 모두 돼지로 만들지만, 나중에는 그들을 잘 대접하는 여성으로 나온다. 이 서사시에 등장하는 여성들의 특징, 즉 해를 끼칠 수도 있지만 일단 제압되면 도움이 되는 존재라는 점을 잘 보여준 부분이라 하겠다. 하지만, 어떤 학자는 그녀의 모습에서 고대의 『길가메시 서사시』 등에 등장하는 무서운 여신의 모습을 보기도 한다. 이 키르케는 오디세우스를 저승에 다녀오게 할 뿐만 아니라, 앞으로 갈 길에 놓인 위험들을 미리 가르쳐준다.[7] 그것은, 노래로 사람들을 홀리는 세이렌들, 바닷가 절벽 동굴에 잠복해 있다가 튀어나와 여섯 개의 입으로 여섯 명을 동시에 물어가는 스퀼라, 하루에 세 번씩 물을 빨아들이고 내뱉는 무서운 소용돌이 카륍디스 그리고 가장 중요한, 태양신의 섬 트리나키아 등이다. 다른 위험들은 모두 빠져나왔지만 마지막 섬에서 태양신의 소들을 잡아먹는 바람에 배가 파선되고 오디세우스를 제외한 나머지 사람들은 모두 희생된다. 홀로 남은 오디세우스는 부서진 배의 용골과 돛대를 묶어 타고 표류하다, 외딴 섬 아이아이아에 홀로 사는 바다의 요정 칼립소에게 가 닿는다.

바로 이 대목이 독자가 『오디세이』의 첫 페이지를 펼칠 때 나오는 장면이다. 그 때 오디세우스는 이미 7년이나 칼립소에게 잡혀 있는 상태였다. 즉, 죽은 것으로 간주되었던 그를 여신 아테네가 돌연히 기억해내면서 이 서사시가 시작되는 것이다. 지혜로운 인물 오디세우스를 사랑하는 지혜의 여신 아테네는, 그러나 오디세우스가 바다에서 온갖 위험을 겪는 동안에는 모습을 드러내지 않는다. 학자들은 이러한 점을 들어, 『오디세이』는 원래 민담의 형태였기 때문에 여신 아테네와는 아무런 관련이 없었다고 설명한다.

신들의 뜻에 의해 칼립소에게서 벗어난 오디세우스는 항해를 계속하면서 여러 가지 새로운 모험을 하게 된다. 스케리아 섬에 당도

---

7) 그녀의 지시에 따라 다녀온 저승 여행은 호메로스 이후의 거의 모든 서사시에 등장하는 요소가 되었다.

하여 나뭇잎 속에 묻혀 잠들기도 하고 바닷가로 빨래 나온 나우시카아와 만나기도 하며, 나우시카아의 집에 당도하여 접대를 받기도 한다. 거기서 접대를 받으며 오디세우스가 들려주는 얘기가 바로 앞서 살펴본 그의 모험담이다.

이 네 권의 배경이 되는 섬은 환상계와 현실계를 이어주는 일종의 중간 지대로서, 너무나 평화롭고 행복한 생활을 영위하는 곳으로 묘사되어 있다. 그 때문에 어떤 학자는 이곳을, 바다에서 가족을 잃은 사람들의 염원을 담은 곳, 즉 실종된 자기 가족이 거기 살았으면 하고 바라는 '좋은 저승'이라고 설명하기도 한다.

오디세우스의 복수

나우시카아와 결혼하여 이 낙원 같은 섬에 정착하라는 은근한 유혹을 물리친 오디세우스는 귀향길에 올라 고향 이타케 섬에 도착한다. 여기서부터 『오디세이』의 후반부가 시작되는데, 이 부분은 이야기가 매우 느리게 진행돼서 조금 지루한 느낌을 주기도 한다. 사실 이 부분은 너무 빨리 결말에 이르는 것을 막는 장치이다 — 『일리아드』에서는 전투 장면들이 그런 역할을 한다. 하지만 오디세우스가 어떤 이야기를 꾸며내어 자신을 숨기는지, 다른 사람들은 어떤 삶을 살아왔는지, 전원에서는 어떤 생활이 이뤄지고 있는지를 살피면서 읽어나가면 나름대로 잔잔한 맛을 느낄 수 있다.

오디세우스는 아테네 여신의 힘에 의해 늙은 거지, 그것도 완전히 머리가 벗겨진 대머리로 변하여, 우선 충직한 돼지치기 에우마이오스를 찾아간다. 그의 오두막에서 일어난 가장 큰 사건은 여행에서 돌아온 아들 텔레마코스를 만나 서로 알아보게 된 것이다.

이 작품은 오디세우스가 공간적으로 멀리서부터 자기 집으로 조금씩 다가가면서 이야기가 전개되는데 그가 집에 점점 다가갈수록 자기 신분도 주변 사람들에게 조금씩 드러나게 된다. 처음에는 아들이, 그 다음으로 유모 그리고 충직한 돼지치기와 소치기가 그의 신분을 알게 되며, 맨 마지막으로 그의 아내 페넬로페가 그를 알아보게 된다.

그 다음에는 오디세우스가 활쏘기 시합에서 108명이나 되는 구혼자들을 모두 처치하는, 가장 유명한 장면이 이어지며 그들을 모두 처치한 후에는 아내와의 상봉이 있다. 하지만 영웅이 목욕을 마치고 멋진 모습을 되찾아도 아내는 가까이 다가올 생각을 않는다. 늙은 거지꼴이어서 남편인지 몰랐던 간밤에는 훨씬 따뜻한 분위기에서 이야기를 나누었건만, 제 모습을 되찾은 이 시점에는 오히려 분위기가 냉랭하다. 하지만 이것 역시 하나의 시험으로, 오디세우스가 통과해야 하는 마지막 관문이었다.

그의 집에는 부부만이 아는 비밀이 있었다. 움직일 수 없는 침대가 그것이다. 땅에서 자라난 올리브 나무를 베지 않은 채 대충 자르고 다듬어 하나의 기둥으로 삼고 거기에 다른 기둥들을 연결하여 침대를 꾸몄던 것이다. 그러니까 말하자면 집 이전에 침대가 있었고, 침대 이전에 나무가 있었던 셈이다. 아내는 시치미를 뚝 떼고는 그 침대를 내오라 하고, 영웅은 누가 자신의 침대다리를 베어냈느냐고 화를 냄으로써 답을 말한다. 아직도 땅에 굳게 뿌리박힌 그 나무는 세월이 가도 변치 않는 이 부부의 결속을 상징하는 것이라 하겠다.

오디세우스의 항해 장면을 묘사한 고대 그리스 항아리 속의 그림.

『오디세이』의 결말 부분에 대해서는 아직도 논란이 있다. 부부가 잠자리에 드는 장면이 원래의 결말이라는 주장이 오래 전부터 제기되어 왔던 것이다. 현재 우리에게 전해지는 필사본들에는 그 잠자리 장면 다음에 구혼자들의 영혼이 저승으로 가는 장면과, 오디세우스가 과수원에서 아버지를 만나는 장면이 들어 있다.

『일리아드』와 『오디세이』를 둘러싼 논쟁들

두 서사시의 작자에 대해서도 몇 가지 논란이 있어 왔는데, 가장 중요한 것은 이 두 작품이 한 사람의 것인지, 아니면 여러 사람의 손을 거친 것인지 하는 점이다. 하지만 이 논쟁은 앞서 말한 구송시

이론이 자리를 잡으면서 좀 수그러들었다. 누군가가 큰 틀을 잡아 놓았지만, 그 재료는 예부터 전해온 것이었다는 주장이 대세가 된 것이다.

다른 중요한 논쟁은 두 작품의 작가가 동일한 인물인지 하는 것이다. 두 작품을 자세히 보면 이상하게도 내용상의 중복이 없고 또 신들이나 영웅들의 모습도 상당히 다르게 되어 있다.[8] 그 때문에 두 서사시는 서로 다른 사람이 지었다는 주장이 나왔다. 해결 가능성이 없어 보이는 이 논쟁과 관련하여 가장 흔한 믿음은, 『일리아드』는 호메로스가 좀 더 젊었을 때 지은 것이고, 『오디세이』는 그의 만년 작품이라는 것이다.

두 서사시를 비교할 때, 흔히 『일리아드』는 비극적이고 『오디세이』는 낭만적이라고 한다. 또 어떤 사람은 『일리아드』가, 인간은 궁극적으로 죽을 수밖에 없다는 사실에 대해 분노를 표하는 것인 반면에 『오디세이』는, 인간으로 태어났다는 사실 그 자체에 괴로워하는 내용을 담았다고 말한다. 한편 『일리아드』가 인간의 조건(human condition)을 보여주는 반면에 『오디세이』는 인간의 삶이 어떻게 펼쳐지는지를 보여준다는 이도 있다. 이런 대조적인 성격이 한 시인의 젊은 시절과 나이 든 시기의 차이를 보여주는 것인지, 아니면 서로 다른 성향을 가진 두 거장의 솜씨를 보여주는 것인지 독자께서도 한 번 생각해보시기 바란다.

---

8) 한 가지 예를 들자면, 오디세우스는 맨 마지막에 활로써 적들을 제압하는데, 『일리아드』에서는 그가 활을 잘 쏜다는 점이 전혀 언급도 되지 않는다.

더 생각해볼 문제들

1. 전통적으로 『일리아드』가 한 사람의 창작물인지, 아니면 여러 사람의 손을 거친 것인지 하는 문제가 있으며, 『오디세이』에 대해서도 같은 문제가 제기되고 있다. 여러 사람의 손을 거쳤다는 주장의 근거는 작품 여기저기 모순들이 보인다는 점이다. 하지만 이 작품들을 한 사람이 만들었다고 믿는 학자들은 그런 모순들은 대부분 어떤 방식으로든 설명이 가능하다고 주장한다. 독자들은 작품 내에서 어떤 모순을 찾아냈는지, 그것은 어떻게 설명할 수 있는지 생각해보자.

   가장 극단적인 모순점을 찾자면, 이미 전투 중에 죽은 사람이 뒤에 멀쩡하게 살아서 등장하는 장면을 들 수 있겠다. 가령 퓔라이메데스라는 사람은 이미 5권 576행 이하에서 죽은 것으로 되어 있으나, 13권 644행 이하에서는 여전히 살아서 다시 등장하고 있다. 하지만 더러 이런 모순이 있다는 것을 인정하더라도, 우리가 본 것 같이 전체가 어떤 계획에 의해 구성된 것으로 보이는 한, 적어도 어떤 큰 시인이 마지막 손질을 했으리라고 볼 수 있겠다. 하지만 이 논쟁은 구송시 이론이 자리를 잡은 이후로는 좀 뜸한 편이다.

2. 『일리아드』에서 아킬레우스가 분노한 것은 우리의 관점에서는 지나친 것으로 보인다. 아킬레우스의 행태를 보고, 옛 사람들이 생각했던 영웅이란 어떤 것인지 정리해보자.

   『일리아드』에 등장하는 영웅은 자신의 명예를 최고의 가치로 놓고 그것을 위해서는 심지어 목숨까지도 내어놓는 사람들이다. 그들에게 가장 중요한 것은 현재이며, 과거나 미래에는 큰 관심이 없다. 이들이 가장 중시하는 능력은 군사적인 것이다. 하지만 우리는 영웅상이 시대에 따라 변화해 가는 것을 이후의 다른 서사시들을 통해 확인할 수 있다. 가령 『오디세이』에서는 꾀를 사용하며 과거로 돌아가려는 영웅, 헬레니즘 기의 서사시 『아르고 호 이야기』에서는 민주적이고 외교적이며 때로는 여성의 도움도 마다하지 않는 영웅, 로마의 서사시 『아이네이스』에서는 미래와 역사를 생각하며 자신의 개인적 소망을 포기하고 희생하는 영웅을 발견하게 되는 것이다.

3. 오디세우스는 집에 돌아와, 그동안 자기 아내를 괴롭히고 집안의 재산을 마음대로 소비해온 구혼자들을 모두 죽였다. 이런 보복 행위가 정당한 것인지 혹시 지나친 것은 아니었는지 생각해보자.
현실적으로 말하자면, 108명이나 되는 사람이 오디세우스와 텔레마코스를 죽이려 음모를 꾸미고 있으므로, 계략으로 이들을 모두 처단하는 것 이외에 다른 방법이 없었다. 더구나 이 보복은 일종의 제의로 해석될 수도 있다. 구혼자들은 봄맞이 축제의 희생물로 바쳐진 것이고, 부부는 새로운 결혼으로 새로운 시대를 열어간 것이다.

추천할 만한 텍스트

『일리아스』, 호메로스 지음, 천병희 역, 단국대학교출판부, 2001
『오디세이』, 호메로스 지음, 천병희 역, 단국대학교출판부, 1996

강대진(姜大振)
전 국민대학교 교양과정 겸임교수.
서울대학교 철학과 및 동 대학원(서양고전학 전공)을 졸업하고 문학 박사 학위를 받았다.
저서로 『잔혹한 책읽기』, 『신화와 영화』, 『신화의 세계』(공저)가 있고 역서로 『아폴로도로스의 신화집』, 『아르고 호 이야기』 등이 있다.

아아 그대들 죽어야 할 인간의 종족들이여,

내 헤아리건대 그대들의 삶은 한낱 그림자에 지나지 않도다.

그 누가 행복으로부터 행복의 허울 뒤의

몰락보다도 더 많은 것을 얻고 있는가?

그러니 내 그대의 그대의, 오오 불행한 오이디푸스여.

그대의 운명을 본보기 삼아 죽어야 할 인간들 중에

어느 누구도 행복하다고 기리지 않으리라.

소포클레스 (기원전 497/6~기원전406)

소포클레스가 활동하던 기원전 5세기는 비극작가들의 작품이 공연되고, 아테네 민주주의가 한창 꽃피던 그리스 문화의 황금기였다. 소포클레스는 이 시기에 아이스킬로스, 에우리피데스 등과 함께 고대 그리스 3대 비극작가로 손꼽힌다. 비극 쓰는 법을 아이스킬로스에게서 배웠다고는 하나, 정작 비극 경연 대회에서는 아이스킬로스보다 더 많이 우승했다. 그리스 비극에서 아이스킬로스가 제2의 배우를 추가함으로써 그리스 비극의 창시자가 되었다면, 소포클레스는 제3의 배우를 추가하고 무대 배경화를 도입함으로써 그리스 비극의 완성자가 되었다는 평가를 받는다.

그의 비극 텍스트에는 정치 문제에 대한 언급이 별로 없지만, 실제 생활에서는 아테네의 높은 관직에도 취임했고 반란군을 진압하기 위한 전쟁에서는 10인의 장군의 한 사람으로 선출되었다고도 한다. 모두 100편이 넘는 작품을 썼다고 하지만, 현재 전하는 것은 후기작품인 비극 7편뿐이다. 여기서 소개하는 『오이디푸스 왕』 이외에 『안티고네』, 『콜로노스의 오이디푸스』, 『엘렉트라』 등은 비교적 잘 알려진 그의 비극 작품들이다.

02

신화의 영웅에서 우리네 운명의 벗으로

소포클레스의 『오이디푸스 왕』

김주언 | 단국대학교 교양학부 강의교수

오이디푸스는 어디에 있는가?

> 오이디푸스의 가장 최근 화신인 미녀와 야수의 끝나지 않는 로맨스가, 오늘 오후 42번가와 5번로의 한 모퉁이에서 신호등이 바뀌기를 기다리고 서 있다.

우리에게도 잘 알려진 미국 뉴욕 출신의 신화학자 조셉 캠벨(J. Campbell)[1)]은 미국의 한 거리에서 이렇게 오이디푸스의 출현을 역력히 보고 있다고 전한다. 이미지도 또 하나의 실체이며, 꿈도 현실의 일부라고 믿는 한 신화학자의 민망할 정도로 과민한 감수성은 과연 헛것을 보고야 만 것일까? 그러나 그렇다고 단정할 수만은 없을 것 같다. 조셉 캠벨에게는 신화의 현재성을 증거해 주는 실례로 오이디푸스만한 인물도 없기 때문이다. 오이디푸스는 이미 저 테베의 비극 주인공만은 아닌 것이다. 그런데, 오이디푸스가 조셉 캠벨의 목격대로 미국의 어느 거리에 '서 있다' 고 한다면, 그리고 오이디푸스가 계속해서 그곳에만 서 있으리라는 법이 없다고 한다면, 오늘 한국의 어느 곳에서도 오이디푸스는 출현할 수 있는 일이 아닐까? 일단 이렇게 상상력을 발동시키며 우리는 오늘, 세계 문학사상 유례가 없을 정도로 장수에 장수를 거듭하며 오지랖이 넓기로 유명한 그 불멸의 오이디푸스를 만나러 가자.

비극 영웅으로서의 오이디푸스

고대 그리스의 드라마 황금기에 비극만 있었던 것은 물론 아니다. 아리스토파네스 같은 이로 대표되는 희극도 있었다. 다만 엽기적인

---

1) 조셉 캠벨(J. Campbell). 신화종교학자이자 비교신화학자로서 20세기 최고의 신화 해설자로 불린다. 특히 윗글에서 그 한 대목을 인용한 『천의 얼굴을 한 영웅들』은 발간되자마자 열렬한 환영을 받았던 책인데 우리말로도 번역본이 나와 있다.

2) 고대 그리스 시대에도 오이디푸스는 소포클레스의 작품에만 등장했던 것은 아니라는 증거가 있다. 가령, 호메로스의 『오뒤세이아』 제11권에도 오이디푸스 신화가 등장하며, 『일리아드』 제23권에는 소포클레스의 세 비극 작품 『오이디푸스 왕』, 『콜로노스의 오이디푸스』, 『안티고네』 가운데 어디에도 등장하지 않는 오이디푸스 장례식이 언급되고 있다. 이는 당시에 널리 유포되어 있던 오이디푸스 신화에 대한 작가들 나름의 해석이 달랐음을 의미한다. 그러나 소포클레스의 『오이디푸스 왕』은 단지 '하나의' 해석에 불과한 것만은 아니다. 소포클레스의 그것은 오늘날까지 지속되고 있는 수많은 오이디푸스 텍스트들이 비롯되는 원천이라는 점에서 중심적인 지위를 가지고 있다.

발상과 무차별적인 인신공격, 그리고 거친 풍자로 지탱되던 희극은 지배적인 장르로 부상하지 못했을 뿐이다. 기원전 5세기경 그리스 드라마 황금기의 유력 장르는 어디까지나 비극이었다. 소포클레스(Sophokles)의 『오이디푸스 왕(*Oedipus Rex*)』은 작가의 절정기 솜씨가 유감없이 발휘된, 당대 비극들 가운데서도 단연 압권의 명작이다.

『오이디푸스 왕』의 서사는 신화에 근거하고 있는데,[2] 작품은 신화의 내용을 평면적으로 나열해 놓지 않는다. 테베의 왕 라이오스의 왕자로 태어난 오이디푸스는 부왕을 살해하고 친모와 결혼할 것이라는 신탁이 내려졌기 때문에 출생 즉시 버려진다. 그는 다행히 목숨을 건지고 외국의 왕자로 성장하지만 결국 라이오스 왕을 죽이고 길을 막는 스핑크스의 수수께끼를 푼다. 테베 사람들은 괴물 스핑크스를 무찌른 오이디푸스를 왕으로 선출하고 라이오스의 왕비 이오카스테, 그러니까 그의 어머니는 그의 왕비가 된다. 테베는 한동안 평화로웠지만, 역병이 창궐한다. 무엇 때문인가? 『오이디푸스 왕』이 오이디푸스 신화에 개입하는 지점은 바로 이 위기 국면이다.

『오이디푸스 왕』은 테베의 오이디푸스 궁전 앞에서 탄원하는 백성들이 등장하는 장면에서 시작된다. 그들은 온 도시를 내리 덮친 역병의 재앙에서 벗어나게 해달라고 오이디푸스에게 탄원한다. 때마침 오이디푸스가 아폴론에게 보낸 사자, 크레온이 도착해 선왕이었던 라이오스를 살해한 자를 알아내 그를 죽이거나 나라 밖으로 추방할 때에만 역병에서 벗어날 수 있다는 아폴론의 말을 전한다.

오이디푸스는 라이오스 살인 사건의 비밀을 예언자 테이레시아스에게 묻는다. 화가 난 오이디푸스가 자신을 범인으로 몰아붙이지 만 않았다면, 이 눈 먼 예언자는 "바로 그대가 이 나라를 더럽히는 불경한 자"라는 말을 하려고 하지는 않았을 것이다. 그러나 오이디푸스는 이 말을 믿는 대신에 오히려 처남인 크레온이 자신을 추방하려고 테이레시아스를 부추기는 것이라 판단해 크레온과 언쟁을 벌인다.

이때 라이오스의 왕비였다가 이제는 오이디푸스의 왕비가 된 이오카스테가 등장해 두 사람의 다툼을 말리지만, 이오카스테가 오이디푸스를 안심시키고자 한 말은 도리어 오이디푸스를 혼란에 빠뜨린다. 라이오스와 이오카스테는 아들의 손에 죽게 된다는 신탁을 피하고자 아들을 산에 갖다 버렸는데, 이 신탁은 오이디푸스가 코린토스의 왕자였을 때 델포이 신전에서 받은 신탁, 즉 아버지를 죽이고 어머니와 결혼하게 되리라는 예언과 놀랄 정도로 일치하는 것이다. 오이디푸스는 이 신탁을 피해 코린토스를 떠나 유랑하다가 라이오스가 살해된 장소에서 사람을 죽인 일까지 있는 처지이다. 다만 오이디푸스는 아직 코린토스의 부왕을 친부로 믿고 있다는 점, 또 라이오스가 도둑들에 의해서 살해되었다고 하는데 자신은 혼자이므로, 즉 "하나는 여럿과 같을 수 없기 때문"에 자신이 그 범행의 범인이 아닐 수 있다고 생각한다.

이와 같은 오이디푸스 나름대로의 합리적인 생각은 코린토스 부왕의 부고를 가지고 온 사자가 등장하면서 결정적으로 전복되기 시작한다. 사자가 부고만을 가지고 왔다면, 그는 오이디푸스에게 이제야 비로소 친부 살해의 신탁으로부터 벗어나게 되었다는 복음을 전한 것이리라. 그러나 그는 코린토스 부왕이 사실은 오이디푸스의 친부가 아니라는 소식도 함께 가지고 왔다. 갓난아기인 오이디푸스를 라이오스의 가신으로부터 건네받아 코린토스의 왕에게 선물로 준 자가 바로 이 사자이다. 따라서 사자의 등장은 저주의 신탁 퍼즐이 완벽하게 완성되었음을 알려준 셈이 되는 것이다. 결국 오이디푸스는 친부 살해범이자 친모와 결혼한 패륜아임이 드러나고 궁전으로 뛰쳐 들어간 이오카스테는 목을 매어 자살하며, 이어 뒤를 쫓아간 오이디푸스는 이오카스테의 브로치로 자신의 두 눈을 찌른다.

이처럼 간략하게나마 살펴본 줄거리에서도 알 수 있는 것처럼 이 작품은 처음부터 오이디푸스의 부친살해나 어머니와의 근친상간 같은 우리에게 익히 잘 알려진 문제의 장면들이 등장하는 것은 아니다. 다만 스핑크스의 수수께끼를 풀고 이미 테베의 왕이 되었지만, 정작 자기 자신이 누구인지는 모르고 있으며, 그 때문에 과연 자신이 누구인지를 알아 가는 탐문 과정에 초점이 맞춰져 있는 것이다.

오이디푸스에게 신탁의 예언이란 그의 운명이 신들의 명령을 받고 있음을 뜻하기 때문에 『오이디푸스 왕』 해석에 있어서 빠뜨릴 수 없는 문제가 바로 운명과 자유 혹은 저항의 문제이다. 소포클레스에게 있어서 인간의 운명이란 아무리 피하려고 해도 끝내 피해갈 수 없다는 점에서 지나치게 결정적인 것으로 간주된 듯하다. 그런데 이러한 인간 운명에 대한 인식은 그리스 시대 작가들의 일반적 관점이기도 했다. 즉, 그리스 고전 시기의 작가들에게 인간이 처한 불완전함과 인간의 무력함에 대한 깊은 자각, 나아가 신이 인간에

구스타프 모로가 그린 「오이디푸스와 스핑크스」.

게 적의를 품고 있으며, 행복한 것은 위험한 것이라는 생각은 뿌리 깊은 것이었다. 『오이디푸스 왕』은 이러한 당대의 일반적 인식을 반영하고 있는 작품이다. 그러나 인간의 진실을 압도하는 신의 의지의 승리로만 『오이디푸스 왕』을 보는 관점은 오이디푸스 운명의 비장함에 대해서는 전혀 설명해 주지 못한다.

『오이디푸스 왕』이 악한 신의 승리, 신탁의 전능성만을 입증한다면, 이 작품의 실질적인 주인공은 오이디푸스가 아니다. 다름 아닌 악의 예정론을 실현하는 신의 의지나 신탁 같은 것이 실질적인 주인공으로 받아들여져야 마땅하기 때문이다. 좀더 정확히 말하면 이 불가항력적인 절대 현실의 능동성과 내재성이 문제의 주인공으로 우리에게 읽혀져야 하는 것이다. 『오이디푸스 왕』을 '운명극'으로 보는 입장은 대체로 이런 관점에 바탕을 두고 있다.

그러나 자세히 읽어보면 소포클레스도 이런 관점에 전적으로 동의했을 것 같지는 않다. 우리는 시종일관 오이디푸스가 의연한 모습을 보여주고 있다는 점에 주목할 필요가 있다. 오이디푸스는 모든 진상이 드러난 후에도 일체의 변명을 하지 않으며, 변명 대신에 자신의 두 눈을 찌르는 극형으로 스스로를 단죄한다. 사실 이 대목이 없다면 『오이디푸스 왕』은 그 흔한 왕권 다툼의 가족사 이야기에 그칠 수도 있다. 이런 자기 처형은 단지 운명의 꼭두각시로서는 도저히 할 수 없는 영웅적 행위인 것이다. 특히 소포클레스는 다음과 같은 대사를 오이디푸스에게 부여함으로써 비극 작가로서의 자신의 문제의식과 오이디푸스에 대한 일말의 애정을 슬그머니 드러냈는지도 모른다.

> 친구들이여! 아폴론, 아폴론 바로 그 분이시오. 내 이 쓰라리고 쓰라린 고통이 일어나도록 하신 분은. 하나 이 두 눈은 다른 사람이 아니라 가련한 내가 손수 찔렀소.

여기에 이르면 오이디푸스에게도 '내 운명은 나의 것'이 된다고 말하지 않을 수 없다. 물론 이러한 저항으로 오이디푸스가 자신의 운명을 '극복' 했다고까지 말할 수는 없다. 다만 분명한 것은 이러한 숙명과 자유의 변증법 속에 오이디푸스 운명의 진정한 주소가 있다는 점이다. 오늘날 오이디푸스의 그 눈알이 빠져나간 자리에서 휑한 어둠만을 보는 사람은 거의 없다.

두 사람의 해석: 아리스토텔레스와 프로이트

오늘날 오이디푸스가 불멸이 된 데는 그 누구보다도 아리스토텔레스와 프로이트의 공이 크다. 먼저 아리스토텔레스를 보자.

아리스토텔레스가 아테네에서 공연되는 비극을 관람하고 있었을 때, 소포클레스는 이미 사망한 이후였으나 그가 어떤 식으로든 소포클레스의 비극에 큰 감명을 받았으리라는 추측은 얼마든지 가능한 것 같다. 『시학』은 플라톤의 문학 비판에 대해 아리스토텔레스 나름의 문학 옹호로 맞서고 있는데, 아리스토텔레스의 문학 옹호론의 주요 논거가 되어주고 있는 게 바로 비극이다. 비극은 "연민과 공포를 환기시키는 사건에 의하여 감정의 카타르시스를 행한다"고 할 때, 아리스토텔레스는 분명 문학이 자극하는 정서들은 억제되어야 할 천박한 격정이라는 플라톤의 비판을 겨냥하며, 나아가 『오이디푸스 왕』 같은 가장 훌륭한 형태의 그리스 비극을 염두에 두고 있는 것이다.

특히 플롯을 논할 때, 이 점이 분명히 드러난다. 과학자이기도 한 아리스토텔레스의 『시학』 집필 목적은 당시의 비극 경연과 관련해서 작시술에 대한 실용적인 교시를 마련하는 데 있었다. 따라서 비극의 제작 원리에 대한 집중적인 관심은 과학자이기도 한 그의 이력에 걸맞은 당연한 귀결이었을 것이다. 비극에는 여러 요소가 있는데, 그 중에서 제일 중요한 첫 번째 원칙은 플롯이고 심지어 비극의 생명과 영혼은 플롯이라는 게 그의 주장이다. 이런 주장은 누구나 할 수 있는 것이라고 생각할지 모르지만 정작 아리스토텔레스의 플롯론이 빛나는 부분은 당위적인 관념에 그치지 않고 보다 분석적이고 구조적으로 접근했다는 데 있다. 급전(急轉)·발견·파토스 등이 플롯의 주요 요소로 논급되고, 급전이나 발견이 없는 단순한 플롯과 이것들이 있는 복잡한 플롯이 분류된다. 결국 이상적인 플롯이란 복합적이고 연민과 공포를 자아내는 것인데, 여기서 우리가 주목할 것은 아리스토텔레스의 이런 플롯론에 모범적인 실례를 제공하는 작품이 다름 아닌 소포클레스의 『오이디푸스 왕』이라는 것이다. 요컨대 『시학』의 한복판에는 플롯론이 있고, 다시 그 플롯론의 한복판에는 『오이디푸스 왕』이 있는 셈이다. 『시학』은 문학이론서의 바이블이다. 이 바이블에는 오이디푸스라는 문학의 예수가 죽어도 죽지 않고 살고 있다.

아리스토텔레스만큼이나, 혹은 아리스토텔레스보다도 더 운명적으로 오이디푸스가 만나야 할 인물이 있다. 그 사람은 바로 프로이트다. 오이디푸스 담론에는 '프로이트 이전'과 '프로이트 이후'가 있다고 해도 과언이 아닐 만큼 프로이트의 출현은 결정적인 사건이다. 프로이트는 『오이디푸스 왕』의 비극의 효과를 아리스토텔레스처럼 카타르시스 같은 것에서 찾은 것이 아니라, 친부살해와 근친상간이라고 하는 비극적 소재의 특수성에서 찾는다. 문학에 조예가 깊은 이 정신분석가의 『오이디푸스 왕』에 대한 이해는 여기에 그치지 않았다. 그에 의하면 셰익스피어의 비극 『햄릿』이나 도스토옙스키의 『까라마조프 씨네 형제들』 같은 비극적 소설에서도 오이디푸스들이 어김없이 등장한다는 것이다.

『햄릿』에서 주인공 햄릿은 아버지를 살해하고 어머니와 결혼한 숙부에게 바로 복수를 실행하지 못한다. 지나치게 생각이 많은 성격 때문인가? 도대체 햄릿은 무엇을 망설이고 있는 것인가? 우유부단한 사변가 햄릿은 좌충우돌하는 행동파 돈키호테와는 다르기 때문에 복수가 지연된다고 우리는 알고 있다. 그러나 프로이트는 이런 상식적인 견해에 동의하지 않는다. 아버지를 죽인 숙부야말로 자신의 어릴 적, 억압된 욕망을 실현한 사람이기 때문에 주저할 수밖에 없다는 게 프로이트의 충격적인 해석이다. 혐오감, 다른 한편으로는 죄의식과 자책감이 복수의 발목을 잡고 있다는 것이다.

게다가 도스토옙스키의 『까라마조프 씨네 형제들』의 경우는 또 어떨까? 까라마조프의 집안에는 스메르쟈꼬프라는 간질병을 앓는 하인이 있었는데, 그 하인은 다름 아닌 아버지 표도르의 사생아였다. 둘째 아들 이반은 교묘하게 스메르쟈꼬프에게 살인을 교사한다. 그러나 아버지가 살해되었을 때, 정작 살해 용의자로 체포된 사람은 평소 아버지와 사이가 좋지 않았던 큰 아들 드미뜨리였다. 더욱 점입가경인 것은, 이 큰 아들은 자신이 아버지를 실제로 살해하지는 않았지만, 그런 살해 욕망을 품고 있었기 때문에 범인과 다를 게 없다고 생각해 순순히 선고를 받아들인다는 사실이다. 프로이트에 의하면 『까라마조프 씨네 형제들』에 나오는 아버지 살해와 도스토옙스키의 아버지가 겪어야 했던 운명 사이에는 분명한 함수 관계가 있으며, 도스토옙스키의 간질 발작이라는 것도 그의 부친 살해 심리에 대한 자기 응징이다. 그렇다면 심층적인 의미에서는『햄릿』에서의 햄릿과 숙부,『까라마조프 씨네 형제들』에서의 드미뜨리, 이반, 스메르쟈꼬프 그리고 나아가 도스토옙스키는 다만 역할이 다른 공범자들인지 모른다. 그런데 이 불경한 아들들은 도대체 누구인가? 그들은 다름 아닌 바로 우리들이 아닌가! 이것이 프로이트의 주장이다. 이 주장 이후로 오이디푸스 담론은 대부분 '콤플렉스'라는 말과 불가분의 짝패를 이루어 등장하고, 지성사적 관심도『오이디푸스 왕』희곡 자체에서 이 특정 콤플렉스에 대한 논란으로 무게 중심이 기울어진다.

안티 오이디푸스, 혹은 오이디푸스의 또 다른 운명

오이디푸스 콤플렉스가 인간의 보편 조건이라니, 다시 말해서 우리 모두가 오이디푸스라니, 프로이트는 참으로 엄청난 충격적인 선언을 한 셈이다. 따라서 정신분석학이 감당해야 할 반론 또한 만만치 않은 것이다. '오이디푸스 콤플렉스' 개념에 대한 많은 비판들이 있지만, 특히 오늘날 지성사의 견지에서 볼 때 가장 위협적인 비판은 들뢰즈/가타리의『안티 오이디푸스』에서 나왔다.

『안티 오이디푸스』는 난해하기로도 꽤 유명한 책인데, 우선 이 책 제목에서 니체의『안티 그리스도』를 떠올리는 것은 어렵지 않을 것이다. 그렇다. 이 책은 '무의식'과 '욕망'이라고 하는 정신분석학의 주요 개념들을 재정의함으로써 정신분석학에 대한 니체적인 비판을 시도한다. 너무도 많은 세력과 사람들이 오이디푸스에 집착하고 있고, 너무 많은 관심이 오이디푸스에 기울어지고 있다고 비판하는 『안티 오이디푸스』의 저자들은, 니체가 신을 부정하는 것처럼 도처에서 오이디푸스 콤플렉스에서의 그 아버지의 존재를 부정한다. 아버지는 한 번도 존재한 적도 없었고 무의식은 언제나 고아라고까지 말한다. 그런데 '무의식은 고아'라는 말은 대체 무슨 말인가?

프로이트에게 모든 욕망은 본질적으로 성욕이며, 어머니에 대한 욕망으로 귀착된다. 따라서 이 끔찍한 욕망을 억압하기 위해 법·질서·문명 등을 대변하는 존재인 아버지가 등장하는데, 아버지의 등장에 따라 아이는 자신이 따라야 할 금지의 체계를 내면화하게 된다는 게 정신분석학이 설명이다. 그런데 『안티 오이디푸스』의 저자들은 욕망을 성욕에서 구해내고자 할 뿐만 아니라, 인격화된 욕망 개념에서도 해방시키고자 한다. 욕망은 모두 성욕이 아니라는 정도가 아니라, 욕망은 인간이나 생물체의 전유물도 아니라는 것이다. 이렇게 욕망을 혁명적으로 해방시켰을 때 이들은 욕망에 가족적 본성이나 성적 본성을 부여하는 것은 불가능하다고 본다. 무의식에는 부모가 없으며, 무의식은 고아라는 말은 이런 맥락에서 나온 말이다. 따라서 이들에게 욕망이란 프로이트가 생각한 대로 직접 사회의 장으로 투여(investement))되지 못하고 오이디푸스적인 거세를 통해 사회적 질서를 내면화하는 과정, 곧 승화 같은 것을 거쳐야만 하는 것이 아니다. 정신분석은 욕망의 투여를 아이-어머니-아버지라는 폐쇄적인 가족회로에 가둬놓지만, 욕망이란 애초부터 가족 관

앵그르가 그린 「오이디푸스와 스핑크스」.

계에서 자라는 것이 아니라 생산의 질서에 속하며 모든 생산은 욕망하는 것인 동시에 사회적 — '가족적' 이 아니라 — 이라는 것이 그들의 주장이다.

부제를 '자본주의와 정신분열' 로 하고 있는 『안티 오이디푸스』는 결국 이렇게 해방된 욕망 개념에서 새로운 혁명의 동력을 구하고, 새로운 혁명의 정치학을 구성하고자 한다. 자본주의 체제와 관련해 오이디푸스 비판이 계속되는 것은 이 때문이다. 오이디푸스 콤플렉스는 자본주의와 공모 관계를 맺고 있는 허구적인 통제와 체제 순응의 메커니즘에 다름 아니라는 것이 이들의 판단이다. 즉, 정신분석과 자본주의의 연관 관계는 정치 경제와 자본주의의 관계 그것 못지않게 깊은 것으로서, 오이디푸스 콤플렉스의 '아이-아버지'의 관계는 자본주의하의 '노동자-자본가'의 관계에 대응한다. 아버지를 죽이지 못하고 근친상간의 금기를 법으로 내면화해야 하는 것이 아이의 운명이라면, 자본주의 체제에서 각종 억압과 금기를 감내해 내야 하는 것이 노동자, 즉 아이의 운명이다. 이 운명에 굴복하는 한, 무의식은 결코 체제 순응적인 각종 이데올로기 비판의 싸움터가 될 수 없다. 결국, 이러한 문제의식은 그들이 핵심을 잘 짚은 만큼 오이디푸스 콤플렉스의 보편성을 의문에 부친다. 그러나 이로써 과연 오이디푸스의 욕망, 오이디푸스 스캔들이 모두 잠재워질 수 있는지는 또 다른 의문으로 남는다.

천 개의 얼굴을 가진 오이디푸스

고대 그리스 비극은 사라진 예술이다. 한물간 정도가 아니라 아예 역사적으로 소멸된 장르이다. 그러나 '오이디푸스' 뿐만 아니라 수많은 '오이디푸스들' 을 낳은 『오이디푸스 왕』은 그 오이디푸스들과 더불어 불멸이다. 오이디푸스 콤플렉스는 이 수많은 '오이디푸스들' 가운데 비교적 우리에게 잘 알려진 오이디푸스의 얼굴일 뿐이다.

『오이디푸스 왕』은 오이디푸스가 자신의 정체를 찾는 과정에 초점이 맞춰져 있다. 이 작품을 자기 정체성 찾기 서사의 한 모범을 제시하는 텍스트로 읽을 때 우리가 발견하는 것은, 잘 알려진 오이디푸스 콤플렉스가 아니라 오이디푸스 딜레마라는 또 다른 오이디푸스의 낯선 얼굴일 수도 있다. 또 아무도 풀지 못했던 스핑크스의 수수께끼를 풀 수 있었을 만큼 현명했지만, 정작 자신이 누군지는 알지 못했던 오이디푸스의 헛똑똑이 이성의 한계를 통해 이미 이 고전이 선취한 탈근대의 암시를 읽어낼 수도 있다.

'고전의 깊이' 라는 말이 있다. 흔히 고전의 우수성과 생명력을 거론할 때, 과장된 수사로 혹은 어차피 눈금자 같은 것으로 측정 불가능하기 때문에 에두르는 표현 전략으로 남용되기 일쑤다. 그러나 적어도 『오이디푸스 왕』은 이런 남용의 혐의에서 자유롭다. 아니, 『오이디푸스의 왕』만큼 '깊이' 라는 말의 참뜻을 누릴 수 있는 자격과 품격을 갖춘 고전이 얼마나 있을까. 단연 『오이디푸스 왕』은 깊이의 고전이다. 진정한 깊이란 이렇게 여러모로 삶의 의미를 생각하게 하는 다양한 해석 가능성을 열어두고 있기 때문이다. 이 열림에서 오늘도 우리가 마주칠 수 있는 오이디푸스가 우리네 운명의 벗으로 걸어나온다.

더 생각해볼 문제들

1. 오이디푸스의 운명이 우리를 감동시키는 이유는 무엇인가?

   즉답을 삼가고 깊이 생각해볼 문제이다. 이 물음에 대해 프로이트는, 어머니에게 최초의 성적 자극을, 아버지에게 최초의 증오심을 품는 운명을 우리가 오이디푸스처럼 짊어지고 태어났기 때문이라고 답했다. 그런데 설마 정말로 이렇게 생각하는 사람이 많지는 않을 것이다. 끔찍한 전율이 감정의 쓰레기들을 청소해 가기 때문이라고 생각한다면 그것은 아리스토텔레스적인 대답이 되겠다. 또는, 여기서는 소개하지 않았지만 이 비극의 운명을 통해 자기 이웃과 하나가 되고 화해하고 융해되는 느낌을 가질 뿐만 아니라, 세계의 근원적인 모습과 일체감을 느끼기 때문이라고 대답한다면 이 대답은 니체적인 것이 된다. 당신들의 대답은 어느 쪽에 가까운가? 그런데 어느 쪽에 가까운가가 능사가 아니다. 이제 이들의 생각을 덮고 이들로부터 멀리 떨어져 나가 자신의 생각을 말해 보자. '멀리' 가 안 된다면 '조금 멀리'.

2. 오이디푸스는 도대체 무엇 때문에 이런 고통을 받아야 하는가?

   오이디푸스는 아버지를 죽이지만 이는 실수에 의한 것일 뿐이고, 이런 실수조차도 아버지가 아버지인 줄 모르는 상황에서 행해진 것이다. 그러므로 엄밀한 의미에서 말하자면 오이디푸스에게는 죄가 없다. 다만 그에게 죄가 있다면 끝까지 포기하지 않고 자신이 누구인지 알려고 했던 죄가 있을 뿐이다. 그런데 이것을 과연 '죄' 라고 할 수 있을까? 그렇다면 아무 죄가 없는 오이디푸스에게 일어난 엄청난 운명의 재앙을 어떻게 설명할 수 있을까? 그래서 아리스토텔레스는 '비극적 결함' 이라고 할 만한 과오의 결과로 불행에 빠진다는 말을 생각해내지만, 이러한 생각은 아무래도 궁색한 것이다. 이는 모든 현상을 인과관계에 따라 설명해내야 직성이 풀리는 자연과학자의 한계인지도 모른다. 사실, 오이디푸스의 운명의 원인에 대해서는 조리 있는 설명이 불가능하다. 신화는 그것이 저주의 집안 내력이라고도 하지만, 인간의 운명 자체에는 이렇게 요령부득의 부조리가 있는 법이다. 이렇게 본다면 삶의 부조리야말로 오이디푸스 불행의 주범이 될 수도 있다.

3. 비극은 단지 위험한 불행의 예술인가?

비극은 웃으면 복이 온다는 것을 모르는 바보들의 문학이 아니다. 슬픔에도 격이 있다. 인간을 고양시키는 슬픔이 따로 있다. 비극은 바로 이러한 슬픔을 겨냥한다. 이러한 슬픔과 좌절을 통해 삶의 무엇을 드러내느냐가 비극의 관건일 뿐이다. 이러한 슬픔과 좌절이 없다면, 삶에 대한 쓰라린 열망과 사랑도 없다.

추천할 만한 텍스트

『소포클레스 비극』, 소포클레스 지음, 천병희 역, 단국대학교 출판부, 1998.
(희랍어 원전 번역)

김주언(金住彦)

단국대학교 교양학부 강의교수.

단국대학교 국문학과를 졸업하고 동 대학원에서 박사학위를 취득했다. 《서울신문》 신춘문예에 문학평론이 당선되어 문학평론가로 데뷔하였다.

저서로는 『한국 비극소설론』이 있고, 논문 및 평론으로는 「한국 비극소설의 기원적 양상」, 「한용운의 탈문학주의, 혹은 문학을 상상하는 방식」, 「비극소설의 노래:김훈론」 등이 있다.

영광의 성모	오너라! 더 높은 하늘로 오르라! / 그 사람도 널 알아보면 뒤따라오리라!
마리아 숭배의 박사	(얼굴을 들어 기도한다) / 참회하는 모든 연약한 자들아, / 거룩한 신의 섭리대로 / 감사하며 자신을 변용하기 위해 / 구원자의 눈길을 우러러보라 /…
신비의 합창	일체의 무상한 것은 / 한낱 비유일 뿐, / 미칠 수 없는 것, / 여기에서 실현되고, / 형언할 수 없는 것, / 여기에서 이루어진다. / 영원히 여성적인 것이 / 우리를 이끌어 올리도다.

요한 볼프강 폰 괴테 (1949~1832)

괴테는 독일의 프랑크푸르트 암 마인에서 명목상의 황실고문관이었던 아버지와, 프랑크푸르트 시장의 딸이었던 어머니 사이에서 태어났다. 1765년 16세 때 법학을 공부하기 위해 라이프치히 대학에 입학했으나 오히려 문학과 미술, 음악 등에 더 심취했다. 19세에 첫 희곡 『여인의 변덕(*Die Laune des Verliebten*)』을 쓴 뒤, 21세에는 다시 슈트라스부르크 대학에 입학하여 법학 공부를 계속하였으며 이 무렵 그곳을 방문한 헤르더를 만나 친교를 나누었다. 그는 25세에 자기의 체험을 형상화한 소설 『젊은 베르테르의 슬픔(*Die Leiden des Jungen Werther*)』을 출판했는데, 수많은 젊은이들이 소설 속의 주인공 남녀를 모방하는 등 전 유럽적인 유명세를 떨쳤다. 그리고 이 무렵 『파우스트(*Faust*)』의 집필을 시작하기도 했고 그밖에도 수많은 작품들을 썼다.
27세가 되어 괴테는바이마르 공국의 추밀원 고문관에 임명되었고 33세에는 황제 요제프 2세로부터 귀족의 칭호를 받았다. 1795년에는 『빌헬름 마이스터의 수업시대(*Wilhelm Meisters Lehrjahre*)』를, 1808년 희곡 『파우스트』 1부를 출간하였으며 그 이듬해에는 소설 『친화력(*Wahlverwandtschaften*)』을 완성했다. 그는 1815년 그의 나이 66세에 재상에 임명되었으며, 1819에는 「이탈리아 기행」1부를 완결하고 잡지 『예술과 고대』를 발간하기도 하는 등 폭넓은 문학 활동을 했다. 이어 『빌헬름 마이스터의 편력시대』(1821)를 썼고 1829년 80세 때에는 『파우스트』 1부가 다섯 개 도시에서 공연되었으며 『이탈리아 기행』전편이 완결되었다. 그리고 2년 뒤 『시와 진실』과 『파우스트』 2부를 완성하였다.

03

세상 속 갈등과 구원
괴테의 『파우스트』

김주연 | 숙명여자대학교 독어독문학과 교수

그렛헨 비극

독일의 문호 요한 볼프강 폰 괴테(Johann Wolfgang von Goethe)가 무려 60여 년에 걸쳐 집필한 이 웅대한 드라마는, 그 내용의 전개 부분들이 오히려 섬세하기 짝이 없는 아름다운 작품이다. 위에서 인용한 내용에서도 알 수 있듯이 — 『파우스트(*Faust*)』제2부의 끝 장면이자, 『파우스트』전체의 끝부분이다 — 이 작품에는 인간을 둘러싼 가장 중요한 명제들이 모두 다루어지고 있는 바, 천상과 지상의 교통, 참회와 구원, 신의 섭리와 은총 그리고 '영원히 여성적인 것' 등이다. 얼핏 보아 그것들은 초월적이며 형이상학적이고 종교적이어서 현실감이 떨어진다. 그런데도 대체 『파우스트』의 어떤 부분이 우리를 매혹시키기에 2백년 가까운 세월 인류의 심금을 울리면서 고전중의 고전으로 자리잡을 수 있었던 것일까? 그 천상적 초월성 속에 잠복한 현재적 실감을 발견하는 일이 『파우스트』 이해의 관건이 될 것이다.

『파우스트』는 2개부로 구성되어 있으며 각각 「그렛헨 비극」, 「헬레나 비극」이라는 이름이 붙여지기도 했다. 1부와 2부는 여러 가지로 대비될 수 있겠는데, 쉽게 말해서 제1부는 훨씬 현실적이며 제2부는 보다 상징적인 구조로 되어 있다고 일단 말할 수 있다. 제1부의 내용은 노학자 파우스트가 현세적인 인간의 한계를 통절히 느끼고 관념적인 학문의 세계를 떠나 세상 속을 부유하는 이야기다. 이 과정에서 시간이라든가 현실적인 장애를 제거해주는 일종의 마법사로서 메피스토펠레스가 개입하게 되며, 세상사의 대표적인 일로서 이성간의 사랑을 통해 쾌락과 죄, 처벌이라는 문제를 제기하고 있다. 따라서 제1부는 통속적이라고 불러도 좋을 만큼 그 내용은 평이하며 재미있다. 진리탐구에만 열중하던 학자가, 삽살개가 변한 메피스토의 유혹을 받아 세상사의 한 복판으로 나왔다는 초장의 전개부터 재미있지 아니한가. 사실 『파우스트』의 재미는, 오늘의 문화 마당에서라면 동영상이나 판타지라고 할 수 있는 온갖 방법과 도구들이 동원되는, 그야말로 멀티미디어적 시설의 완전 구축이라는 면에서 벌써 예감된다. 「무대에서의 서연(序演)」이라는 첫머리에 이미 이렇게 나와 있다.

자네들도 알다시피, 우리 독일 무대에서는
누구나 원하는 일을 시도해 볼 수 있으니

오늘은 배경이건 소도구건
마음대로 사용해 보자고.
크고 작은 천상의 조명들을 모조리 동원하고
별들도 얼마든지 사용하게나.
물, 불, 암벽은 몰론
동물과 새들도 빠져선 안 되네.
비록 비좁은 판잣집 안일망정
창조의 온 영역을 재현해놓고
알맞은 속도로 두루 거닐어보자고.
천국에서 현세를 거쳐 지옥에 이르기까지.

이렇듯 『파우스트』에는 모든 상징이 동원되며 현실과 꿈, 인간과 동물, 지상과 천상이 서로 자유롭게 교류하는 그야말로 신비의 공간이 확보되어 있다. 제1부는 제2부와 달리 단막극으로 되어 있으나 그 변화는 다양해서 「천상의 서곡」을 제외하더라도 「밤」, 「서재」, 「거리」, 「성당」, 「감옥」 등 25개의 장면에 이른다. 이 중 「천상의 서곡」은 작품 전체의 메시지를 강하게 암시한다. 우선 등장인물부터 주님, 천사의 무리, 메피스토펠레스다. 천사의 무리들은 다시 라파엘, 가브리엘, 미하엘로 나뉘어 나타나는데, 흥미로운 것은 파우스트에 앞서서 메피스토펠레스가 먼저 등장한다는 사실이다. 그는 주님과 독대하면서 이 작품의 전개를 예시한다. 예컨대 신을 조롱하면서 인간들을 경멸하는 그가 주님과의 대화하는 다음 부분에는 이 작품의 성격을 결정적으로 암시하는 대목이 나온다.

주님　　　내게 할 말이 그것뿐이란 말이야?
　　　　　너는 항상 불평만 늘어놓으러 오느냐?
　　　　　지상의 일이 네겐 영원히 못마땅하다는 게냐?
메피스토　물론이지요. 늘 그렇지만, 내가 보기엔 아주 지독한
　　　　　곳입니다. 인간들의 비참한 꼬라지가 하도 딱해서
　　　　　나 같은 악마도 그 가련한 놈들을 괴롭히고 싶지 않다
　　　　　니까요.
주님　　　자네 파우스트란 자를 아는가?
메피스토　박사 말인가요?
주님　　　나의 종이니라!

파우스트가 누구이고 그가 한 일이 무엇이며 그 의미가 또한 무엇인지 해석하려고 한다면, 파우스트를 그의 종이라고 결연히 선언한 주님의 발언은 지극히 중요하다. 그것은 무엇보다 하나님이 아브라함을 선택하고 그의 종으로 삼은 구약의 언약을 상기시킨다. 그러나 그 온전한 이해는 기독교적 문맥 속에서만 가능하다. 왜냐하면 아브라함이든 파우스트든 주님의 선택을 받은, 그의 종임에도 불구하고 얼핏 보아 그렇지 못한 일반인보다 더욱 심한 방황을 하며, 엄청난 잘못을 저지르기 때문에 일반 사회적 통념으로서는 잘 받아들여지지 않게 마련이다.

그러나 기독교적 문맥 안에서 아브라함은 잘못과 실수에도 불구하고 결국은 하나님의 축복을 받고 신앙의 조상이 된다. 파우스트의 경우도 방황과 잘못이 필경 회개와 축복으로 이어진다는 점에서

악마 메피스토펠레스의 유혹에 넘어가 영혼을 팔기로 계약을 맺는 파우스트.

그와 유사한 구조를 갖는다. 그러나 둘 사이의 비교는 간단치 않은데, 바로 이 문제가 『파우스트』를 이해하는 관건이 된다. 즉, 성경에 대한 이해가 없을 경우 이 작품을 이해하기가 어렵다는 뜻이다.

결국 메피스토는 주님으로부터 파우스트가 지상에 살고 있는 동안에는 무슨 유혹을 하든 말리지 않겠다는 말을 이끌어 내는데, 여기서 저 유명한 "인간은 노력하는 한 방황한다"는 기이한 명제가 탄생한다. 그것은 얼핏 메피스토에 대한 양보 같지만, 지상 생활의 과정과 종말 그리고 성격을 규정짓는 것이 된다. 이후 작품의 전개는 메피스토의 뜻대로 행해진다.

우선 메피스토는 파우스트로 하여금 타락의 길로 들어서게 하는데, 여기에는 지령(地靈)을 비롯한 갖가지 정령들 및 여러 가지 신비한 매개물이 등장한다. 양자 사이에는 쾌락을 위한 계약이 타결되고 마녀로부터 얻어 마신 약으로 젊어진 파우스트는 마르가레테(그렛헨)에게 반해버린다. 그렛헨은 임신을 하고 마을의 소문은 뒤숭숭해진다. 그러던 중 그렛헨의 오빠를 메피스토와 파우스트가 찔러 죽이는 살인 사건이 일어나고, 그렛헨은 자신이 낳은 아이를 죽여 감옥에 갇히게 된다. 게다가 그가 준 수면제를 먹은 그녀의 어머니까지 죽었다. 그렛헨 일가가 모주 죽는 참극이 일어난 것이다. 파우스트는 메피스토와 함께 그렛헨을 구하려고 감옥으로 가지만 혼절한 그녀는 탈옥을 거부한 채 횡설수설하는데 '위로부터의 목소리'가 그녀는 이미 구원받았음을 선포한다. 여기서 '위'란 기독교적인 의미에서의 천상을 가리키는 것으로 보인다.

신비주의를 넘어서

5막으로 되어 있는 제2부는 외견상 제1부보다 그 이해가 간단치 않다. 그렛헨을 버린 살인범 파우스트는 제1막에서 "내 주위가 온통 낙원이 된다"고 즐거워하면서 지난 비극을 완전히 잊어버린 주인공으로 다시 나온다. 제1부의 「발푸기스의 밤」 장면을 통해 마녀들의 축제를 그려놓음으로써 신비주의의 실상을 드러냈던 괴테는 제2부 도입부부터 다시 메피스토를 중심으로 한 신비주의의 실체를 그려놓는다. 그러나 마녀들의 축제가 마법의 내용을 둘러싼 것이라면 제2부 제1막에서는 황실을 중심으로 한 현실 정치 내지 행정의 현장에 나타나는 마법의 위력이 펼쳐진다. 여기서도 메피스토는 나타나서 그의 역할을 과시한다. 그 가운데에 헬레나가 등장하는데, 다시 한 번 파우스트는 그녀의 아름다움에 매료되어 버린다. 그러나 이번에는 메피스토가 뚜쟁이 역할을 하지 않고, 오히려 파우스트의 접근을 저지한다. 그럴수록 파우스트의 태도는 전례 없이 단호하다.

파우스트 [...]

여기에 나는 굳건히 서 있다! 여기에 모든 현실이 존재한다.
여기서부터 정신이 정령들과 싸우고 위대한 이중 세계를 세울 수 있다.
그렇게 멀리 있던 여인이 어찌 더 가까워 질 수 있으랴!
내가 그녀를 구하겠다. 그러면 그녀는 이중으로 내 것이 되리라.
자, 용기를 내자! 어머니들이여! 어머니들이여! 용납해 주소서!
그녀를 알게 된 자, 그녀를 놓칠 수 없으리라.

메피스토는 파우스트를 비난하면서 학자들과 학문까지 비웃는다. 메피스토는 실험실에까지 출몰하여 바그너 박사와 더불어 제3의 인간형 창조에 대해서까지 대화를 나눈다. 여기서 호문쿨루스라는 인조인간이 등장하는데, 이것은 괴테가 파라켈수스

1) 파라켈수스는 16세기(1494~1541)에 활동한 철학자이자 의사로서 제도권의 의학에 반대하여 민간치료법을 많이 개발하였다.

(Paracelsus)[1] 학설에서 힌트를 얻은 것이라고 한다. 즉, 남성의 정자를 밀폐된 증류기에 넣어두면 생기를 얻게 되는데, 거기에 사람 폐의 엑기스를 섞어 40주 동안 양육하면 인간이 된다는 설이다. 오늘날의 인간 복제와는 다르지만 자연의 섭리를 거부하는 방식으로 인간의 창조를 꾀하는 아이디어였다는 점에서 충격적이다. 특히 흥미롭고 의미심장한 것은 호문쿨루스가 메피스토를 가리켜 "당신이 아는 건 다만 낭만적인 유령일 뿐이며 진짜 유령은 고전적이야 한다"고 말한 내용이다. 이러한 전언 속에는 고전주의와 낭만주의 어느 쪽에도 유령은 있다는 인식을 깔고 있는데, 그 배후에는 전통적인 게르만 신비주의[2]가 끊임없이 작용하고 있는 것이다. 그리하여 「고전적 발푸기스의 밤」 장면이 나오는데, 이것은 아마도 희랍 신비주의와 그 땅 그리고 그 문화를 말하는 것 같다. 실제로 여기서 파우스트는 "헬레나는 어디 있을까?" 하면서 두리번거리는 장면이 나온다. 헬레나[3]는 희랍 신비주의 대표적 표상 아닌가.

「고전적 발푸기스의 밤」에는 『파우스트』의 중요한 메시지들이 사실상 모두 숨겨져 있다. 사이렌들의 입을 통하여 "한 신이 다른 신을/조롱하는 모양이지요./하지만 모든 은총을 공경해야지요./모든 재앙을 두려워하고요" 라고 한 말 그리고 다시 그들이 "신이 어디에 앉아 계시든/우리의 버릇은/해와 달을 향해 기도하는 것/그것

2) 게르만족의 신화에 바탕을 둔 민간사상. 독일정신의 밑바닥을 흐르고 있다.

3) 희랍 신화에서 제우스와 레다 사이에 태어난 딸로서 여성미의 원형으로 불린다.

은 보람 있는 일이랍니다"고 한 말 속에서 기독교의 신과 희랍 신화의 신들을 공존시키고자 하는 은밀한 의도가 노출된다. 이를 증명하는 대목들은 이 장면 앞뒤에 수두룩하다.

제3막은 헬레나로부터 시작된다. 제우스 신의 딸이며 스파르타 왕 메넬라오스의 비(妃)이기도 했던 그녀는 그 아름다움 때문에 트로이 왕 파리스에게 잡혀가 트로이 전쟁의 원인이 되기도 했다. 메넬라오스의 궁정 앞에서 찬양을 받던 그녀에게 파우스트가 나타나 그녀를 주인으로 섬기게 해달라고 간청한다. 둘은 마침내 열렬한 관계가 되었고 아들 오이포리온까지 얻는다. 그러나 오이포리온은 성격이 분방하고 거칠어서 무모하게 하늘로 날아오르다 죽고 헬레나도 뒤따라간다. 한편, 제4막의 서두에 나타난 파우스트는 지금까지의 개인적 욕망의 사슬에서 벗어나 공동체적 관심을 나타내는 큰 변화를 보인다.

> 파우스트　지배권을 획득하는 거다, 소유권도!
> 　　　　　행동이 전부다. 명성은 허무하다

그는 자신의 눈이 '아득한 바다'로 끌린다고 하면서, 바다를 해안에서 쫓아내 땅의 경계선을 좁히는, 말하자면 간척사업에 착수한다. 게다가 메피스토와 함께 황제를 모시면서 왕정에도 간여한 파우스트는 패색이 짙은 반란 전쟁을 승리로 이끌기도 한다. 그러나 이 승리에는 메피스토의 마법이 개입되었기 때문에 대주교의 불만이 터진다. 주님과 교황을 모독하는 악마와 결탁했으므로 황제는 큰 잘못을 저질렀다는 것이다. 황제는 죄를 인정하고 회개하며, 교회에 상당한 땅을 내놓는다. 뿐만 아니라 파우스트에게 하사한 해안지매의 수익금을 상당 부분 교회에 바칠 것을 대주교는 요구한다. 파우스트 또한 악마와 결탁했다는 이유다.

마지막 제5막에 오면 이제 늙은 파우스트의 본격적인 고민과 최후가 그려진다.

> 비록 낮은 우리에게 밝은 이성의 웃음을 던져주지만,
> 밤은 우리를 악몽의 그물 속에 옭아 넣는다.
> 싱싱한 초원에서 즐거운 마음으로 돌아오면,
> 새가 운다. 뭐라고 울지? 재앙이라고 운다.
> 밤낮 미신에 얽매어 살다 보니
> 허깨비가 보이고, 조짐이 나타나고 경고를 한다.
> 이렇게 우리는 겁에 질린 채 홀로 서 있는 것이다.

파우스트는 그러면서 그가 세상을 줄달음쳐 왔으며, 온갖 쾌락의 머리채를 붙잡아왔음을 고백한다. 그러나 도깨비들이 날뛰어도 자기의 갈 길만 가면 된다고 한껏 의연해 하는데, 그의 주위에 '결핍', '죄악', '근심', '곤궁' 이라는 이름의 네 여인이 나타나서 그를 괴롭히듯 그의 현실은 악화된다. 마침내 '근심' 이 파우스트를 저주하자 그는 눈이 먼다. 그러나 놀라운 일이 벌어지는데, 육신의 장님과 달리 그의 마음속에 밝은 빛이 빛나는 것이다. 생각했던 것을 완성해야겠다고 서두르는가 하면, 삽과 괭이를 들고 규칙대로 일할 것

을 독려한다. 바다의 땅을 육지로 만들고 파도를 막으면서 자유로운 백성과 살고 싶다고 외치다가 그는 쓰러진다.

파우스트는 가고 천국과 지옥이 천사들과 메피스토의 합창 그리고 절규를 통해 엇갈린다. 파우스트의 구원은 속죄하는 여인을 통해 암시되며 실제로 '영원히 여성적'[4]인 것의 힘이 나타난다.

파우스트의 실천적 의미

『파우스트』는 여러 가지 시각에서 그 해석이 시도되었고 연구되었다. 그 가운데 가장 중심을 이루는 주제는 이 작품이 헤브라이즘[5]의 세계와 헬레니즘[6]의 세계 그리고 게르만 신비주의를 통합시키고자 하는 노력의 위대한 산물이라는 점이다.

괴테가 출생한 해는 1749년, 그가 죽은 해는 1832년이다. 84년을 살다간 그의 생애는 문학사적으로 질풍노도기와 고전주의, 낭만주의를 거치는 정열의 시기였으며, 정치사적으로 프랑스 혁명(1789)을 앞둔 시민 혁명의 기운으로부터 헤겔, 마르크스의 등장에 이르는 격동의 시대였다. 그러나 보다 본질적으로는 종교개혁과 르네상스 이후 본격화된 이른바 휴머니즘의 수레가 굴러가면서 한편

---

4) '영원히 여성적'이라는 표현은『파우스트』전체의 해석을 결정할 정도로 쟁점이 되어 있는 중요한 부분이다. 게르만 신비주의에서의 여성의 힘인지, 성경에서의 마리아인지, 제1부에서의 그렛헨인지에 대해서는 해석이 다양하다.

5) 히브리 사람들을 중심으로 한 기독교 문화이다.

6) 헬라 사람들을 중심으로 한 희랍 문화이다.

으로는 기독교의 전통과, 다른 한편으로는 저 깊숙한 민족정서인 게르만 신비주의가 갈등을 일으키고 있었던 때였다. 물론 이 세 흐름은 언제나 갈등 관계에 있었으나, 대체로 그 중 어느 하나가 우위에 있었다.

그러나 괴테 시대에는 이 세 요소들이 팽팽한 긴장 속에서 병존했다고 할 수 있다. 표면상 계몽주의 이후 희랍 신화를 원류로 하는 헬레니즘의 사조, 즉 인간 중심주의적 휴머니즘이 지배적이었으나 그 밑바탕을 이루는 범신론적 신비주의라는 전통 정서가 여전히 힘을 발휘하고 있었다. 18세기 후반은 고전주의와 낭만주의의 대립의 시기라고 할 수 있겠지만, 이상하게도 독일 문학에서 그것은 그렇게 대립적이지 않다. 양자를 통합해 보려는 노력이 있었기 때문인데, 괴테의 『파우스트』는 가장 전형적인 모범이라고 할 수 있다. 가령 『파우스트』에서 「발푸기스의 밤」이 게르만 신비주의 및 낭만주의의 현장이라면 「고전적 발푸기스의 밤」은 고전주의, 즉 희랍문화의 헬레니즘을 거기에 결합시킨 것이라고 할 수 있다.

여기에 가장 중요한 또 다른 요소로 기독교 문화가 있는데, 이 작품에서 그것은 매우 중요한 작품의 구성 원리이자 주제가 된다. 16세기에 살았다는 떠돌이 학자 파우스트 전설을 소재로 한 이 작품은 결국 파우스트의 '거듭남(重生)' 이라는 기독교 원리를 바탕으로 천상의 은혜에 의해서만 구원이 가능하다는 것을 보여준다. 그러므로 독일의 낭만주의라는 전통과 헬레니즘, 헤브라이즘이 어떻게 혼융·화합을 이루어 보다 높은 단계의 문화를 향해 나아갈 수 있는지를 감명 깊게 표현해낸다.

이것이 오늘의 우리 현실에서 바라 본 『파우스트』의 실천적 의미이다. 우리에게도 갈등으로 혼재하고 있는 샤머니즘이라는 전통적 신비주의와 유·불교 그리고 기독교 정신은 보다 높은 단계의 문화를 위한 문학적인 승화가 모색되어야 할 것이며, 이를 추구하는 문학 작품이 기대되는 것이다. 정신적 정체성이 혼란을 겪고 있는 상황 속에서 이러한 문학 작품의 출현은 역사를 바꾸는 계기가 될 수 있다. 오늘날 독일 역사에서 괴테 이전과 이후로 나누어 바라보는 관점까지 나타났다는 사실이 의미하는 바는 참으로 중대하다. 그것은 독일인이 대립과 갈등, 혼란을 극복하고 통합과 자신감의 역사로 올라섰다는 뜻이리라.

더 생각해볼 문제들

1. 인간의 욕망과 죄의 문제에 대하여 깊이 생각해 보시오. 지식과 문명은 여기서 어떤 역할이나 기능을 할까요. 파우스트와 나의 경우를 비교해 보시오.

2. 구원은 인류에게 가능할까요. 가능하다면 어떻게 가능할까요. 나아가 구원이란 무엇인지 생각해 보시오.

3. 이성과의 사랑에서 우리가 얻는 것과 잃는 것이 있다면 무엇일까요.그 사랑의 의미는 무엇일까요.왜 파우스트는 그토록 이 문제에서 헤어나지 못했을까요.나의 경우는 어떠합니까.

추천할 만한 텍스트

『파우스트』1·2, 요한 볼프강 폰 괴테 지음,정서웅 옮김, 민음사, 1999.

김주연(金柱演)

숙명여자대학교 독어독문학과 교수.

서울대학교 독어독문학과를 졸업하고 동 대학원에서 독문학 전공으로 박사 학위를 취득하였으며, 다시 미국 캘리포니아 버클리 대학원 및 독일 프라이부르크 대학교에서 독문학을 전공했다. 현재 문학평론가로 활동하고 있으며 저서로『문학비평론』,『독일시인론』,『독일문학의 본질』,『근대논의 이후의 문학』등 20여권이 있고 다수의 번역서가 있다.팔봉비평상 등을 수상하였으며 그외 보관문화훈장을 수훈한 바 있다.

안드레이 볼콘스키 공작은 군기를 붙든 채 쓰러졌던
프라첸 고지의 같은 장소에서 피를 흘리면서 누워 있었다.
그리고 나지막하고 구슬프며 나약한 신음소리를 무의식중에 계속 내고
있었다. 저녁때가 되자 그는 신음소리를 그치고 완전히 조용해졌다.
그는 자신의 무의식 상태가 얼마나 지속되었는지 몰랐다.
그러나 문득 자기가 아직 살아 있으며, 불에 타는 듯하고 무엇인가를
잡아 찢는 듯한 머리의 통증에 괴로워하고 있음을 다시 느꼈다.
"저긴 어디일까? 이제까지 모르고 있던
그리고 지금 비로소 발견한 저 드높은 하늘은?"
이것이 그에게 최초로 떠오른 생각이었다.

톨스토이 (1828~1910)

러시아 남부의 툴라 시 근처에 있는 야스나야 폴랴나에서 명문 귀족 집안의 4남으로 태어났다. 그는 1847년에 카잔대학을 중퇴하고 야스나야 폴랴나로 돌아와 방탕한 생활을 하기도 하였다. 톨스토이는 1851년 사관후보생으로 입대하여 카프카즈에서 군대 생활을 했으며, 이듬해 『유년시절』을 발표하면서 작품 활동을 시작하였다. 1862년 34세 때 궁정 의사의 딸인 18세의 소피아 안드레예브나 베르스와 결혼하여 평안한 가정을 이룬 뒤 문학에 전념하여 『전쟁과 평화』(1869)를 발표하였으며 이어 『안나 카레리나』(1877), 『부활』(1899) 등의 명작을 남겼다. 그러나 『안나 카레리나』를 완성할 무렵부터 톨스토이는 죽음에 대한 공포와 삶에 대한 무상함으로 심한 정신적 갈등을 겪었다.

톨스토이는 1880년에 들어 위선에 찬 러시아 귀족사회와 러시아 정교를 비판하고 초기 기독교 사상에 몰두하여 '톨스토이주의' 라고 불리는 사상을 체계화하였다. 톨스토이는 말년에 현대의 타락한 기독교를 비판하고 노동·채식·금주·금연의 생활을 역설하였다. 1910년 정신적 갈등이 심해진 톨스토이는 가족들 몰래 가출하여 우랄 철도의 작은 간이역인 아스타포브(현, 톨스토이역) 역장 관사에서 숨을 거두었다.

04

새로운 복합 산문 장르의 탄생
톨스토이의 『전쟁과 평화』

이병훈 | 경북대학교 노어노문학과 연구교수

톨스토이 문학의 원천, 야스나야 폴랴나

‘청명한 숲 속의 풀밭’이라는 의미를 지니고 있는 야스나야 폴랴나(Yasnaya Polyana)는 위대한 작가이자 사상가인 레프 톨스토이(Л. Толстой)가 태어난 곳이면서 동시에 그의 문학적, 사상적 원천이기도 했다. 모스크바에서 남쪽으로 이백여 킬로미터 떨어진 광활한 벌판에 그림같이 펼쳐져 있는 톨스토이 가문의 영지와 저택은 아직도 고풍스러운 옛 모습 그대로 보전되어 있다. 야스나야 폴랴나에 들어서면 무엇보다도 러시아의 자연풍광에 압도되고, 이국적인 자연미에 매혹되게 마련이다. 영지의 초입에 자리 잡고 있는 거대한 호수는 마치 고대 슬라브 전설에 나오는 숲과 물의 요정 루살카가 살고 있을 것 같은 착각을 불러일으킨다. 저택으로 들어서면 양쪽으로 늘어선 자작나무 가로수가 바람에 늘씬한 나신(裸身)을 드러내고 있다. 흰색의 자작나무들은 싱그러운 초록의 머리채를 날리며 이곳이 러시아의 정신적 상징이었던 톨스토이 백작의 고향임을 알리고 있다.

자작나무숲 뒤로는 거대한 떡갈나무들이 방문객들을 살피며 저희끼리 뭔가 구시렁거린다. 혹시 톨스토이는 『전쟁과 평화(Вой наи мир)』의 한 장면을 야스나야 폴랴나의 모습 그대로 묘사한 것은 아닌지. 이 대목에서 소설 속의 풍경과 사실을 분간하기란 쉽지 않다. 실제로 『전쟁과 평화』의 제2권 3편의 첫 장은 다음과 같이 묘사되어 있다.

> 길섶에 떡갈나무 한 그루가 서 있었다. 숲 전체를 차지한 자작나무보다 열 배는 더 나이를 먹은 것으로 보이는 이 나무는 보통 자작나무보다 열 배나 더 굵고 크기는 두 배나 되었다. 떡갈나무는 두 아름이나 되는 거목으로 오래 전에 꺾인 듯한 가지와 상처투성이의 묵은 껍질로 덮여 있었다. 볼품없이 거대하고 제멋대로 뻗은 옹이투성이의 손과 손가락을 가진 이 떡갈나무는 화 잘 내고 남을 업신여기는 늙은 불구자처럼 미소 짓고 있는 자작나무들 사이에 서 있었다. 오직 이 떡갈나무만이 봄의 황홀한 유혹에 복종하려 하지 않고 봄과 태양을 외면하려는 것 같았다.

야스나야 폴랴나의 대자연은 우리를 『전쟁과 평화』의 주인공인 것처럼 작품 속으로 끌어들인다. 안드레이 볼콘스키, 피에르 베주호프, 나타샤, 쿠투조프 장군이 우리 눈앞에 서서히 모습을 드러내며 친근하게 말을 건넨다. 이렇게 톨스토이의 문학은 야스나야 폴랴나를 빼놓고는 생각할 수 없다. 야스나야 폴랴나는 톨스토이 문학과 사상의 젖줄이었으며 야스나야 폴랴나의 대자연과 그곳에서 살았던 러시아 귀족, 농민들은 『전쟁과 평화』에 등장하는 주인공들이었다.

전쟁과 인간의 운명

톨스토이가 『전쟁과 평화』를 집필하기 시작한 것은 소피야 안드레예브나와 결혼한 이듬해인 1863년 2월이다. 그의 나이 서른다섯으로 야스나야 폴랴나에 정착해서 가정생활의 평안함과 안정을 느끼고 있었던 시기였다. 『전쟁과 평화』는 등장인물만 599명이나 되는 거대한 역사·인간 드라마다. 톨스토이는 작품의 줄거리를 전개하면서 전쟁 상황과 평화로운 삶의 모습을 번갈아 보여준다. 주인공들은 전쟁과 삶 사이를 오가면서 사랑과 증오, 삶과 죽음의 의미를 깨달아간다. 그리고 역사의 소용돌이 속에서 새로운 삶과 그 의미를 발견한다.

이 작품의 제목은 매우 상징적으로 작품의 주제를 잘 드러낸다. 러시아어에서 평화를 뜻하는 '미르(мир)'는 세계, 우주라는 의미도 있고, 또 은유적으로 인간의 생활세계, 즉 인간의 삶 전체라는 의미를 내포하기도 한다. 톨스토이는 이 작품의 결말에서 '미르'를 전쟁과 반대되는 평화라는 의미보다는 새로운 삶의 세계라는 의미로 사용하고 있다. 즉, 전쟁과 죽음, 파멸을 경험한 인간이 어떻게 새로운 삶을 발견하고 그것의 의미를 깨닫는가 하는 것이 이 작품의 주제라고 할 수 있다. 이런 점에서 이 작품의 제목을 『전쟁과 평화』라고 번역하는 것이 전적으로 올바른 것만은 아니다.

『전쟁과 평화』는 이야기의 전개가 매우 복잡하기 때문에 줄거리를 요약하는 것조차 쉽지 않다. 그래서 어떤 사건들을 중심으로 플롯을 재구성하느냐에 따라 작품을 이해하는 각도가 달라질 수 있다. 그러면 이 작품의 주요 사건들을 따라가 보도록 하자.

소설의 첫 장면은 1805년 7월 황태후의 측근인 안나 파블로브나 쉐레르가 주최하는 야회장이다. 당시 러시아는 오스트리아와 동맹을 맺고 나폴레옹 군대에 대한 선전포고를 한다. 성(聖) 페테르부르그[1]의 사교계에서는 한창 전쟁에 관한 이야기로 시끄럽다. 볼콘스키 집안의 젊은 공작인 안드레이는 무의미하게 반복되는 생활에 염증을 느껴 전쟁에 출전하기로 결심한다. 그는 아내와의 결혼 생활에서도 행복을 찾지 못하고 있던 터였다. 안드레이의 절친한 친구인 피예르는 러시아의 유력한 재산가인 베주호프 공작의 서자(庶子)로 방탕한 생활에 빠져 살던 중 아버지의 죽음으로 거대한 유산을 물려받고 러시아 사교계의 거물이 된다. 안드레이는 전쟁에 출

1) 페테르부르그는 1703년에 표토르 I 세가 서구의 문물을 받아들이기 위해 세운 도시이다. 제정 러시아의 수도였으며 러시아 문학에서는 주로 속물적인 귀족적 삶의 공간으로 형상화되었다.

전하기 위해 임신 중인 아내를 아버지와 누이인 마리야에게 맡기고 전쟁터로 향한다.

1805년 10월, 오스트리아에서 러시아는 나폴레옹 군대와 전투를 벌인다. 그러나 전세는 러시아에 불리한 상황이다. 쿠투조프 장군이 이끄는 러시아군은 퇴각을 위해 전위대를 파견하고 전투에 참여한 부대원들의 헌신적인 행동으로 위기에서 벗어난다.

한편, 바실리이 쿠라긴 공작은 피에르와의 어색한 관계를 청산하고 그를 사위로 삼으려 한다. 행복에 도취된 피에르는 주위의 기대감에 부응하기 위해 자신이 무엇인가 해야 한다고 느끼고 자의반 타의반으로 공작의 딸인 엘렌과 결혼식을 올린다. 바쉴리이 공작은 이에 만족하지 않고 아들을 볼콘스키 집안의 딸인 마리야와 결혼시키기 위해 노공작 니콜라이 볼콘스키의 집을 방문한다. 그러나 그의 계획은 수포로 돌아가고 만다.

러시아군은 오스트리아 군대와 거대한 연합군을 결성하여 나폴레옹과 일전(一戰)을 준비한다. 그러나 쿠투조프 휘하의 군대는 예기치 못한 습격을 받고 안드레이는 큰 부상을 당해 전쟁터에서 의식을 잃고 쓰러진다. 벌판에서 홀로 깨어난 안드레이는 지금껏 자신이 동경해왔던 것이 얼마나 하찮은 것이고, 자신에게 주어진 삶이 얼마나 고귀한 것인지를 깨닫는다.

결혼한 피에르는 아내가 뭇 남자들과 염문을 뿌리고 다니는 것에 격분한다. 급기야 그는 이름난 건달인 돌로호프와 결투를 하게 되고 자신의 불행이 음탕한 아내 탓이라고 생각한다. 부인의 오만함과 냉소적 태도에 염증을 느낀 그는 아내에게 결별을 선언한 후 빼

쩨르부르그로 떠난다. 볼콘스키 집안에는 안드레이가 전사했다는 소식이 통보된다. 공작과 마리야는 비통한 소식에 슬퍼하지만 출산을 앞둔 그의 아내 리자에게는 비밀로 한다. 그런데 죽은 줄만 알았던 안드레이는 부인이 출산하는 날 기적처럼 돌아오지만 부인은 아이만을 남긴 채 세상을 떠나고 만다.

페테르부르그로 가는 도중 평등과 박애주의 결사체(結社體)인 프리메이슨에 매료된 피에르는 메이슨 회원이 되어 갱생의 기쁨을 느낀다. 한편 실의에 젖어있는 안드레이는 세상일에 대해 회의적인 태도에 빠져든다. 이 시기에 러시아와 프랑스는 평화협정을 체결하고 세상은 잠시 평온한 시절을 맞이한다. 안드레이는 우연히 로스토프 집안을 방문하고 나타샤를 만나 이제껏 자신이 잊고 있었던 생명이 다시 약동하는 것을 느끼게 된다. 이 두 사람은 무도회장에서 다시 만난 후에 서로에게 사랑을 느끼고 안드레이는 그녀에게 청혼을 한다. 그러나 아버지 볼콘스키 공작의 반대로 결혼은 일년 뒤로 연기된다. 사랑하는 사람과 떨어져 있게 된 나타샤는 엘렌의 오빠이자 방탕한 아나톨리의 유혹에 빠져 스캔들에 휘말리고 안드레이와의 약혼은 취소된다. 약혼이 취소된 것을 알게 된 안드레이는 슬픔과 분노에 잠기고, 피에르는 괴로워하는 나타샤를 위로하면서 그녀에게 새로운 감정을 느끼게 된다.

1812년 나폴레옹은 러시아를 침공하고 전쟁은 다시 시작된다. 그때 터어키에 부임하여 쿠투조프 장군의 휘하에서 군무를 돌보던 안드레이 공작은 나폴레옹과의 전쟁 소식을 접하자 그쪽 전선으로 전근시켜달라고 부탁한다. 모스크바에서 요양 중이던 나타샤는 타인들과의 접촉을 끊고 종교의 도움으로 마음의 평안을 되찾는다. 피에르는 나타샤에 대한 자신의 감정이 예사롭지 않다는 것을 알고 불안해한다. 전쟁이 확산되어 피난길에 오른 볼콘스키 공작은 도중에 임종을 맞이하게 되고, 피난길에 발이 묶인 마리야는 나타샤의 오빠인 니콜라이 로스토프의 도움으로 위험을 모면한다. 니콜라이와 마리야는 서로 호감을 갖게 되지만 훗날을 기약하고 헤어진다.

이런 와중에 프랑스군과 러시아군은 보로지노에서 격렬한 전투를 치른다. 여기서 나폴레옹은 앞으로의 전운에 대해 불길한 예감에 휩싸인다. 이 전투에서 안드레이는 큰 부상을 입고 의무실에 후송되어 자신의 행복을 앗아간 아나톨리를 만난다. 그는 한쪽 다리를 잃고 고통으로 울부짖고 있는 아나톨리를 보고 연민의 눈물을 흘린다. 그리고 누이동생 마리야가 말한 조건 없는 사랑을 깨닫고서 꺼져가는 자신의 생명에 미련을 품는다.

보로지노 전투에서 승리를 확신하던 러시아군은 뜻밖의 타격을 받고 전투가 불가능한 상태에 빠진다. 러시아군은 퇴각을 결정하고 모스크바를 나폴레옹에게 넘겨준다. 한편, 피난길에 나타샤는 안드레이가 부상당해 근처에 후송되어 있다는 소식을 듣고 그를 만난다. 여기서 둘은 서로에 대해 품고 있던 오해를 풀고 자신들의 사랑이 여전히 변치 않았음을 확인한다.

모스크바에서 방화 혐의로 체포된 피에르는 포로생활을 하면서 플라톤 카라타예프라는 죄수를 만나 러시아적 선량함과 민중의 지혜를 깨닫게 된다. 그는 여기서 육체와 마음을 초월하는 영혼의 자유로움과 불멸을 체험하고 환희의 눈물을 흘린다. 전쟁에서 치명적인 부상을 당한 안드레이는 마리야와 나타샤의 극진한 보살핌에도 불구하고 세상을 하직하고 만다. 그는 죽기 직전 죽음은 잠에서 깨어나는 것이라는 인식에 도달하고 영혼의 안식을 얻는다.

나폴레옹은 전쟁에서 프랑스군이 패배할 것이라는 예감을 하면서 모스크바에서 퇴각한다. 이에 러시아군은 사기가 고조되어 후퇴하는 프랑스군을 추격하고 그 와중에 피에르가 구출된다. 포로생활에서 돌아온 그는 이전과는 다른 모습으로 변한다. 그는 내면의 변화를 통해 이전의 원만치 못했던 인간관계를 복원한다. 모스크바에 도착한 피에르는 마리야를 방문하고 거기서 예전과는 달라진 나타샤를 만난다. 이들은 안드레이 공작과 과거의 일들을 회상하면서 슬퍼한다. 그러나 피에르와 나타샤는 서로의 마음 속에 새로운 사랑이 싹트는 것을 느끼게 된다.

1813년 나타샤와 피에르는 결혼을 하고, 니콜라이는 마리야와 결혼한다. 그로부터 7년이 지난 1820년 12월 나타샤와 피에르는 화목하고 행복한 가정을 꾸리게 되고, 죽은 안드레이의 아들 니콜루쉬카는 자신의 아버지를 회상하며 아버지의 친구인 피에르처럼 훌륭한 사람이 되겠다고 다짐한다.

도덕적 완성의 길

『전쟁과 평화』의 창작 과정은 작품의 줄거리만큼이나 복잡하다. 톨스토이가 이 작품을 구상한 시기는 1856년이다. 톨스토이는 시베리아에서 오랜 유형생활을 마치고 모스크바로 귀환한 데카브리스트 가족을 우연히 만나 그들의 순결한 도덕성과 강한 정신력에 크게 감화를 받는다. 그리하여 그는 1825년 12월에 러시아의 개혁을 부르짖었던 혁명가들을 다룬 장편소설 『데카브리스트』를 쓰기로 마음먹는다. 그 후 톨스토이는 데카브리스트에 대한 자료를 수집하고 연구하다가 그와 같은 혁명운동이 어떤 역사적, 사상적 경로를 통해 형성되었는지를 이해하게 된다. 데카브리스트는 1812년 나폴레옹 군대의 침입에 맞서 싸운 세대의 후손들이었다. 이런 이유로 톨스토이는 데카브리스트 혁명보다 그것의 원인이었던 1812년의 조국전쟁을 다루기로 결심한다. 그러나 조국전쟁은 역사적으로 1805년에 있었던 전쟁, 즉 러시아가 오스트리아와 동맹을 맺고 나폴레옹 군대와 맞서 싸우다 패전한 전쟁과 불가분의 관계에 있었다. 이런 이유로 톨스토이는 『전쟁과 평화』를 1805년에서 시작하게 된다. 실제로 1865년 2월에 탈고한 작품의 첫 부분인 제1권의 1편이 잡지 『러시아 통보』에 연재되었을 때 제목은 '1805년' 이었다. 결과적으로 톨스토이는 1805년에서 1820년까지를 다루고 1825년 혁명은 미완으로 남긴 셈이다.

『전쟁과 평화』에서 데카브리스트의 부모 세대가 되는 주인공들은 안드레이, 피예르, 니콜라이 등이다. 특히, 톨스토이는 피예르의 사상을 데카브리스트 혁명의 출발점으로 보고 있다. 그리고 죽은 안드레이의 아들인 니콜루쉬카가 미래의 데카브리스트로 성장하는 것으로 그리고 있다.

피예르는 『전쟁과 평화』에서 톨스토이가 제시하고 있는 도덕적 완성의 길을 보여주는 인물이다. 피예르는 포로생활을 통해서 삶의 밑바닥을 체험하고 러시아 민중들을 만나게 된다. 그는 여기서 삶의 본질과 의미에 대한 자신의 지적 탐구를 벗어 던지고 새로운 차원의 깨달음에 도달한다. 그것은 삶의 엄숙함과 경이로움에 대한 자각이다. 톨스토이는 『전쟁과 평화』의 제4권, 4편 12장에서 피에르가 "자기 주위에서 끊임없이 변화하고 영원히 규명하기 어려운 위대하고 무한한 삶"을 관조할 수 있게 되었다고 기술한다.

삶에 대한 새로운 사상을 품게 된 피에르는 과거와는 완전히 다른 사람으로 변하게 된다. 그는 무엇보다도 실제로 삶 속에서 선(善)을 실현하는 실천가로 변신한다. 그리고 그것만이 인간이 도덕적 완성에 가까워지는 길이라는 사실을 설파한다. 작품의 에필로그에는 피에르의 이런 모습이 잘 드러나 있다. 그는 아내가 된 나타샤에게 확신에 찬 목소리로 다음과 같이 이야기한다.

> 내 사상은 단순하고 명료해요. 나는 누구누구에게 반대해야만 한다고 결코 말하지 않아요. 우리는 잘못을 저지를 수도 있으니까 말이요. 나는 다만 이렇게 말할 뿐이요. 선을 사랑하는 자들은 서로 손을 잡아라. 그리고 적극적인 선행의 실천을 유일한 기치로 삼아라.

피에르의 생각은 『전쟁과 평화』를 쓸 무렵의 톨스토이의 사상을 잘 대변하고 있다. 이 시기에 톨스토이는 삶에 대한 겸손한 태도와 부단한 실천을 통한 도덕적 완성을 최고의 덕목으로 보았다. 그리고 러시아의 정신세계는 이런 도덕적 기초 위에서 이루어진 것이라고 이해하고 있었다. 톨스토이가 유형생활에서 돌아온 늙은 데카브리스트를 보고 러시아의 도덕적 타락을 통감한 것은 어린 니콜루쉬카의 사상적 토대가 실천적인 도덕의 완성을 꿈꾸었던 피에르에서 연유한다는 인식과 동떨어진 것이 아니다. 어쩌면 톨스토이가 만났던 늙은 데카브리스트는 자신이 창조했던 니콜루쉬카였는지도 모른다.

새로운 복합 산문 장르의 탄생

『전쟁과 평화』가 발표되었을 때 러시아 문학계에서는 작품의 장대한 스케일과 독특한 형식을 놓고 많은 논란이 있었다. 그래서 그는 급기야 작품이 완결되지도 않은 시점인 1868년 3월 『러시아의 기록』이라는 잡지에 '『전쟁과 평화』에 대한 몇 마디'라는 제목의 논문을 발표하기에 이른다 『전쟁과 평화』는 1869년에 완성되었다. 여기서 톨스토이는 자신의 작품에 대해 다음과 같이 밝히고 있다.

> 『전쟁과 평화』란 무엇인가? 이것은 장편소설도 아니며, 서사시나 역사적 기록은 더더욱 아니다. 『전쟁과 평화』는 현재 표현되어 있는 형식으로 저자가 표현하기를 원했고 그렇게 표현할 수 있었던 바로 그것이다.

톨스토이는 『전쟁과 평화』를 서구적 의미의 장편소설로 이해하려는 것에 반대했다. 이것은 톨스토이가 서구적인 소설의 형식으로는 표현할 수 없는 내용을 이 작품에 담고자 했다는 것을 의미한다. 톨스토이가 이해하고 있었던 당시의 장편소설은 주로 연애사건의

집필에 몰두하고 있는 톨스토이의 모습.

갈등과 해소라는 기본 골격을 지닌 것이었다. 그렇다면 톨스토이는 『전쟁과 평화』에서 대체 어떤 내용을 다루려고 했으며, 이 작품의 형식을 "현재 표현되어 있는 … 바로 그것", 즉 새로운 산문 장르로 규정하려고 했던 이유는 무엇일까? 이것을 이해하기 위해서는 작품의 내용과 형식을 구성하고 있는 다층적이고 복합적인 요소들을 눈여겨보아야 한다.

『전쟁과 평화』는 무엇보다도 19세기 전반기에 러시아가 실제로 겪었던 일련의 전쟁들, 특히 1812년 나폴레옹 군대의 침공에 대항한 '조국전쟁'을 다룬 '역사소설'이다. 그것은 이 작품의 외형적 구성이 역사적 사실에 근거한 시기로 구분되어 있는 것에서 확인할 수 있다. 『전쟁과 평화』는 모두 4권으로 되어 있는데, 제1권은 1805년의 시기를, 제2권은 1806년부터 1812년 조국전쟁 전야까지의 시기를, 제3권과 제4권은 1812년 조국전쟁을, 에필로그는 1813년에서 1820년까지의 시기를 다루고 있다. 이밖에도 톨스토이는 역사상의 실제 인물들, 예컨대 나폴레옹, 러시아 황제 알렉산드르 I세, 러시아 총사령관 쿠투조프, 모스크바 총독이었던 라스토프친 백작 등을 사실적으로 묘사함으로써 『전쟁과 평화』의 역사소설적 면모를 드러내고 있다.

그리고 『전쟁과 평화』는 전쟁기에 부침(浮沈)이 심했던 여러 귀족 가문의 흥망성쇠를 다룬 '가족소설'이기도 하다. 이 작품은 볼콘스키 집안, 로스토프 집안, 쿠라긴 집안이 중심이 되어 서로 얽히고설키는 복잡한 가족이야기다. 작품의 주인공인 안드레이 볼콘스키는 로스토프 집안의 둘째 딸인 나타샤를 사랑하지만 전쟁에서 심하게 부상당한 뒤 그 후유증으로 죽고 만다. 결국 나타샤는 피에르 베주호프와 결혼을 하게 되고, 로스토프 집안의 맏아들인 니꼴라이는 안드레이의 누이동생인 마리야와 결혼함으로써 두 집안을 연결한다. 쿠라긴 집안의 자녀들, 즉 아나톨리와 엘렌은 모두 파렴치한 인물로 그려져 가문의 몰락을 가져온다. 이렇게 『전쟁과 평화』는 19세기초 러시아 귀족의 가족사를 생생하고 역동적으로 그려냄으로써 가족소설의 새로운 경지를 개척하고 있다. 특히, 러시아 귀족 가문의 전통과 풍속을 세세하게 묘사한 점은 이 작품이 '풍속소설'로서도 각별한 의미가 있다는 것을 보여준다.

톨스토이는 『전쟁과 평화』를 서구적 의미의 장편소설과 동일시하는 것에 동의하지 않았지만 이 작품 또한 '애정소설'의 측면을 가지고 있다는 점에서 기존의 소설적 전통과 맥을 같이 하기도 한다. 앞서도 언급했지만 『전쟁과 평화』는 안드레이와 나타샤, 피예르 사이의 사랑이야기이며, 특히 나타샤의 입장에서 보면 일종의 '성장소설'[2)]이기도 해서 이 작품이 서구에서 유행하던 '교양소설'의 전통을 계승하고 있는 측면도 있다.

『전쟁과 평화』는 또한 '심리-사상소설'이기도 하다. 톨스토이는 이 작품에서 수많은 등장인물들의 내면 심리를 독립적으로 그려내며 이른바 전형적 인물들의 백과사전을 만들어냈다. 톨스토이가 창조한 모든 인물들은 서로 관계를 맺고 있으면서도 결코 타자에 종속되지 않는 독자적 성격, 즉 개성을 지니고 있다. 그리고 작가는 이 작품에서 다양한 인물들의 운명을 통해서 역사의 우연성과 합법칙성, 자유와 필연성, 선과 악, 아름다움과 추함 등의 사상적 주제를 다루고 있다. 특히, 러시아 민중의 대표적 형상인 플라톤 카라타예프는 러시아 민중의 정신세계를 대변하며 이 작품에서 사상적 중심의 역할을 담당하고 있다.

이상에서 살펴보았듯이 『전쟁과 평화』는 어느 하나의 산문 장르로 포괄할 수 없는 다층적이고 복합적인 내용과 형식을 지니고 있다. 톨스토이는 『전쟁과 평화』를 통해서 예술사에 전례가 없는 새로운 복합 산문 장르를 창조하였다. 이런 점에서 이 작품은 역사대

---

2) 교양소설(Bildungsroman) 혹은 발전소설이라고도 한다. 주인공이 자기를 발견하고 내면적으로 성장해가는 과정을 그린 소설을 말한다.

하소설의 전형이라고 평가할 수 있다. 왜냐하면 문학 작품이 거대한 역사적 사실과 개별적인 인간의 삶을 유기적이고 총체적으로 다룰 수 있다는 것을 톨스토이가 보여주었기 때문이다.

더 생각해볼 문제들

1. 제시문에 나타난 톨스토이의 죽음에 대한 생각을 요약해 보시오.

   안드레이 볼콘스키는 생사의 기로에서 자신에 대한 근원적인 존재론적 질문을 던지게 된다. "나는 도대체 어디 있는 것일까?"라는 질문이 그것이다. 이렇게 죽음에 대한 의식은 인간에게 자신을 되돌아보는 소중한 계기를 제공한다. 만약 인간이 죽지 않고 영원히 산다면 자신과 세계에 대한 성찰을 하지 않을 것이다. 이런 점에서 죽음에 대한 의식은 인간이 어떻게 살 것인가 하는 문제와 밀접하게 연관되어 있다고 할 수 있다. 결국, 인간은 죽음을 통해서 삶을 끊임없이 성찰하는 것이다.

2. 피예르를 예로 들어 톨스토이의 도덕사상에 대해 설명하시오

   피예르는 이 작품에서 정신적인 변화를 가장 많이 경험한 인물 중의 하나이다. 그는 처음에 방탕한 생활을 즐기는 사색가에서 진정한 삶의 의미를 찾아 나서는 탐구자로, 나중에는 도덕적 삶을 실천하는 행동가로 변신한다. 여기서 톨스토이가 강조하고 있는 것은 피예르의 도덕적 실천사상이 삶에 대한 관념적 태도를 극복함으로써 형성되었다는 사실이다. 톨스토이는 인간이 도덕적으로 성장하는데 가장 중요한 요소를 선행의 실천이라고 생각했다. 이런 점에서 톨스토이의 도덕사상은 일종의 실천철학이라고 할 수 있다.

3. 『전쟁과 평화』의 창작 동기와 죽은 안드레이의 아들 니콜루쉬카는 어떤 관련이 있는지 서술하시오.

   톨스토이는 『전쟁과 평화』에서 데카브리스트 혁명에 참여했던 젊은 장교들의 성장과정을 그리려고 하였다. 그러나 작가는 그 사건의 원인을 찾다가 결국 1805년 전쟁까지 거슬러 올라가게 된다. 이 작품에 등장하는 안드레이나 피예르는 데카브리스트가 아니라 그들의 부모세대이다. 어린 니콜루쉬카는 부모세대의 정신을 이어받아 미래의 데카브리스트로 성장한다. 톨스토이는 니콜루쉬카를 통해서 데카브리스트 혁명이 어떤 역사적 배경에서 나온 것인

지를 상징적으로 보여주고 있다.

추천할 만한 텍스트

『전쟁과 평화』 1~5, 톨스토이 지음, 박형규 역, 인디북, 2004.

이병훈(李丙勳)

경북대학교 노어노문학과 연구교수.

고려대학교 노어노문학과를 졸업하고 모스크바 국립대학교에서 19세기 러시아 문학비평사에 대한 연구로 석사 및 박사 학위를 받았다. 그동안 서울대학교, 고려대학교, 연세대학교에서 러시아 문학을 강의했고 최근에는 연세의대, 고려의대, 가톨릭의대, 인제의대에서 의학과 관련된 문학 강의를 하고 있다. 대표적인 논문으로는 「예술적 공간을 보는 두 가지 시각」, 「'등장하지 않는 인물'에 대한 연구」 등이 있고, 역서로는 푸시킨의 드라마 『보리스 고두노프』, 벨린스끼의 비평선집 『전형성, 파토스, 현실성』와 비고츠끼의 『사고와 언어』 등이 있다.

"신성하다느니, 영광스럽다느니, 희생이니 하는 따위의 허무한 말들을
들을 때면 나는 언제나 정신이 어지럽다. 비를 맞으며 서 있을 때
때때로 누군가가 외치는 이런 말들이 귓전에 들려오지 않았던가.
또는 … 삐라 붙이는 사람들이 집어던진 선언문들에서 읽지 않았던가.
… 나는 신성한 것이라곤 아무 것도 본 적이 없다. 영광스럽다는 일들은
모두가 영광이 빠진 것들이었고, 희생은 묻어 버릴 수밖에 없을 정도로
썩어 나자빠져 쓰레기장에 던져진 고깃덩이처럼 시카고 쓰레기장의
쓰레기 더미 같은 것이다. … 영광이니 명예니, 용기니, 신성하다느니
하는 말들은 이제 지긋지긋한 말들이다."

—『무기여 잘 있거라』 중에서

어니스트 헤밍웨이 (1899~1961)

미국 일리노이 주의 오크 파크에서, 의사인 아버지와 음악교사인 어머니 사이에서 태어난 헤밍웨이는 유복한 가정환경 속에 천진한 감상적 낭만주의자로 성장했다. 운동과 글쓰기를 특히 좋아했던 그는 고등학교를 졸업한 뒤 신문기자가 되지만, 1918년 적십자 요원으로 잠시 이탈리아 전선에 뛰어들었다가 그만두고 1920년 캐나다 토론토로 가서 다시 신문기자로 활동했으며 유럽 특파원이 되자 프랑스 파리로 옮겨 생활했다.

1924년 단편소설집 『우리들의 시대』를 낸 이후, 『태양은 또 다시 떠오른다』(1926), 『무기여 잘 있거라』(1929), 『오후의 죽음』(1932), 『킬리만자로의 눈』(1936), 『누구를 위하여 종은 울리나』(1940), 『바다와 노인』(1952) 등 행동주의적이고 남성적인 스케일의 대작들을 많이 발표했다. 1937년에는 특파원으로서 스페인 내란을 취재했으며 1942년에는 쿠바의 아바나에 정착하기도 했다. 1954년, 그가 55세 되던 해에 노벨문학상을 받았고 1960년에는 다시 미국 아이다호 주의 케첨 시로 이주했으나 1961년에 엽총으로 자살함으로써 생을 마감하였다.

05

헤밍웨이의 소설에 나타나는 실존의 형식

헤밍웨이의 소설들

신정현 | 서울대학교 영어영문학과 교수

'길 잃은 세대'의 작가 헤밍웨이

제1차 세계대전은 그 참혹함으로 해서 20세기 서구인들에게 많은 것을 가르쳐 주었다. 이제 '경험'이란 '존재의 악성에 대한 경험'을 의미하게 되었고, '앎'은 어떤 당위적 가정으로도 설명할 수 없는 '우주적 부조리에 대한 앎'을 의미했다. 인간의 인간에 대한 어찌할 수 없는 거대한 폭력 앞에서 이제까지의 어떤 위대한 사상도 의미 없는 유희에 불과해졌으며, 세기말에 시작된 허무주의적 실존주의는 자연스럽게 서구 사상의 주류를 이루게 되었다.

20세기의 실존주의자들은 문명이 도구가 되어 삶이 송두리째 파괴되는 부조리한 현재를 도저히 설명할 수 없었고, 깊은 절망으로 인류가 만들어온 문명의 모든 기념비들을 저주했다. 그들에게 한

가지 확실했던 것은 그들이 "지금, 여기" 철저하게 부조리한 세계 속에 던져져 있다는 것과 이유 없이 "태어나서 선택하고, 죽어야 한다"는 실존적 상황뿐이었다. 이제 부조리 신의 악성을 설명할 수 없는 모든 본질주의(essentialism)와 체제순응적인 가치들은 부자유를 낳는 의미체계로서 해체되어야 했으며 작고 불확실하지만, 적어도 행위의 순간만은 진정한 자유를 주는 '주체성 있는 선택(authentic choice)' 만이 가치 있는 것으로 받아들여지게 되었다. 실존주의자들은 위험한 선택으로 부조리 신에 저항함으로써 자신의 존재를 확인하고자 했으며, 그러므로 실존주의는 존재에 대한 매조키즘적 인식 바로 그것이었다.

20세기 초엽, 유럽에서 생겨난 수많은 숙명론자들의 경우처럼, 헤밍웨이는 시대가 만들어낸 허무주의적 실존주의자였다. 미국의 보수적인 시골 마을에서 의사인 아버지와 음악 선생인 어머니 사이에서 태어난 헤밍웨이는 운동과 글쓰기를 좋아하는 평범한 작가 지망생이었다. 즉, 태생적으로 천진한 낭만주의자였던 것이다. 유년기와 소년기의 삶에서 특별한 것이 있다면, 그것은 아마 그가 아버지의 사냥과 낚시 여행에 자주 동행했다는 것일 것이며 여행을 통해 사냥꾼과 낚시꾼들이 거행하는 삶의 의식과 그들이 지키는 행동강령들을 체득한 일일 것이다.

그의 아버지는 헤밍웨이가 두 살이 되었을 때 낚싯대를, 열 살이 되었을 때 사냥총을 손에 쥐어 주었다. 그리고 열여섯 살이 되었을 무렵 사냥과 낚시의 모든 것을 배운 아들에게 다음과 같이 써 보냈다. "네가 벌써 이렇게 사내답게 자라 주다니, 정말 기쁘고 가슴 뿌

듯하다." 청소년기의 삶에서 헤밍웨이가 이처럼 사냥과 낚시에 애정을 쏟게 된 것은 어쩌면 그를 나약한 얼간이로 만들려 했던 어머니의 과보호를 벗어나려는 반발심리가 크게 작용했을 것이다. 어린 시절의 경험은 훗날 헤밍웨이가 문명을 벗어난 원시적 삶의 의식에서 실존적 삶의 규범을 찾는 바탕이 되지만, 이 시절 그를 산으로 들로 내몬 것은 분명히 "계집아이처럼 예쁜 옷을 입히고 싶어 했던" 어머니의 빗나간 소망 때문이었을 것이다.

제1차 세계대전은 감상적 낭만주의자 헤밍웨이를 실존적 숙명론자로 바꾸어 놓았다. 적십자단의 자원봉사 운전 장교로 이태리 전선에 투입될 때까지만 해도 헤밍웨이는 전쟁의 낭만을 꿈꾸는 철부지였다. 심한 부상을 입고 후송되었을 때에야 비로소 그는, 전쟁은 더 이상 낭만이 아니라 부조리 신에 지배되는 실존임을 깨닫는다. 전장에서 입은 상처는 그에게 영원히 지울 수 없는 정신적 충격을 안겨주었고 그래서 육체적으로 뿐만 아니라 정신적으로도 치유가 불가능한 깊은 상흔을 지니고 살아가게 된다. 문명에 내재된 반가치적 폭력으로 육체와 정신이 망가진 그에게 존재는 이제 어디에서나 본유적 폭력을 예비하고 있는 것처럼 보였다.

문명을 창조하는 힘이 바로 인간을 인간이게 하는 것이라면, 인간은 왜 그 힘으로 다른 인간들에게 뿐만 아니라 자기 자신에게도 엄청난 고통을 만들어 내고 마는 것일까? 우주의 본질은 악과 폭력으로 가득한 부조리가 아닐까? 1차 세계대전은 헤밍웨이로 하여금 세상을 뒤집어 볼 수 있게 하는 통찰력을 주었고, 거역할 수 없는 무서운 힘으로 엄청난 고통과 수많은 죽음을 낳으며 역사와 문명을 움직이는 시원적 악의 존재에 대해 알게 하였다. 1차 세계대전이라는 큰 전쟁을 겪은 헤밍웨이에게 수많은 일상사들은 모두 부조리신의 정교한 계획의 작은 일부처럼 보였다.

거트루드 슈타인(Gertrude Stein)은 전쟁의 충격으로 피폐해진 영혼을 지닌 헤밍웨이 세대들에게 이렇게 외쳤다. "그게 바로 당신들이야, 당신들 모두가 그렇단 말이야! … 당신들 모두는 길 잃은 세대들이야." 슈타인의 말대로 헤밍웨이는 전쟁으로 삶의 방향을 잃은 '길 잃은 세대'의 한 사람이었다. 이제 헤밍웨이에게 오랜 전통의 윤리와 철학과 역사는 잘못된 가정들에 불과했다. '시적 정의'나 '초월', '진보'나 '동포애', 영혼의 구원 따위의 역사와 철학과 윤리와 종교의 대전제들은, 엄청난 재앙을 몰고 오고도 한 치의 비극도 설명할 수 없는 말장난 이상은 아니었다.

『시지푸스의 신화』에서 까뮈가 말한 대로, 헤밍웨이에게도 이제 세상은 "어떤 나쁜 이유로도 설명할 수 없는 무엇"이 되어 버렸고, 생로병사의 삶의 모든 영역에서 크고 작은 의미를 낳던 수많은 초월적 가치와 믿음, 이념, 환상 등은 무용지물이 되었다. 수천 년에 걸쳐 만들어지고 다듬어져 온 철학과 윤리와 종교는 이제 더 이상 삶의 방향타가 되지 못했다. 1차 세계대전을 겪으며 신념의 벌거숭이가 되어버린 길 잃은 세대의 한 사람으로써 헤밍웨이는, 다른 실존주의자들처럼, 자신의 삶에 대하여 주체적 선택으로만 책임질 수 밖에 없는 허무주의적 실존주의에 빠져 들게 된다.

큰 그림으로 보아, 헤밍웨이 문학은 '길 잃은 세대'의 '위험한 선택'들로 점철된 작가의 삶의 투영이다. 얼핏 보기에 문명을 피해 산으로, 들로, 바다로, 투우장으로 내달리는 헤밍웨이의 삶은 아무런 규칙도 규범도 없는 혼돈처럼 보인다. 그러나 헤밍웨이에게 그것은 세기말의 혼돈과 20세기 초엽의 비극을 경험한 20세기 문화인물의 피할 수 없는 선택이었다. 삶은 곧 환멸이고 상실감이 끝없이 밀려들 때, 수천 년의 역사가 삶에서 무슨 가치가 있는지에 대하여 아무것도 가르쳐 줄 수 없을 때, 삶이 온통 부조리 투성이로만 느껴질 때 한 길 잃은 세대가 할 수 있는 일이 무엇이었을까? 헤밍웨이는 목숨을 걸고 악이 도사리고 있는 원시의 공간으로 내달리곤 했다. 그리고 그의 소설 속에서 자신이 그려낸 인물들도 되풀이해서 전쟁터로, 사냥터로, 투우장으로 내달리게 한다. 그렇다면, 헤밍웨이는 왜 자신뿐만 아니라 그가 그려낸 인물들을 안전한 문명을 버리고 위험한 원시 속으로 도망치게 했을까?

헤밍웨이 비평가인 필립 영은 프로이트의 이론을 차용하여 헤밍웨이 소설에 등장하는 인물들의 우주적 폭력에 대한 편집증적 집착을 다음과 같이 설명한다.

> 헤밍웨이의 주인공들은 1차 세계대전에서 받은 심한 전상으로 충격을 받고 정신분열증에 걸려 있으며, 분열증을 다스리는 한 방법으로 프로이트의 소위 '반복충동(repetition-compulsion)'에 따라 죽음과 폭력에 되풀이해서 자신을 노출시키는 전쟁증후군 환자들이

다. 전쟁증후군 환자들은 전쟁의 아픈 경험으로 일상의 삶 속에서도 악몽을 꾸며 일상의 하찮은 일들에서도 두려움을 느낀다. 또한, 그들은 전쟁의 아픔을 떨치기 위해, 또는 비극적 삶을 맞는 용기를 얻기 위해 되풀이해서 자신을 죽음과 폭력의 상황에 노출시킨다.

필립 영의 지적대로, 작가로서의 헤밍웨이는 자신을 포함한 전후 세대들이 전후의 삶 속에서 꾼 악몽과 그 속에서 느낀 두려움증을 그의 소설에 옮겨 놓았다. 초기 단편 「두 마음의 큰 강」은 헤밍웨이의 주인공들이 전쟁증후군 환자임을 보여주는 하나의 극명한 예이다. 이 이야기 속에서 주인공 닉 아담스는 대략 24시간 동안의 송어 낚시 여행을 하는데, 기차에서 내려 낚시터에 이르기까지 도보로 걷고 강가에서 적당한 장소를 찾아 천막을 치며 그곳에서 하룻밤을 지낸다. 그가 하는 일이라고는 고작 기차 정거장에서 샌드위치와 커피를 사고 북서쪽으로 가는 기차를 타고 가다가 적당한 역에서 내려 무거운 배낭을 짊어진 채 불이 나서 황폐화된 들판을 지나, 기분 좋은 소나무 숲에서 낮잠을 자는 것뿐이다. 그러나 목가적 삶의 무대에서 사라졌다가 전쟁의 상흔을 입고 다시 나타난 닉에게 황폐화된 들판과 침침한 늪지는 형언하기 어려운 두려움으로 다가온다. 그는 일상의 낚시 여행에서 여러 가지 낚시의 의식을 '엄숙하게' 거행함으로써 정신을 통어하고 두려움을 극복하고자 한다.

필립 영의 지적대로, 헤밍웨이 소설의 주인공들이 생경한 폭력의 원시 속으로 자신들을 되풀이해서 내던지는 것은 어쩌면 전쟁증후군 환자의 반복충동 때문일지 모른다. 그러나 프로이트의 반복충동으로 헤밍웨이 주인공들의 '위험한' 행동을 모두 설명하기에는 부족한 점이 있다. 전쟁에서 깊은 상처를 입은 지 얼마 되지 않았을 때 부모에게 보낸 편지에서 헤밍웨이는 다음과 같이 쓰고 있다.

> 상처는 아무 것도 아닙니다. 다시 상처를 입더라도 개의치 않을 것입니다. … 상처를 입는다는 것은 정말이지 형언하기 어려운 어떤 만족감을 주거든요.

헤밍웨이가 전쟁에서 상처를 입고 역설적으로 '형언하기 어려운 어떤 만족' 을 느꼈다면, 대체 그것은 어떤 만족감일까? 그것은 아마 작가로서의 상상력이 일깨워진 데서 오는 것일 것이며, 상처를 통해 알게 된 실존적 세계에 관한 것일 것이다. 헤밍웨이는 전쟁의 상흔으로 알게 된 세계를 좀 더 깊이 이해할 수 있을 때까지 삶의 극한상황에 스스로 기꺼이, 죽을 때까지 되풀이해서 뛰어 들었으며 자신의 주인공들에게도 아프리카로 맹수 사냥을 떠나게 하거나 스페인 내전에 종군기자로 참전케 하며, 투우를 즐기거나 홀로 먼 바다 낚시를 떠나게 하는 것이다. 그는 자신이 그랬던 것처럼, 자기의 주인공들로 하여금 삶 속에 잠긴 허무를 더욱 욕구하게 했으며, 허무를 창조하게 했고, 그렇게 함으로써 허무 속에서 찾을 수 있는 삶의 가치를 탐험하게 한 것이다.

헤밍웨이의 소설들은 거의 대부분 허무 속에서 실존의 의미를 탐험하는 주인공들의 '위험한 선택' 을 그리고 있다. 1924년에 출판된 그의 처녀작 『우리들의 시대』에서 1926년에 출판된 『태양은 또 다시 떠오른다』와 1929년에 출판된 『무기여 잘 있거라』를 거쳐 『누구를 위하여 종은 울리나』(1940)와 『바다와 노인』(1952)에 이르기까지 소설 속에 나오는 주인공들은 거의 예외 없이 실존의 허무에 눈뜨거나, 실존의 허무를 실험하거나, 실존의 허무 속에서 삶의 규범을 탐색하는 전쟁증후군 환자들이다. 그들은 우주에 편재하는 악을 인식하며 성숙해지고, 그 세계 속에서 위험한 선택을 함으로써 실존의 규범과 삶의 의미를 찾는다. 그들은 20세기의 세기적 삶의 비극적 현장에 자발적으로 참여함으로써 존재의 비극성을 증명해 보이며 수천 년 동안 대물림된 본질주의의 중독에서 고통스럽게 풀려나는 과정을 보여준다. 그들이 던져진 세계는, 1959년 브룩스와 와렌이 그들의 『소설의 이해(*Understanding Fiction*)』 중 '헤밍웨이 편' 에서 밝혔듯이 "피로 물든 포식(捕食)의 세계" 이다. 포식이 존재원리인 세계에서 의미 있는 삶의 형식을 찾을 수 있을까? 이것은 헤밍웨이가 그의 주인공들을 위험이 도사린 실존의 현장으로 내몰아 대답을 찾으려 했던 궁극적 질문이다.

『우리들의 시대』에 들어 있는 단편들 가운데에도 이미 실존에 눈뜬 전쟁증후군 환자의 모습을 띤 주인공 닉 애덤스가 등장한다. 실존적 삶에의 첫 경험이 담겨 있는 「인디언 캠프」에서 닉은 아버지의 왕진에 동행하여 한 인디언 여인의 산고를 지켜본다. 자연분만이 어려워지자 아버지는 마취도 못한 채 잭나이프로 제왕절개 수술을 하여 인디언 여인을 구하고 아기를 출산시킨다. 그러나 아내의 비명을 이틀 동안이나 견뎌야 했던 남편은 참다못해 면도칼로 자신의 목을 거의 떨어져 나갈 만큼이나 베고 자살을 한다. 집으로 되돌아오는 길에 거룻배 위에서 닉이 아버지에게 묻는다.

> "아빠, 그가 왜 자살을 했을까?"
> "잘 모르겠다, 닉. 내 생각인데, 견디기 어려운 일들이
> 많았던 것 같아."

생명을 낳는 일이 생명을 죽이는 일과 맞물려 있다면 삶의 의미를 어떻게 설명할 수 있을까? 이것은 철부지 닉이 존재에 본유하는 우주적 악과 폭력을 처음으로 경험하는 순간이다.

닉 아담스가 정통으로 허무에 입문하였음을 보여주는 것은 전쟁으로 깊은 상처를 입은 상이용사의 어둠에 대한 두려움이 담겨있는 단편 「깨끗하고 환한 곳」에서다. 여기에서 밤이면 늘 이 카페를 찾는 상이용사는 온통 어둠으로 휘둘린 밤이 두려워 "깨끗하고, 불빛이 밝은" 카페에서 한 발짝도 떠나려 하지 않는다. 그의 두려움을 이해하는 것은 동병상린의 늙은 급사뿐이다. 늙은 급사는 이 상이용사를 생각하며 허무의 신(神)에게 다음과 같은 조롱조의 기도를 올린다.

> 허무가 허무를 이겨 우리들의 삶을 허무에서 구해 주소서. 허무로
> 충만한 허무를 열렬히 맞아, 허무가 그대와 함께 있게 하소서.

전쟁에서 밀려오는 허무를 경험한 세대들은 빛이 없는 어둠의 공간으로 내몰려 내일의 태양이 뜰 때까지 뜬 눈으로 밤을 지새워야

했던, 허무를 이길 얼마간의 빛과 얼마간의 질서와 얼마간의 깨끗함에 굶주린 자들이었다.

『태양은 또 다시 떠오른다』에서도 부조리 신이 펼쳐 놓은 허무의 세계는 이어진다. 전쟁에서 척추를 다쳐 성기능을 상실한 제이크 반즈(Jake Barnes), 그에게는 욕망을 사랑으로 바꿔줄 육체가 없다. 죽은 자에 대한 연민과 추억으로 제이크와의 교분을 유지하는 전쟁 미망인 에쉬리 브렛(Ashley Brett), 그녀는 추억과 연민으로 육체가 없는 사랑을 보듬어 안을 수 있을까? 그들에게 부조리한 현실은 벽처럼 버티고 서서 물러서지 않는다. 그들이 할 수 있는 일이라곤 택시를 타고 마드리드 시내 구경을 하거나, 술집이나 카페에 멀거니 앉아 있는 것뿐이다. 이 소설의 제목이 나타내고 있는 것처럼, "허망하도다, 허망하도다! … 만물은 허망하도다! … 태양은 떴다가는 지고 뜬 곳으로 다시 돌아간다." 헤밍웨이가 이 소설의 제목을 따온 전도서 1장 5절에 나오는 솔로몬의 설법이다.

헤밍웨이는 여기에서 솔로몬의 설법을 패러디함으로써 허무의 신이 지배하는 20세기 실존의 실체를 드러낸다. 솔로몬은 이 세상의 권력과 부귀와 영화를 다 가져도 삶이 허망하기는 마찬가지이니 하느님을 경외하고 그의 계명을 지키라고 설법했었다.

이 소설의 서술자 제이크에게는 수만 번의 태양이 떴다가 지면서 허무를 짓더라도 허무를 넘어 귀의할 초월신이 없다. 허망한 삶만이 끝없이 펼쳐져 있을 뿐이다. 실존적 위기 상황에서 '위험한 선택'을 함으로써 순간순간의 위험을 헤쳐 나가는 투우사 로메로만이 그의 선생이다. 그는 투우사로서 난폭한 소와 싸우면서 자신의 명예와 위엄을 지키기 위해 투우의 의식에 따라 의연하고 '우아하게' 위험에 대처했었다. 그리고 사랑을 잃지 않기 위해 권투선수였던 인물의 결투를 받아들인다. 어떻게 살 것인가에 대해 수천 년 동안 대답해 주었던 초월신은 죽었다. 그러나 로메로의 '압중우아(grace under pressure)' — 허무가 존재의 조건인 전후 세계에서 인간이 존엄을 잃지 않고 생존하는 양식과 비결 — 의 교육은 제이크와 애쉬리에게는 아직은 낯설기만 하다. 태양이 다시 떠올라도 그들에게 허무는 끝까지 허무로 남아 있기 때문이다.

실존의 형식들

헤밍웨이의 주인공들이 허무의 본질을 보다 깊게 이해하고 '압중우아' 의 생존양식을 보다 잘 터득하게 되는 것은 『무기여 잘있거라』에 와서이다. 이 소설에서 프레드릭 헨리 중위와 간호사 캐써린 바클리와의 사랑은, 프레드릭의 편에서는 적어도, 카드놀이와 같은 어떤 '놀이' 로 시작된다. 그러나 그의 '놀이' 는 그가 심한 부상을 입고 전쟁에 환멸을 느끼면서 진실한 사랑으로 변해간다. 프레드릭은 전쟁과 '단독강화' 를 하고 캐써린과 함께 스위스로 도망한다. 그에게 전쟁이란 거짓 명분으로 겹겹의 탈을 쓴 추한 추상명사들의 집적체였기 때문이다.

> "신성하다느니, 영광스럽다느니, 희생이니 하는 따위의 허무한 말들을 들을 때면 나는 언제나 정신이 어지럽다. 비를 맞으며 서 있을 때 때때로 누군가가 외치는 이런 말들이 귓전에 들려오지 않았던가. 또

는 … 삐라 붙이는 사람들이 집어던진 선언문들에서 읽지 않았던가. … 나는 신성한 것이라곤 아무 것도 본 적이 없다. 영광스럽다는 일들은 모두가 영광이 빠진 것들이었고, 희생은 묻어 버릴 수밖에 없을 정도로 썩어 나자빠져 쓰레기장에 던져진 고깃덩이처럼 시카고 쓰레기장의 쓰레기 더미 같은 것이다. … 영광이니 명예니, 용기니, 신성하다느니 하는 말들은 이제 지긋지긋한 말들이다."

스위스의 자연은 인간을 따뜻하게 품어 주는 듯했다. 그러나 그것도 오래 가지는 않았다. 부조리 신이 인간을 위해 쳐놓은 '생리의 덫(biological trap)' 을 피할 수 없었기 때문이다.혹시 운이 좋아 하나 둘 덫을 빠져 나올 수 있다 해도, 덫은 언제 어디에나 있다. 제왕절개 수술에도 불구하고 아기도 죽고 캐써린도 죽는다. 삶에 대하여 가장 진지해진 순간에 그 대가로 얻은 소중한 사랑을 "어떤 나쁜 이유" 도 없이 잃어야 한다는 것은 우주적 아이러니이다. 프레드릭은 존재란 어쩌면, 불길을 향해 기어오르는 개미들처럼, 영원히 빠져 나올 수 없는 '생리적 덫' 에 걸려 있는 것인지도 모른다고 다음과 같이 생각한다.

언젠가 캠핑을 할 때, 개미들이 빼곡하게 기어 다니는 장작 하나를 불 속에 던져 넣은 적이 있다. 불이 붙자, 개미들은 어쩔 줄 몰라 떼지어 몰려 다녔다. 처음에는 불꽃이 지글거리는 가운데로 갔다. 그리곤 장작 끄트머리로 몰려갔다. 거기서도 버티지 못하자 그들은 불속으로 떨어졌다. … 나는 이게 세상의 끝이구나 생각하고 구세주가

> 될 양으로 장작을 집어 불이 닿지 않은 땅바닥에 내려놓았다. 그러나 내가 한 일이라곤 그저 장작에 주석 컵으로 물 한 잔을 부은 것뿐이다. … 이제야 생각인데, 타는 장작에 내가 부은 물에서 증기가 나와 개미들은 모두 쪄 죽었을 수밖에 없었을 것이다.

죽음을 예감한 캐써린은 프레드릭에게 '덫에 걸린 자'가 세상을 살아가는 방법에 대해 교육을 한다.

> "조금도 두렵지 않아요. 다만, 더러운 속임수에 걸렸을 뿐."

죽음은 부조리 신의 '더러운 계략'이므로 비통해 하지 말고 위엄을 갖춰 슬픈 운명에 대항하는 것만이 살아남은 자가 할 수 있는 오직 하나의 길이라는 것이다. 프레드릭이 할 수 있는 일은 아직은 생리의 덫을 놓고 기다리는 부조리 신 앞에서 절망하는 것뿐이다.

『태양은 또 다시 떠오른다』와 『무기여 잘 있거라』에서 소설의 주인공들은 그들의 선생들에게서 실존의 규범들 용기와 정직과 의연함 을 배웠다. 그러나 『누구를 위하여 종은 울리나』와 『바다와 노인』에서는 주인공들 스스로가 부조리 신의 세계에서 생존하는 규범을 스스로 터득하고 실천한다. 이 두 소설의 주인공들 로버트 조던과 산티아고 노인은 스스로가 선생이 되어 실존의 규범들을 개인적 차원을 넘어 사회적 차원에까지 확대하여 실천하는 본격적인 실존주의자가 되는 것이다.

1937년에 시작된 스페인 내전을 배경으로 한 소설 『누구를 위하여 종은 울리나』에서 여주인공 마리아의 아버지와 마을 사람들은 그들의 동포들에게 무참히 학살된다. 그리고 마리아 자신은 파시스트들에게 무자비하게 윤간당하고 가까스로 도망친다. 파시스트들의 만행으로 심한 신체적, 정신적 충격을 받은 마리아는 상처의 치유를 위해 미국인 폭파 전문가 로버트에게서 사랑을 구하고, 엄청난 잔학함을 증오하는 로버트는 마리아의 사랑을 사랑으로 돌려준다. 로버트는 그들의 사랑에서 망망한 허무의 공간에서도 의미 있는 선택이 있을 수 있음을 깨닫는다.

> 삶의 모든 것을 넘어 위로, 위로, 위로, 무의 세계로 시간이 완전히 정지된 세계로 들어갔다. 그들은 둘 다 그곳에 있었다. 시간은 멈추어 있었다. 그『로버트』는 지구가 그들의 밑에서 꺼져 버린 듯한 느낌을 가졌다.

로버트는 자신을 잊을 수 있는 어떤 세계, 시간이 정지되고 땅이 꺼져버린 어떤 세계를 가질 수 있다면, 70년을 팔아 70시간의 삶을 산다 하더라도 후회할 것이 없다고 생각한다. 그리고 무시간의 현재를 경험할 수 있는 또 하나의 '위험한' 선택을 한다. 그는 모자라는 폭약으로 최선을 다해 목표로 했던 다리를 폭파한다. 그리고 왕당파 게릴라들이 무사히 파시스트 구역에서 퇴각할 수 있도록 돕다 자신은 총에 맞은 말에 깔려 다리에 심한 부상을 입는다. 더 이상 움직일 수 없게 되었을 때, 그는 기관총을 힘주어 잡고 적을 기다리며 자신의 최후를 준비한다. 자살보다 멋있는 일을 하기로 결심한 그는 자신에 대하여 도덕적 승리를 거두며 적군의 장교를 향해 한 방의 완전한 저격을 준비하는 것이다.

로버트는 국왕파의 인본주의가 인간의 존엄을 지켜 줄 가치로 생각하고 그것을 위해 목숨을 버림으로써 또 하나의 영원한 현재를 창조한다. 자유의지에 의한 선택의 행위가 부조리신의 세상을 바꿀 수는 없다. 그러나 그것은 적어도 잠깐 동안은 삶을 의미 있게 할 수 있다. 로버트는 그 땅의 사람들을 믿으며 기꺼움으로 죽음을 맞는다. 이제 로버트에게 죽음은 삶의 부정이 아니라 삶의 긍정이며, 존재의 폭력 앞에서 존재를 의미 있게 하는 무엇인 것이다.

실존의 마지막 실험,『바다와 노인』

자유의지를 긍정하는 다른 많은 실존주의자들처럼 헤밍웨이도 의미 있는 선택행위에서 부조리신의 세계에 던져진 존재의 의미를 찾는다. 부조리한 세계는 닫힌 세계로서 변화시킬 수 없는 세계지만 삶이 무의미한 것만은 결코 아니라는 것이다. 자신의 존재를 비웃는 세상의 부조리에 대항하여 '혁명'을 일으킬 생각을 하지 않는다면, 부조리 신은 인간에게 그 안에서 얼마간의 기쁨을 창조하도록 허락하고 있다는 것이다. 헤밍웨이는 부조리 신의 세계를 있는 그대로 받아들이는 '정직'과, 그것에도 불구하고 의미 있는 삶을 창조하는 '용기'와, 부조리를 야비하게 피하지 않고 맞서는 '의연함'을, 기쁨을 창조하는 삶의 기제로 보았다. 까뮈와 같은 다른 실존주의자들의 선택이 신의 부조리에 맞서는 공격적인 것이라면, 헤밍웨이의 그것은 방어적인 것이라고 할 수 있다.

헤밍웨이의 초기 소설들의 주인공들은 대체로 정직과 용기와 의연함의 삶의 강령들을 그들의 선생에게서 배운다. 그러나 『누구를 위하여 종은 울리나』와 『바다와 노인』의 주인공들은 허무와 절망을 갈무리할 삶의 형식과 계육을 스스로 터득하고 실천하는 사람들이다. 그들도 물론 부조리 신에 맞서 이길 수는 없다. 부조리 신의 세계에서 삶은 어차피 패배하게 마련이기 때문이다. 그러나 그들의 패배는, 클리엔쓰 브룩스와 로버트 펜 와렌이 말했듯이, "밑지지 않는 패배(practical defeat)", 즉 비극적 삶에 의미를 주는 패배이다. 삶이 패배를 통해서 의미로워 질 수 있다면 이 얼마나 엄청난 아이러니인가?

『바다와 노인』은 『누구를 위하여 종은 울리나』처럼 부조리 투성이의 세계에 고독하게 던져진 주인공이 자유의지에 따른 '위험한 선택' 으로 '밑지지 않는 패배' 를 하게 된다는 소설이다. 이 소설의 주인공 싼티아고 노인은 84일 동안이나 고기다운 고기를 잡지 못하다가 85일 째 되는 날 자신의 생애에서 가장 큰 고기를 낚는다. 옛날에는 마놀린(Manolin)이라는 소년이 이 노인을 도와주었다. 그러나 지금은 그 소년의 아버지가 운이 다했다고 생각되는 노인의 고기잡이를 도와주는 것을 막았기 때문에 혼자서 고기잡이를 해야 한다. 그러나 소년은 노인을 잊지 못한다. 소년은 음식이나 신문을 들고 노인의 오두막을 찾아가 야구와 같은 일상의 일들에 대해 이야기하곤 한다. 싼티아고 노인은 아직도 자신의 운을 믿으며 노를 저어 먼 바다까지 고기잡이를 나간다. 고기잡이 배 위에서 노인은 때로는 상상 속에서, 때로는 행동으로 그가 얼마나 삶을 소중하게 여기고 바다 고기들과 그 소중한 삶을 나누는가를 보여 준다. 고기를 못 잡은 지 여든닷새째 되던 날, 그가 다른 어느 배들보다 더 멀리 있을 때 큰 고기 한 마리가 노인의 낚시에 걸린다. 노인은 보지 않고도 그것이 그가 평생 낚은 여느 고기보다 큰 고기라는 걸 안다. 고기와 사흘 동안의 사투가 시작되고 노인은 자신의 작은 배 위로 그 고기를 끌어 올리려고 애쓴다. 믿을 수 없는 힘과 의지로 노인은 고기를 배 한 쪽 옆에 끌어매는 데에 성공하지만, 상어 떼가 몰려들면서 노인의 제2의 시련이 시작된다. 노인이 기진맥진해 뭍에 이르렀을 때에는 고기의 살은 모두 상어 떼에 뜯기고 뼈만 남은 상태이다. 노인은 탈진해 깊은 잠에 빠지고, 가끔 그랬듯이 그가 젊었을 때 가 본 아프리카 해안에서 만난 사자들의 꿈을 꾼다. 노인이 잠든 모습을 지켜보던 마놀린이 눈물을 흘리며 스스로에게 다짐한다. 이제 그는 결코 노인의 곁을 떠나지 않을 것이다.

이 소설은 무엇보다 인간의 자연 상태의 실존이 얼마나 우연과 운에 지배되는가와, 얼마나 불확실하고 위험한가 그리고 얼마나 엄청난 우주적 악의에 둘러싸여 있는가를 보여준다. 고기잡이에 관한 한 한때는 내노라 했던 싼티아고 노인도 운이 쇠하면 여든 나흘 동안이나 고기를 잡을 수 없게 되는 것이다. 그리고 운이 다시 찾아와 자신의 생애에서 가장 큰 고기를 낚았을 때에도 고기는 순순히 잡혀주지 않고 거센 힘으로 반항한다. 힘을 다해 고기를 붙들어 매어보지만, 그 다음엔 상어떼가 달려든다. 결국 인간이 얻는 것이라곤 의미의 껍데기뿐인 것이다.

그러나 이 소설에서 헤밍웨이가 보여주려 했던 것은 인간의 자연에의 패배가 필연이라는 것이 아니라, 그 패배가 언제쯤 가치 있는가이다. 이 소설에서 헤밍웨이는 인간의 의지력과, 자연과 인간의 교감과, 인간과 인간의 사랑을 찬미한다. 그것들이 없다면, 적대적 세계에 둘러싸인 인간의 실존은 어떤 의미도 찾을 수 없기 때문이다. 기운이 쇠한 노인의 자신에 대한 믿음과 노인과, 낚시에 걸린 큰 청새치가 주고받는 교감의 대화 그리고 마놀린과 노인의 인간적 사랑은 가히 전설적이라고 할 수 있다. 헤밍웨이는 그들의 이야기를 통해 삶의 의미의 문제는 패배냐 승리냐의 문제가 아니라, 의지와 용기로 삶의 의미를 찾아가는 과정에서 무엇을 얻느냐 하는 것임을 말한다. 이 소설에서 노인은 그가 잡은 커다란 청새치를 상어떼에게 모두 뜯기고 뼈만 가지고 돌아온다. 그러나 그의 패배에도 불구하고 그는 삶에서 실패했다고 볼 수는 없다. 싼티아고 노인은 인간의 위엄을 잃지 않고 용기로 숙명적 패배를 맞았으며, 그 과정에서 자연과의 교감 및 인간과의 친교를 얻었기 때문이다. 그의 숙명 속의 패배는 곧 패배 속의 승리이며, 이것이 바로 '밑지지 않은 패배', 즉 실존적 승리인 것이다.

"망가지기는 해도 패배하지는 않는다." 이 소설에 사용된 상징들을 해부하면, 산티아고 노인이 혼자말로 지껄이는 이 말의 의미가 무엇인지 분명해진다. 이 소설에서 망망한 바다는 인간들이 던져진 부조리한 세계이고 고기는 그들이 찾아야 할 삶의 의미이며, 노인이 낚은 커다란 청새치는 그들이 추구하는 높은 이상이다. 그리고 그 청새치를 뜯어 먹는 상어떼는 존재의 의미를 무화시키는 우주적 폭력이다. 그렇다면, 상어떼로 상징되는 우주적 폭력에 임한 인간의 존재의미는 도대체 무엇인가?

인간은 삶에 본유적으로 내재하는 고통을 지고 살아가야 하고, 싼티아고 노인에게 그렇듯이, 삶의 양식이 되는 고기는 바다에 있다. 그리고 보다 의미 있는 양식은 아주 먼 바다 더 깊은 곳에 있다. 그러나 삶의 터전으로서의 양식이 있는 바다는 망망하고 위험하다. 그러므로 생존에 필수적인 큰 물고기를 잡기 위해서는 먼저 고기 잡는 법을 익히고, 다른 한편으로는 바다의 모진 풍파와 싸워야 한다. 그렇지만, 얻은 것은 상어떼에게 빼앗겨버릴 수도 있기 때문에 인간은 인내와 고통으로 상실을 감내할 수 있어야 하며, 소유에서 삶의 형식을 찾는 것보다 차라리 이상의 추구과정에서 그 형식을 찾아야 한다. 세상의 큰 주인인 부조리신은 인간에게 소유를 통한 행복을 허락하지 않기 때문이다. 인간들이 의미를 지향하는 곳 어디에서나 상어떼는 존재하기 때문이다. 『바다와 노인』에서 망망한 바다는 실존의 조건에 대한 은유이며, 우리는 위엄과 용기로 바다를 극복하려 할 때 만신창이가 되더라도 패배하지 않는 삶을 살 수 있다.

『누구를 위하여 종은 울리나』에서 로버트가 영웅적 인물이었다면, 『바다와 노인』에서 싼티아고 노인은 평범한 필부필부로서 실존의 규범을 터득한 인물이다. 노인은 자신이 도달할 수 없는 "별을 파괴하려 노력하지 않아도 된다"고 말함으로써 인간으로서의 분수를 알며, 자신의 힘이 모자라는 줄 알면서도 상어의 공격에 최선을 다함으로써 인간으로서의 자긍심을 버리지 않는다. 또한, "나는 참 이상한 늙은이야"라고 말함으로써, 그는 자신의 생존방식과 생존능력에 무한한 신뢰를 보낸다. 그러나 그는 로버트의 정직과 용기,

위엄에 자연과 인간 사이의 영교를 보태어 실존규범을 완성한다. 어차피 의미는 껍질만 남게 되겠지만,이 비극적 상황에서 같은 운명에 처한 다른 존재들을 연민하고 그들에게 사랑을 나누어 줌으로써 잠시라도 행복을 느낄 수 있다면, 그 또한 부조리신과 싸워 쟁취한 삶의 의미라는 것이다.

> "내가 잡은 고기도 내 친구임에는 틀림이 없지." 그가 큰 소리로 말했다. "그러나 나는 그것을 죽일 수밖에 없어. 하나 기쁜 것은 내가 하늘의 별들을 죽이려고 애쓰지 않아도 된다는 것이야."

이 소설에서 산티아고 노인의 이야기는 '망가질' 수밖에 없는, 숙명의 멍에를 쓴 인간 승리의 신화이다. 인간이란 변덕스럽고 파괴적인 세계, 궁극적 의미 부재의 세계에서 부조리로 의미를 만들어 가며 살도록 운명지워진 존재이다. 그러나, 그 세계에 던져져서도 작은 행복과 의미를 찾을 수만 있다면 삶은 비록 패배일지라고 순전히 밑지지만은 아닌 패배이다.

> 신은 죽었고, … 그를 죽인 것은 우리이며 … 그것은 역사상 가장 위대한 행동이다. 우리들의 다음 세대들은 이 위대한 행동으로 해서 여태까지의 어떤 역사보다 고결한 역사를 누리며 살 것이다.

니체가 예언한 대로, 20세기에 즈음하여 바람기 동한 과학은 신을 죽였고, 서구인들은 더 이상 기독교 신을 통해 세계를 이해할 수 없게 되었다. 그러나 과학의 바람기를 바탕으로 새로 태어난 신은 니체가 요구한 "인간적인, 너무나 인간적인" 신이 결코 아닌 거친 욕망의 신이었다. 강대국들의 통제 불능의 제국주의적 욕망은 급기야 수천만 명의 의미 없는 죽음을 요구했고 양차 세계대전에 현현된, 설명도 통제도 불가능한 절대의 부조리 앞에서 사람들은 절망해야 했다.

실존주의는 서구인들이 자신들의 손으로 기독교 신을 죽이고 맞은 절망의 시대의 철학이며, 헤밍웨이 문학은 이 시대의 절망을 표현한 문학이다. 이제 세상사 많은 일들이 우발적이고 일시적이며 경험적이고 목적성이 없게 되었을 뿐 아니라, 무엇이 가치 있고 의미 있는 일인가에 대한 판단이 어려워지게 되었다. 까뮈가 『시지푸스의 신화』에서 보여준 대로, 이제 삶은 "무한히 허망한 끝없는 노동"이 되어 버렸다. "나도 인간이니 죽은 자가 누구라도 내 마음은 여려진다. 그러니 누구의 죽음을 알리려 종을 치는가를 물으려 보내지 말라. 그 종은 바로 그대를 위해 울리니." 헤밍웨이가 『누구를 위하여 종은 울리나』의 제목을 빌려 온 존 던 (John Donne)의 명상시의 일절이다. 삶은 누구의 것이던 의미 없는 죽음으로 끝나는 허망한 것이다.

밀어 올리면 다시 굴러 내려오는 돌덩이를 수백 번 다시 밀어 올리며 시지푸스는 행복할 수 있을까? 조금 다르긴 하지만, 헤밍웨이도 까뮈처럼 삶이라는 거대한 부조리 속에서 절망을 감내할 수 있게 하는 어떤 '규범(code)'을 찾아 낼 수만 있다면 행복할 수 있다고 대답했다. 『시지푸스의 신화』에서 시지푸스에게 그랬던 것처럼,

부조리 신은 인간에게 적어도 어떻게 돌을 밀어 올려야 하는지를 결정해 놓지는 않았다. 그러므로 인간은 어떻게 돌을 밀어 올릴 것인가를 결정하는 자유의지에서 작지만 의미 있는 행복을 찾을 수 있는 것이다.

로버트 조던이나 산티아고 노인과 같은 헤밍웨이의 주인공들에게 삶을 대하는 과정이 없다면 존재는 철저하게 '허무'를 지향한다. 그러나 허무지향적인 삶의 과정에서 용기와 사내다움 그리고 다른 인간이나 자연과의 교감을 통해 인간으로서의 존엄을 잃지 않는다면, 이 보잘것없는 선택행위로 누릴 수 있는 행복과 희열은 결코 적다고 할 수 없을 것이다. 실존주의자 헤밍웨이에게 의미 있는 삶이란, 문명이라는 껍데기를 벗기고 시원의 절망을 '정직하게' 받아들이며, 그것을 초극하는 '용기'를 보여주는 것이다.

더 생각해볼 문제들

1. 헤밍웨이의 소설들은, 우리 인간이 "지금, 여기" 철저하게 부조리한 세계 속에 던져져 있다는 것과 이유 없이 "태어나서 선택하고, 죽어야 한다"는 실존적 상황에 처해 있음을 형상화한 것이다. 이는 특히 전쟁 등의 극한상황에 처했을 때 절실하게 느끼는 문제인데, 오늘날 평범한 사람으로서 평이하게 살아가고 있다면, 그에게는 이러한 실존적인 상황이 전혀 관계없는 것일지, 생각해보자.

2. 헤밍웨이의 소설들은 거의 대부분 허무 속에서 실존의 의미를 탐험하는 주인공들이 등장한다. 그들은 예외 없이 실존의 허무에 눈뜨거나 그 속에서 삶

의 규범을 탐색하는 전쟁증후군 환자들이며, 우주에 편재하는 악을 인식하는 가운데 성숙해지고 그 세계 속에서 '위험한 선택'을 함으로써 실존의 규범과 삶의 의미를 찾는 사람들이다. 그렇다면, 그 주인공들이 선택한 목숨을 건 모험 또는 체험이 과연 궁극적으로 우주에 널려 있는 '악의 속성'을 해결할 수 있는 해결책이 될 수 있는지 생각해보자.

추천할 만한 텍스트

『노인과 바다』, 헤밍웨이 지음, 최홍규 역, 평단문화사, 2006.

신정현

서울대학교 영어영문학과 교수.

서울대학교 영어영문학과 및 동 대학원을 졸업하고 미국 툴사 대학교에서 박사 학위를 취득했다. 저서로 『*The Trap of History: Understanding Korean Short Stories*』, 『서정인의 '달궁' 삼중주』, 『현대미국문학론　육신의 굴레: 로버트 로웰의 시』가 있으며 역서로 『포스트모더니즘론　의미의 생성: 포스트모던 담론의 시련들』이 있다. 그리고 주요 논문으로는 「헤밍웨이 인물들의 '위험한 선택'」, 「Borges와 Pynchon의 마술적 사실주의」, 「포스트모던의 정신(1): 합리주의 신화의 수정」, 「헤밍웨이와 실존주의」 등이 있다.

II

영혼과 성장

01 토마스 만, 『부덴브로크 가의 사람들』

02 릴케, 『두이노의 비가(悲歌)』

03 헤세, 『데미안』

04 생텍쥐페리, 『어린 왕자』

나는 네가 생각하지 않았던 그 무엇을 알고 있어. 삶과 역사에서 난 그걸 배웠지. 행복이나 출세의 외적 표시, 즉 가시적이고 파악할 수 있는 상징들은 실은 그것들이 이미 내리막길에 접어들었을 때에야 비로소 나타난다는 사실 말이야. 이 외적인 표징들은 그것들이 나타나기까지 시간이 필요하거든. 그것은 마치 저 하늘 위의 별빛과도 흡사하지. 어느 별이 제일 밝게 빛나고 있을 때라 할지라도 그 별이 실은 저 위에서는 이미 꺼져가고 있는 중인지도, 심지어는 이미 다 꺼져버린 상태인지도 알 수 없단 말이야.

토마스 만 (1875~1955)

북독의 상업도시 뤼벡에서 부유한 상인의 아들로 태어났다. 자유시 뤼벡의 재무담당 장관이기도 했던 그의 아버지는 독일 시민 계급 전래의 도덕률을 엄격하게 지키는 전형적인 북부 독일인이었지만, 라틴계 혈통이 섞인 그의 어머니는 도덕이나 일에는 관심이 없고 음악을 좋아하는 예술가적 기질의 소유자였다.
이와 같이 시민적 도덕성과 예술가 기질을 동시에 타고난 토마스 만의 초기 작품들은 대부분 도덕적이긴 하지만 편협하고 고루한 시민성과 비도덕적이고 비실용적이지만 섬세한 예술성 사이의 갈등과 그 극복 과정을 테마로 하고 있다. 초기의 주요 작품으로는 『부덴브로크 가의 사람들』(1901), 『토니오 크뢰거』(1903), 『베니스에서의 죽음』(1912), 『마의 산』(1924) 등이 있고, 위의 두 세계의 갈등을 극복하고 드높은 해학의 경지로 들어간 후기 작품으로는 『요젭과 그의 형제들』(1933-1943),『선택된 인간』(1951) 등이 있다.
일반적으로 토마스 만은 독일 소설을 세계적 수준으로까지 끌어올린 독일 최고의 소설가로 꼽히고 있다.

01

독일 시민 계급의 몰락과 그 정신화 과정

토마스 만의 『부덴브로크 가의 사람들』

안삼환 | 서울대학교 독어독문학과 교수

만 가(家)를 부덴브로크 가로 형상화

토마스 만(Thomas Mann)은 1875년에 독일 북부의 유서 깊은 도시 뤼벡에서 태어났다. 23세의 그는 자기 집안 이야기를 근간으로 3년간 소설을 썼는데, 『부덴브로크 가의 사람들(*Buddenbrooks*)』이라는 이 책이 1901년에 출간되자 큰 반향을 얻어 이내 유럽 시민 계급 전체의 보편적 이야기로서 인정을 받게 되었다. 이것은 한때 괴테의 『젊은 베르터의 고뇌』(1774)가 당시 정치적으로 한계 상황에 부딪혀 있던 유럽 시민 계급의 고뇌를 대변한 것과 비슷한 맥락이며, '한 가정의 몰락' 이라는 부제가 붙어 있는 이 소설이 오늘날에도 유럽 전역에서 꾸준히 독자를 얻고 있는 숨은 이유이기도 하다.

토마스 만이 자신의 집안 이야기를 썼다는 사실은 얼핏 대수롭잖게 흘려들을 수도 있겠지만, 실은 이 출발점이 매우 중요하다. 그것은 이 소설이 억지로 꾸며낸 이야기가 아니라 그 얼개의 대부분이 실제 생활의 리얼리티에 기반을 두고 있으며, 따라서 유럽 리얼리즘 소설의 후예임을 의미한다.

이 소설이 성공한 또 한 가지 중요한 이유로 토마스 만이 태어난 도시와 그의 가문이 독일 시민 계급의 영화와 고뇌를 이야기할 만한 대표성을 지니고 있었다는 운명적 혜택도 없지 않았다는 점을 들 수 있다. 즉, 그의 고향도시 뤼벡(Lübeck)은 일찍이 한자(Hansa) 동맹의 맹주로서 비교적 이른 시기에 독자적 자본을 축적하고 영주와 혈통 귀족 계급의 지배에서 벗어나 자유시(Freie Stadt)의 지위를 누리고 있었으며, 그의 부친인 요한 하인리히 만은 큰 곡물상의 경영주로서 뤼벡 시의 재무담당 참정관 도시국가의 재무장관 격 이었다. 뤼벡에는 혈통귀족의 정치적 지배가 없었기 때문에 그의 부친은 부와 권력을 함께 얻음으로써 이른바 도시귀족(Patrizier)의 반열에 오른 것이었다. 소년 및 청년 시절의 토마스 만의 가장 큰 고민은 자신이 이런 명문가 출신의 '도련님' 답지 않게 부친의 기대에 부응하지 못하고 학업을 소홀히 하고 있는 데다 오페라와문학에 탐닉함으로써 유약한 기질과 느슨한 생활태도를 보이고 있었으며, 그 결과 당시 뤼벡의 시민 계급이 보기에는 이른바 '쓸모없는 인간들' 의 부류에 속하게 되었다는 사실이었다.

"말씀해 보십시오, 부인! 부인의 집안은 아마도 오랜 역사를 지니고 있는 가문이겠지요? 아마도 이미 여러 대를 두고 회색의 합각머리 건물[1] 안에서 살아왔고 그 안에서 일하다가 세상을 떠나곤 했겠지요?"

"맞아요. – 그런데 그건 왜 물으세요?"

"실제적이고 시민적이며 건조한 전통을 지닌 한 가문이 그 시대의 종말 무렵에 예술을 통해 다시 한번 환하게 빛나는 일이 드물지 않거든요."

이것은 『부덴브로크 가의 사람들』보다 2년 뒤에 나온 토마스 만의 단편소설 『트리스탄(*Tristan*)』(1903)에서 작가 슈피넬이 피아노를 치는 클뢰터얀 부인에게 대화의 실마리를 끌어내고 있는 장면이지만, 여기서 "실제적이고 시민적이며 건조한 전통을 지닌 한 가문이 그 시대의 종말 무렵에 예술을 통해 다시 한번 환하게 빛"난다 함은 바로 토마스 만 자신의 가문과 그의 예술가적 탄생을 두고 한 말이기도 하다.

토마스 만의 첫 장편이며 1929년에 그에게 노벨문학상을 안겨준 소설 『부덴브로크 가의 사람들』에서는 이러한 만(Mann) 가문의 사람들, 즉 그의 증조부와 조부, 아버지와 삼촌, 고모 그리고 토마스 만 자신이 그 유사성을 금방 알아볼 수 있으리만큼 비슷한 인물

---

1) 건물의 측면도가 합(合)자처럼 보이는 뾰쪽한 지붕의 건물이다.

들로 형상화되어 있는 것이다. 일찍이 문학에 뜻을 둔 나머지 부업(父業)을 계승하지 못한 양심의 가책에 시달리던 청년 문학도 토마스 만은 단음절로 무미건조하게 끝나는 자신의 성(姓) 만 대신에 보다 북부 독일적으로 들리면서도 어딘가 유서 깊고 진지한 여운을 남기는 그런 성(姓) 하나를 찾기 시작했는데, 그것이 테오도르 폰타네의 유명한 소설 『에피 브리스트(*Effi Briest*)』[2)]에 단역으로 등장하는 부덴브록(Buddenbrock)을 약간 변형한 부덴브로크(Buddenbrook)였다.

4대에 걸친 몰락

1835년 북부 독일의 유서 깊은 한자동맹 도시 뤼벡 시에서 곡물상을 경영하는 요한 부덴브로크는 그가 새로 구입한 중심가의 호화저택에서 가족, 친지들과 함께 집들이 잔치를 벌인다. 그의 사업이 번창하고 있기에 그는 늘 활달하고 명랑하다. 그러나 다른 가족들과 축하객들이 모두 한껏 기분을 내고 있을 때에도 그 집안의 아들이며 홀란드의 명예 영사(領事)인 요한 부덴브로크는 남몰래 근심에 잠겨 있는데, 그의 배다른 형 고트홀트가 또다시 돈을 요구하는 편지를 보내왔기 때문이다. 경사스러운 날에도 근심이 스며들 틈새는 항상 있기 마련이었던 것이다.

---

2) 시민계급의 순진한 여주인공 에피 브리스트가 어린 나이에 도덕률과 인습에 젖어있는 연상의 남자 인스테텐에게 시집가서 겪게 되는 비극을 다룬 소설로서, 플로베르의 『보바리 부인』과 비길 만하다.

영사 부덴브로크는 4남매를 두었는데, 큰아들 토마스는 매우 꼼꼼하고 성실한 반면에 신경이 섬세하고, 작은아들 크리스찬은 남의 흉내 내기를 좋아하는 데다 게으르고 산만한 성격이 엿보인다. 큰딸 토니는 단순한 성격에 자존심이 강하고 막내딸 클라라는 착하고 내성적인 성격이다.

영사가 죽자 장남인 토마스가 회사 경영을 맡았으며, 관운(官運)까지 찾아와서 뤼벡시의 재무담당 참정관으로까지 선출된다. 그러나 그에게는 선대(先代) 때보다 더욱 더 많은 걱정거리가 따라붙는데, 여동생 토니가 두 번이나 결혼에 실패하여 딸과 더불어 친정에 붙어살고 크리스찬은 창녀 출신의 여자와 동거 생활을 하면서 끊임없이 경제적 도움을 요구해 오는가 하면, 막내 여동생 클라라는 아기가 없는 결혼 생활을 하다가 일찍 세상을 떠난다. 게다가 섬약한 예술가 기질인 아내 게르다는 음악 이외에는 아무 것에도 관심을 보이지 않기 때문에 험난한 삶의 동반자로서 믿고 의지하기엔 너무나도 냉담한 반려자이다. 그러나 그의 가장 큰 걱정거리는 병약한 아들 하노가 자신의 뒤를 이어 가업을 물려받을 후계자가 되기 어렵다는 사실이 점점 더 명확하게 드러나고 있다는 사실이었다.

어느 날 그는 지역 내 유력한 인사들을 순방(巡訪)하는 길에 어린 하노를 대동한다. 자신이 대인관계에서 행하는 처신과 주도면밀한 언행을 아들이 잘 보아두었다가 앞으로 사회생활을 해나가는 데에 적절하게 잘 대처해 주기를 바랐던 것이다.

그러나 어린 요한은 보아야 할 것보다 더 많은 것을 보고 말았으니,

그의 눈, 수줍어하고 금갈색이며 푸른색이 감도는 이 눈은 너무나도 날카롭게 관찰하고 있었던 것이다. 그는 아버지가 모든 사람에게 베푸는, 자신감에 찬 친절성을 보았을 뿐만 아니라, 특이하면서도 고통스러운 통찰력을 가지고 그 친절행위가 얼마나 어렵게 '꾸며지는지'를 보았으며, 방문이 끝난 후에는 아버지가 눈꺼풀에 덮힌 핏발이 선 눈으로 과묵해지고 창백해져서는 마차 구석에 기대어 앉아 있는 모습을 꿰뚫어 보았다. 또한 아버지가 다음 차례의 방문을 하기 위해 새로운 집 안으로 들어설 때면 바로 그 얼굴 위로 하나의 가면이 미끄러져 내려오고, 바로 그 피로해 하던 아버지의 몸의 움직임에 언제나 다시 갑작스러운 탄력성이 되돌아오는 것을 하노는 체험했다. … 그리고 자신도 언젠가 공식 모임에 나타나 모든 사람들이 보는 앞에서 이렇게 말하고 행동해야 된다고 식구들이 기대할 것이라는 데에 생각이 미치자, 하노는 그만 온몸이 오싹해지며불안한 거부감이 치솟아 두 눈을 감아버리는 것이었다.

하노는 오페라와 음악의 몽환적 세계에 즐겨 탐닉하는 반면에 학교 공부나 실제 대인관계에서는 과민한 유약성을 보여주고 있었다. 현실적 행동 능력이 결여된 유약한 아들에게 더 이상 기대를 걸 수 없었던 토마스가 어느 날 대수롭지 않은 치통 끝에 진창길에 넘어져 세상을 떠나자 병약한 하노도 얼마 가지 않아 티푸스를 앓다가 죽게 되는데, 그 장면은 다음과 같이 묘사되어 있다.

티푸스의 증상은 다음과 같다. 신열에 들뜬 환자의 아득한 꿈 속에다, 불덩이처럼 뜨거운 절망 속에다 삶이 오해의 여지없이 분명하고도 격려하는 듯한 목소리로 소리쳐 부른다. 이 목소리는, 낯설고 뜨거운 길 위에서 평화롭고 시원한 그늘을 향해서 앞으로, 앞으로 걸어가고 있는 환자의 정신에 단호하고도 신선한 자극제로서 와 닿을 것이다. 그 사람은 자기가 멀리 두고 떠나와서 이미 잊어버린 지역으로부터 자기한테로 들려오는 이 밝고 힘차며 약간 비웃는 듯한 목소리, 그만 몸을 되돌려 귀환하라는 경고의 목소리를 귀 기울여 듣게 될 것이다. 그러자 그의 마음속에서 비겁하게도 의무를 소홀히 했다는 느낌이나 수치심 같은 것이 일어나고, 자기가 등을 돌리고 떠나버린 저 경멸할 만한, 다채롭고도 잔인하게 돌아가는 삶의 활동에 대한 새로운 에너지, 용기, 기쁨, 사랑 그리고 소속감 같은 것이 용솟음친다면, 그가 그 낯설고 뜨거운 오솔길 위에서 얼마나 멀리 방황을 했건 간에, 그는 그만 되돌아오게 될 것이고, 따라서 살아나게 될 것이다. 그러나 그가 그 들려오는 삶의 목소리에서 공포와 혐오감을 느끼는 나머지 움찔해 할 경우, 그리고 그 아련한 회상, 그 활발하고 도발적인 목소리에 대한 그의 반응의 결과로서 만약 그가 고개를 절레절레 흔들며 듣기 싫다는 듯이 한 손을 뒤로 빼면서 자기 앞에 도주로로서 활짝 열려 있는 그 길 위를 앞으로, 앞으로 계속 도망쳐 간다면….안된다. 그렇게 되면 그건 자명한 일이다, 그러면 그는 죽게 될 것이다.

"낯설고 뜨거운 길 위에서"의 열병 환자는 자기를 부르고 있는 삶의 경고음을 무시한 채 계속 도망쳐 가서 결국 죽고 만다는 것인데, 이로써 하노는 부덴브로크가의 가계도(家系圖)에서 자기 이름

아래로는 "더 이상 아무 것도 기록할 사항이 없을 것"이라던 자신의 어린 날의 예언을 사실로서 입증해 보인 것이다.

토마스 만이 원래 티푸스에 관한 어느 백과사전의 설명문을 참고해서 쓴 것으로 알려져 있는 이 죽음의 묘사는, 그가 초기에 몰두했던 핵심적 체험의 하나인 '병'과 '죽음'의 체험의 본질을 단적으로 보여주고 있다. "돌아오라!"고 외치는 '삶'의 목소리를 외면하고 죽음의 오솔길을 계속 걸어가는 예술가 기질의 하노. 크리스찬 부덴브로크에서 이미 부분적으로 나타났던 몰락의 징후들이 이 하노의 죽음에서 드디어 완성되는 것이다.

하노가 떠나간 이제, 부덴브로크 가에서는 친정으로 돌아가려는 하노의 어머니 게르다와 하노의 고모 토니 등 여자들만 쓸쓸히 남아 작별의 차를 마신다. 장편 『부덴브로크 가의 사람들』의 이 마지막 장면은 북부 독일의 한 시민계급의 가정이 어떻게 그 허무한 종말을 맞이하는가를 뚜렷하게 보여주고 있는 것이다.

집안 이야기로 쓴 유럽시민계급의 정신사

부덴브로크 가의 하노는 죽었다. 그러나 하노의 실제 모델이라 할 수 있는 만 가(家)의 후예 토마스 만은 죽지 않고 살아남아서 작품을 써 나갔다. 그것은 마치 베르터는 죽어도 괴테는 계속 살아서 작품들을 쓴 것과도 흡사하다. 선친의 곡물상 사업과 참정관으로서의 출세 따위에는 무심하고 현실생활에 무능한 채로, 몰락한 가문의 미심쩍은 후예라는 달갑잖은 꼬리표에 늘 괴로워하던 한 문학 청년이 그의 장편 『부덴브로크 가의 사람들』의 성공과 더불어 일약 대

작가가 된 것이었다.

> 그가 처음 등단하자 관계자들 사이에서 많은 박수갈채와 큰 환성이 터져 나왔다. 왜냐하면 그가 내어놓은 것은 값지게 세공을 한 물건으로서 유머에 가득 차 있는 데다 괴로움을 알고 있는 작품이기 때문이었다. 그리하여 그의 이름은, 한때 그의 선생님들이 꾸짖으면서 부르던 그 이름, 그가 호두나무와 분수와 바다에 부쳐 쓴 첫 시(詩) 아래에다 서명을 했던 그 이름, 남국과 북국이 복합된 그 울림, 이국적인 입김이 서린 이 시민계급의 이름이 순식간에 탁월한 것을 지칭하는 대명사로 되었다. 왜냐하면 거기에는 그의 체험이 고통스러운 철저성에다가, 끈질기게 견디면서 명예를 추구하는 희귀한 근면성이 한데 어울렸기 때문이며 또한 이 근면성이 꾀까다롭고 신경질적인 그의 취향과 싸우면서 격렬한 고통을 느끼는 가운데 비상한 작품을 창조해 냈기 때문이다.

이것은 단편 「토니오 크뢰거(Tonio Kröger)」(1903)에서 예술가 토니오 크뢰거의 작품 경향과 그의 내적 취약성을 설명하고 있는 대목이지만, 하노처럼 죽지 않고 계속 살아남아서 예술가가 된 작가 토마스 만의 자화상이라 할 만하다.

물론, 『부덴브로크 가의 사람들』은 한 가문의 몰락의 이야기다. 그러나 이 이야기가 유럽 시민계급 일반의 공감을 얻고 심금을 울린 것은 "괴로움을 알고 있는 작품이기 때문이었다." 이 작품에서는 부의 몰락과 함께 자신의 저택과 지위를 신흥 부르주아 계급인

하겐스트룀 가(家)에게 물려줄 수밖에 없었던 체험이 "고통스러운 철저성에다가 끈질기게 견디면서 명예를 추구하는 희귀한 근면성이 한데 어울려 … 비상한 작품을 창조해 내었기 때문이다." 즉, 토마스 만은 자기 집안의 몰락의 이야기를 유럽 시민계급 일반의 몰락 및 그 이후의 정신화[3]의 이야기로 보편화시켰던 것이다. 여기서 우리는 리얼리스트 토마스 만의 작품이 지니고 있는 상징성과 총체성[4]에 관해서 언급할 단계에 이르렀다.

『부덴브로크가의 사람들』의 상징성과 총체성

원래 리얼리즘과 상징주의는 서로 다른 두 가지 원리지만, 이것들이 토마스 만 문학에서는 서로 교묘하게 결합하여 상승효과를 달성함으로써, 그 결과 루카치[5]가 말하는 대로 인간사회의 역사적 발전의 모습을 그 총체성 속에서 뚜렷하게 보여주고 있다.

이를테면, 애초에 부덴브로크 가가 새 집을 사서 들어갔을 때 그 전의 집주인인 라텐캄프의 몰락이 잠시 언급된다. 나중에 하겐슈트룀 가가 부덴브로크 가의 저택을 사들이는 장면이 나오는데, 이 대

3) 한 가문이 부를 축적해 감에 따라 점점 건전성과 질박함을 잃는 대신에 그 자손들이 예술 등을 통해 정신적으로 고양되어 감을 뜻한다.

4) 문학 작품이 모파상의 『목걸이』에서처럼 삶의 한 편린을 보여주는 것이 아니라 삶 전체의 유기적인 관계를 훤히 조감할 수 있도록 묘사하는 것을 말하는데, 주로 하나의 장편소설이 보여주고 있는 탁월한 리얼리티를 말할 때 일컫는 개념이다.

5) 루카치는 1785년에 헝가리에서 태어나 주로 독일어로 글을 쓴 문예미학자 및 문화철학가로서 리얼리즘 이론에 총체성을 주요 개념으로 도입하였다.

『부덴브로크 가』의 배경이 된 저택.

목에 이르러서야 독자는 라텐캄프 가(家) — 부덴브로크 가 — 하겐슈트룀 가로 변전(變轉)하는 세상 운행 법칙의 상징성에 주목하게 되는 것이며, 그 상징 구조가 "고통스러운 철저성에다가 끈질기게 견디면서 명예를 추구하는 희귀한 근면성"을 통해 "값지게 세공을" 한 것이기 때문에 독자는 그 상황을 리얼하게 받아들이는 동시에 총체성 안에서 훤하게 들여다보듯 상징적으로 이해를 하게 되는 것이다.

한 가지 예를 더 들어보기로 하자. 참정관으로 선출되고 새 저택을 지음으로써 겉으로는 출세와 영화의 극점에 도달한 토마스는 어느 날 자신의 누이 토니에게 다음과 같은 말을 한다.

> 그러나 참정관이 되고 집을 지었다는 것은 외양에 불과한 것이야. 나는 네가 생각하지 않았던 그 무엇을 알고 있어. 삶과 역사에서 난 그걸 배웠지. 행복이나 출세의 외적 표시, 즉 가시적이고 파악할 수 있는 상징들은 실은 그것들이 이미 내리막길에 접어들었을 때에야 비로소 나타난다는 사실 말이야. 이 외적인 표징들은 그것들이 나타나기까지 시간이 필요하거든. 그것은 마치 저 하늘 위의 별빛과도 흡사하지. 어느 별이 제일 밝게 빛나고 있을 때라 할지라도 그 별이 실은 저 위에서는 이미 꺼져가고 있는 중인지도, 심지어는 이미 다 꺼져버린 상태인지도 알 수 없단 말이야.

토마스가 토니에게 털어놓고 있는 이 고백은, 열흘 붉게 피는 꽃이 없고 십년 넘어 가는 권세가 없다는 옛말, 즉 "화무십일홍 세불십년과(花無十日紅 勢不十年過)"라는 동양에도 있는 지혜를 당년 25세의 작가 토마스 만이 삶과 역사에서 이미 체득하고 있었음을 보여주는 대목이며, 소설 『부덴브로크 가의 사람들』의 여기저기에 보석처럼 박혀 영롱하게 빛나는 상징적 대목들 중의 하나이다.

독자들의 허무감?

그러나 750여 쪽이나 되는 『부덴브로크 가의 사람들』이란 소설을 읽고난 대부분의 독자들은, 특히 동일시할 만한 서구 시민 계급으로서의 고통도 겪은 적이 없는 동양의 독자들은 일말의 허무감을 느끼게 될지도 모른다. "정녕 하노마저 죽고, 살아남은 여자들도 서로 헤어져야 한단 말인가? 독자에게 남는 작가의 메시지가 아무 것도 없지 않은가?"

한때 루카치가 분석한 것처럼 자본주의 세계가 반드시 몰락하고 노동자와 농민의 세계가 도래한다는 것을 예고해 주고 있다는 것이 메시지일까? 끝에 와서야 새삼스럽게 작가의 뚜렷한 메시지 하나를 찾는다면, 이 소설을 잘못 읽은 것이다. 독자는 이미 많은 것을 자신의 것으로 받아들인 연후라야 한다. 예컨대, 인생은 무상하고 변전·순환하며, 부를 축적하면 그 다음에는 대개는 예술을 통해 고귀화, 정신화의 길을 걷게 된다는 진리를 터득했다면, 그리고 리얼리티와 상징성을 통해 세상의 흐름을 총체적으로 통찰하는 법을 배웠다면, 더 이상 또 무슨 메시지가 필요하단 말인가? 이런 의미에서 소설 『부덴브로크 가의 사람들』은 독일 교양소설[6]의 현대적 변종이라 하겠다. 교양소설의 전통적 내용이라 할 주인공의 교양적 성숙은 결여되어 있지만, 작품을 읽는 독자의 교양 함양에는 여전히 기여하고 있기 때문이다.

---

6) 괴테의 『빌헬름 마이스터의 수업시대』가 그 대표적인 예로서, 우리나라에서의 성장소설과 비슷하지만, 주인공과 독자의 교양 형성 과정이 중시되는 소설이다.

7) 1947년에 토마스 만이 미국에서 발표한 소설이다. 악마와도 같은 나치의 유혹에 넘어가 인류에게 무서운 죄를 저지른 독일 국민이 실은 그 비정치적 낭만성과 순수성 때문에 파우스트처럼 악마의 유혹에 넘어가 이런 참담한 결과에 이른 것이라며, 토마스 만이 자신의 조국과 민족의 비극을 세계에다 대고 해명하면서 용서를 구한 작품이다.

'하노의 금의환향'

『부덴브로크 가의 사람들』이 성공을 거둔 후, 그 작중인물들의 장단점이 고향 사람들의 입에 오르내리게 되자, 당시 함부르크에 살고 있던 토마스 만의 아저씨 프리드리히 만 『부덴브로크 가의 사람들』 중의 크리스찬에 해당할 수 있는 인물 은 자신의 조카를 가리켜, "자신의 둥지를 더럽힌 한 마리 슬픈 새"라고 비난한 바 있었다. 그러나 토마스 만은 그의 아버지와 뤼벡 시민사회의 기대에 부응하지 못하고 뤼벡 시민들의 눈에는 '쓸모없는 인간' 일 수밖에 없는 작가로 되었지만, 또한 그는 장차 『파우스트 박사』[7]를 써서 나치 죄악의 누명으로부터 독일 민족과 독일 문화를 구하는 데에 큰 기여를 하게 된다.

이런 의미에서, 예술가 토마스 만은 '되돌아오라' 는 시민들의 경고음을 '무시하고' 자기의 갈 길을 계속 걸어갔지만, 결국에는 한 바퀴 완전히 돌아 시민사회로 영광스러운 귀향을 한 것으로도 볼 수 있을 것이다. 이름하여 '하노의 금의환향' 이라고도 부를 만하다.

더 생각해볼 문제들

1. 『부덴브로크 가의 사람들』은 작가가 자기 집안의 이야기를 쓴 소설로, 결국은 한 시대사 전체를 다루어 사회적 발전사를 총체적으로 형상화하는 데에 성공한 작품이다. 우리나라의 경우, 한국 사회의 발전사를 총체적으로 형상화한 작품으로 박경리의 『토지』를 예로 들어 비슷한 설명을 시도해 볼 수는

있을 것이다. 두 작품의 차이점에 대해 생각해 보자.

2. 과거 우리나라에도 하노 부덴브로크와 비슷한 상황을 겪었던 사람들이 많이 있을 것이다. 이를테면, 양반 가문의 후손으로서 집안의 영광을 되찾아야 한다는 주위의 기대와 촉망을 받던 한 청년이 문학에 심취하여 시인이나 작가의 길을 택하는 경우와 같이. 그는 아마도명문대학에 진학하여 사회적으로 크게 출세해 한다는 식의 기대와 압박을 받았을 것이다. 우리나라의 소설 중에 이청준의 단편 『귀향』이나 『눈길』을 보면, 그와 비슷한 상황이 배경을 이루고 있는데 두 작가 사이의 차이점에 대해 좀더 생각해 보자.

3. 이 작품의 '신흥 부르주아계급' 인 하겐슈트룀 가의 사람들의 특징과 주요 행태는, 예컨대 현대 한국사회의 '천민자본주의자들' 과 비교해 볼 수 있을 것이다. 오늘날 한국에서도 땅장사를 해서 벼락부자가 된 사람 등, 돈은 있으되 교양이라곤 조금도 찾아 볼 수 없는 인간 유형이 쉽게 관찰되기 때문이다. 이런 점에서 교양이란 무엇이며, 어떤 가치가 있는 것인지 생각해 보자.

추천할 만한 텍스트

『부덴브로크 가의 사람들』, 토마스 만 지음, 홍성광 역, 민음사, 2001.

안삼환(安三煥)

서울대학교 독어독문학과 교수.

서울대학교 독어독문학과와 동 대학원을 졸업하고 독일 본 대학교에 유학하여 박사 학위를 받았다. 연세대학교 교수, 서울대학교 인문대 독일학연구소장, 한국괴테학회장, 한국독어독문학회장, 한국비교문학회장을 역임하였다. 편저로 『괴테. 그리고 그의 영원한 여성들』이 있고, 역서로 『신변보호』(하인리히 뵐), 『도망치는 말』(마틴 발저), 『빌헬름 마이스터의 수업시대』(괴테), 『토니오 크뢰거』(토마스 만), 『텔크테에서의 만남』(귄터 그라스) 등이 있다.

모든 것이 며칠 사이에 이루어졌습니다.
그것은 형언키 어려운 폭풍, 정신 속에서의 태풍이었습니다
(그 당시 두이노성에서처럼). 제 안에 있는 모든 실오라기와 직물들이
탁 끊어졌습니다 먹는 일 따위는 생각도 못했습니다.
누가 저를 먹여 살렸는지 하느님만이 아시겠지요.
그러나 이제 그것은 여기 있습니다. 있습니다. 있습니다.

라이너 마리아 릴케 (1875~1926)

릴케는 체코 프라하에서 지방 철도공무원이었던 아버지와 프라하의 명망 있는 가문 출신의 어머니 사이에서 태어났다. 양친이 이혼한 후 릴케는 어머니와 함께 살면서 독일인 학교에 다녔으며, 12세에는 육군유년학교에 들어가지만 그곳 생활은 이 감수성 예민한 소년에게 끔찍한 경험이었다. 그 때 느꼈던 불안과 외로움 그리고 참담한 기억은 이후 릴케의 작품세계에 커다란 영향을 끼쳤던 것이다.
릴케는 19세에 사랑에 빠져 수많은 편지와 사랑을 고백하는 시를 쓰기 시작함으로써 시인의 길에 들어섰다. 스무살에 처녀시집 『삶과 노래』를 자비로 출판하고 다음 해 프라하 대학에서 예술사, 문학사 공부를 시작했다가 곧이어 뮌헨 대학으로 옮겨 예술사, 미학 등을 공부하였다. 이때 릴케의 인생과 작품세계에 커다란 영향을 미친 14살 연상의 러시아 여인 루 살로메를 만난다. 이후 본격적으로 작품 활동을 시작하여 『기도시집』 등을 발표했으며 5년간에 걸쳐 소설 『말테의 수기』를 완성하고 『형상시집』, 『신시집』 등을 출판기도 했다. 그러한 가운데 이탈리아, 러시아, 오스트리아, 덴마크, 스웨덴, 독일, 프랑스, 카프리 섬을 홀로 전전하며 여행을 다녔다. 릴케의 대표작인 『두이노의 비가』와 『오르페우스에게 바치는 소네트』가 완성된 것도 이 무렵이었다.
1923년부터는 백혈병 초기 증세가 나타나 요양소와 뮈조트 성 등에 번갈아 머물렀으며 1926년 백혈병으로 51년의 길지 않은 생을 마감하였다. 그는 널리 알려진 대로 정원에서 장미를 꺾다가 장미 가시에 찔려 패혈증으로 갑작스러운 죽음을 맞이한 것이 아니라, 오랫동안 진행된 불치의 병에 스러져간 것이다.

02

인간의 상상력이 도달한 드높은 경지

릴케의 『두이노의 비가(悲歌)』

김용민 | 연세대학교 독어독문학과 교수

고독과 방랑의 시인 릴케

라이너 마리아 릴케(Rainer Maria Rilke)는 독일어권 작가 중에서도 시인의 길을 철저하게 걸어간 드문 시인으로 꼽힌다. 많은 작가들이 생계를 위해 이런 저런 직업을 갖고 생활하며 글을 써야 했기에 삶과 문학 사이에 일정한 괴리가 있었다면, 릴케는 일생 동안 오로지 문학만을 위해 살았다. 젊었을 때 몇 개월간 로댕의 비서로 잠시 일한 것을 제외하고는 아무런 직업을 갖지 않은 채 일생동안 문학에 매여 살았던 것이다. 주변 사람들의 도움과 많지 않은 인세에 의존하여 유럽의 여러 나라를 떠돌며 시작(詩作)에만 몰두했던 릴케는 그런 점에서 '진정한 시인'의 전형이었다. 릴케 평전을 쓴 볼프강 레프만은 이를 두고 "그는 그야말로 모름지기 시인이었다. 오로지 운문과 산문으로 된 글을 쓰기 위해 태어난 인간이었다"고 평한다.

릴케는 그보다 8살 연하인 카프카와 함께 프라하가 낳은 위대한 독일어권 작가이다. 그의 어머니는 병으로 죽은 딸 대신 그가 태어난 것이라고 생각하여 일곱 살 때까지 계집아이처럼 길렀다. 그래서 유년 시절의 사진에서 릴케는 종종 단발머리와 원피스 차림으로 등장한다. 이러한 모순적 체험은 10살에 들어간 육군유년학교의 경험과 극명히 대비되어 릴케에게 평생 동안 실존의 불안을 가져다준 근원이 되었다.

그 후 릴케는 평생을 유럽 여러 나라와 도시를 떠돌아다니며 인간의 실존 문제를 깊이 천착함으로써 시대를 넘어 통용될 수 있는 보편적인 문학세계를 펼칠 수 있었다. 늘 이곳저곳을 정처 없이 떠돌아다니는 삶이었기에 극심한 불안과 고통 그리고 가난에 시달렸다. 하지만 바로 그것이 위대한 문학을 탄생시키는 밑거름이 되었으니 우리 삶의 역설이 아닐 수 없다. 릴케 문학을 특징짓는 '불안', '죽음', '초월', '변용(變容)'[1], '사랑', '예술가의 사명', '인간 실존의 문제' 등이 바로 그의 힘든 삶에서 우러나왔기 때문이다. 릴케가 행한 숱한 여행[2]은 그의 문학에 커다란 자양분이 되었다. 그 과정에서 모은 모든 경험들이 그의 몸속에 들어가 피가 되고 살이 되어 마침내 위대한 문학으로 솟아올랐기 때문이다. 이 과정을 릴케는 『말테의 수기』[3]에서 이렇게 이야기하고 있다.

> 한 줄의 시를 쓰기 위해서는 많은 도시와 사람들 그리고 사물을 보아야 하며 동물들을 알아야 한다. 새들이 어떻게 나는지를, 자그마

한 꽃들이 아침이면 만들어내는 몸짓을 알아야 한다. 낯선 지방의 길들과 예상치 못한 만남 그리고 오래 전부터 다가오는 것을 지켜보았던 이별을 떠올릴 수 있어야 한다. 또한 아직 해명되지 않은 채로 남아 있는 어린 시절과 … 아주 이상하게 시작되어 몇 번이나 매우 깊고 무겁게 변화해간 어린 날의 병을 기억할 수 있어야 한다. 고요하고 외진 방에서의 나날들과 바닷가에서 맞은 아침, 그리고 … 이 모든 것을 떠올리는 것으로 충분하지는 않다. 하나하나가 각각 달랐던 사랑의 밤들에 대한 기억과 산고(産苦)의 외침 그리고 산후에 다시 몸을 닫고 가벼워져서 하얗게 잠든 산모에 대한 기억을 가지고 있어야 한다. 또한 죽어가는 사람 곁에 있어 보아야 한다. 창문이 열려 있어 이따금 덜컹거리는 소리가 나는 방에서 죽은 사람 곁에 앉아 있어 보아야 한다. 그러나 추억을 가지고 있다는 것만으로는 아직 충분하지 않다. 추억이 많아지면 그것을 잊어버릴 수 있어야 한다. 그리고 커다란 인내심을 가지고 추억이 다시 솟아오르기를 기다

---

1) 릴케는 사물이 자신의 겉모습을 벗고 본질로 바뀌는 것을 변용(Verwandlung)이라 칭했다. 눈에 보이는 세계를 보이지 않는 세계로, 외부 세계를 내면 세계로 바꾸어 주는 작업이 변용이다. 내면의 가장 깊은, 순수한 곳으로 현상 세계를 받아들여 사물의 본질을 소생시킬 때 변용이 일어난다. 그럴 때 사물들은 내면화되어 순수한 연관 속에서 재창조되고, 인간과 사물은 영원해진다.

2) 러시아, 이집트, 스칸디나 반도, 이태리, 프랑스, 스페인 여행 등이다.

3) 1910년에 출간한 릴케의 소설로 현대 소설의 특징을 선취하고 있다. 대도시의 불안과 고유한 죽음, 버림받은 여인들, 역사적 에피소드, 돌아온 탕자의 이야기 등 서로 다른 내용들이 모여 소설을 이룬다. 산문시라 할 정도로 아름다운 언어와 비유로 가득하다. 『두이노의 비가』에서 다루고 있는 많은 주제들이 선취되어 있다.

려야 한다. 추억 자체로는 아직 아무것도 아니기 때문이다. 추억이 우리 몸속에서 피가 되고 눈짓이 되고 몸짓이 되어 이름을 잃어버리고, 우리와 더 이상 구분할 수 없게 될 때에야 비로소 아주 드물게 그 추억의 한가운데에서 시의 첫 단어가 솟아올라 걸어 나오게 되는 것이다.

릴케는 일생을 떠돌며 많은 추억을 모았다. 그러나 추억만으로는 시가 되지 않는다. 이를 오래 삭히고 익혀서 추억이 마침내 우리의 몸 속에서 피가 되고 살이 될 때까지 기다려야 한다. 그런 다음에야 비로소 "추억의 한가운데에서 시의 첫 단어가 솟아"나올 수 있는 것이다. 릴케는 이 고통스러운 과정을 묵묵히 견뎌내며 마침내 불멸의 위대한 시로 승화시킬 수 있었다. 그 대표적인 예가 『두이노의 비가(悲歌)』이다.

릴케의 대표작 『두이노의 비가』

『두이노의 비가(*Duineser Elegien*)』는 제1비가부터 제10비가까지 모두 10편으로 이루어진 연작시이다. 전체 시행이 총 853행에 불과한 짤막한 작품이지만 이를 완성하기 위해 릴케는 10년의 세월 동안 수많은 곳을 떠돌아야 했다.

릴케는 6년간 매달려 있던 『말테의 수기』를 1910년에 완성한 후 탈진하여 극도의 창작위기에 빠진다. 당시 그는 인간 존재와 죽음의 문제, 세계의 무상함, 예술과 예술가의 사명, 자신의 재능에 대한 회의 등으로 거의 절망 상태에 있었다. 자신의 창조적 힘이 사라져 버린 듯한 절망 속에서 시인의 길을 접고 의사가 되어보려는 생각을 품을 정도였다. 이러한 심적 상태에서 릴케는 1911년 10월 마리 투른 운트 탁시스 후작부인의 초청을 받아 이탈리아의 아드리아 해안에 위치한 그녀 소유의 두이노성(城)에 오게 되고, 모든 손님이 떠나간 12월 중순부터는 혼자만의 고독에 잠긴다. 그러다 1월 하순의 어느 날 릴케는 영감을 얻어 순식간에 제1비가를 쓰게 된다. 그야 말로 "시의 첫 단어가 솟아올라 걸어 나온" 것이다.

제1비가가 나오게 된 과정은, 릴케가 투른 운트 탁시스 후작부인에게 이야기함으로써 후대에 알려지게 되었다. 밖에는 거센 북동풍이 몰아치고 은실로 엮어놓은 듯한 바다 위엔 햇살이 빛나던 어느 날 릴케는 밖으로 나가 방벽 쪽으로 내려갔는데 윙윙대는 바람 속에서 갑자기 어떤 목소리가 "누가, 내 소리친다 한들, 여러 서열의 천사들 중 내게 귀기울일 것인가?"라고 외친 것 같았다. 그는 늘 지니고 다니던 수첩에다 그 구절을 적었고 이어서 자기도 모르는 사이에 다음 시 구절이 쏟아져 나왔으며 그리하여 이미 그날 저녁에 제1비가가 완성되었다는 것이다.

이 일화는 릴케가 어떻게 시를 썼는지를 잘 보여준다. 릴케는 '외부로부터' 또는 '위로부터' 복음이 오며, '미지의 힘' 이 자신으로 하여금 그것을 받아 적게 한다고 느꼈다. 그래서 스스로를 "시를 짓는 사람이 아니라, 그의 안에서 또는 그를 통해서 누군가가 시를 쓰게 하는 도구"라 여겼다. 그랬기에 "머리를 흔들며 놀라움 속에서 받아 적을 작품이 떠오르는 순간"을 몇 년이고 기다린 것이다. 바로 이러한 순간을 릴케는 그이 다른 시집인 『기도시집』에서 매우 섬세한 이미지로 다음과 같이 표현하였다.

> 지금 시간이 기울어가며 나를
> 맑은 금속성 울림으로 가볍게 톡 칩니다.
> 나의 감각이 바르르 떨립니다. 나는 느낍니다. 할 수 있음을
> 그리하여 나는 조형(造形)의 날을 손에 쥡니다.

폭풍우처럼 몰아친 창조의 순간들마다 제2, 제3, 제6, 제9비가의 첫머리가 나왔고 그 후 거세었던 창조의 첫 번째 물결은 잦아들었다. 1913년과 1914년에 스페인과 파리에서 두 편의 비가를 더 쓰긴 했으나, 제1차 세계대전의 발발로 창작 활동은 위기를 겪게 되어 그 후 6년 동안 침묵 속에서 비가를 완성할 순간을 기다리고 있었다. 그러다 1921년에 스위스 뮈조성에 들어가 고독 속에 생활하면서 다시금 창조의 불길이 타올랐고 1922년 2월초에 마침내 『두이노의 비가』 10편을 완성했다. 그날 릴케는 10년 동안 참고 기다려오던 비가의 완성을 후작부인에게 감격적으로 알린다.

> 모든 것이 며칠 사이에 이루어졌습니다. 그것은 형언키 어려운 폭풍, 정신 속에서의 태풍이었습니다 – 그 당시 두이노성에서처럼 – 제 안에 있는 모든 실오라기와 직물들이 탁 끊어졌습니다 먹는 일 따위는 생각도 못했습니다. 누가 저를 먹여 살렸는지 하느님만이 아시겠지요. 그러나 이제 그것은 여기 있습니다. 있습니다. 있습니다.
>
> 아멘.

무상한 인간 존재의 의미 탐구

『두이노의 비가』에는 릴케 문학세계의 다양한 주제들이 집약되어 나타난다. 우리의 눈앞에 펼쳐지는 장대한 상상력의 파노라마는 마치 히말라야의 거대한 산봉우리들처럼 우리의 접근을 쉽게 허용하지 않는다. 「제1비가」의 시작 부분을 보자.

> 누가, 내 소리친다 한들, 여러 서열의 천사들 중 내게
> 귀 기울일 것인가? 그리고 설령, 한 천사가 나를
> 돌연 가슴에 안는다 해도, 나는 그의 보다 강력한
> 존재로 인해 소멸하리라. 왜냐하면 아름다움이란
> 우리가 겨우 견딜 수 있는 무서운 일의 시초에 불과하기에.

『두이노의 비가』를 처음 읽는 독자라면 시작부터 등장하는 천사에 대해 당혹감을 감출 수 없을 것이다. 비가에 나오는 천사는 릴케의 문학세계 전체에 대한 이해가 바탕이 되어 있을 때에야 그 의미를 어렴풋이 알 수 있기 때문이다. 그러나 바로 이 점이 릴케 문학의 매력이기도 하다. 무한한 깊이를 지닌 언어와 이미지로 이루어졌기에 세월이 흘러도 바래지 않고 늘 새로운 의미를 전해준다. 릴케의 문학, 특히 『두이노의 비가』를 드높은 정신과 농축된 언어의 결합, 즉 "드높은 상상력으로 설계되고 언어에 의해 주도면밀하게 조립"된 작품이라 하는 이유가 여기에 있다.

『두이노의 비가』는 "신과 내세에 대한 믿음이 상실된 시대에 인간 실존의 의미를 찾으려는" 진지한 시도이다. 『말테의 수기』가 심

연을 알 수 없는 밑바닥까지 추락한 인간 실존의 현상태를 보여주었다면, 『두이노의 비가』에서는 마침내 그 아득한 밑바닥에서부터 솟구쳐 올라 삶에 대한 긍정을 발견하는 과정이 그려진다. 삶에 대한 긍정에 도달하기까지는 우선 인간 존재의 불안정성과 무상함을 극복해야 한다. 왜냐하면 '무상함'이 인간 존재의 기본 특성이기 때문이다.

> 그리고 저들, 아름다운 이들
> 아, 누가 그들을 잡아둘 수 있을까? 끊임없이 그들의 얼굴에는
> 표정이 나타났다가 사라진다. 이른 아침 풀잎에 맺힌 이슬처럼
> 우리의 것은 우리에게서 떠나간다, 뜨거운 음식에서
> 온기가 사라져 가듯이. 오, 미소여, 어디로 사라지는가?
>
> –「제2비가」

해가 뜨면 풀잎에 맺혀있던 이슬이 사라져 가듯이, 뜨거운 음식에서 온기가 사라져 가듯이 우리 인간은 한 순간도 어느 한 곳에 머물지 못하고 사라지는 "가장 무상한 존재"이다. 무상함은 인간 의식의 대립구조에서 비롯된다. 인간은 자기중심적인 관점에서 세계를 바라보기에 사물의 본질을 파악하지 못한 채 겉모습에만 집착한다. 그 결과 우리는 사물과 세계로부터 끊임없이 우리에게 전달되어 오는 목소리를 듣지 못하고 스쳐 지나간다. 이를 릴케는 비유적으로 다음과 같이 표현한다.

그렇다. 봄들은 그대를 필요로 했었다. 많은 별들이
그대가 그들을 감지하기를 기대했다.
…
그대가 열린 창문을 지나갈 때면
바이올린이 몸 던져 왔다. 그 모든 것은 위임된 일이었다.
그런데 그대는 그것을 해냈는가?

–「제1비가」

사물의 본질을 파악해야 하는 것이 인간의 임무이며 과제이지만 잘못된 의식으로 인해 우리는 사물이 우리에게 위임한 사명을 수행하지 못한 채 덧없이 살고 있다. 세계를 잘못 '해석'하며, 세상을 "너무 명확하게 구분하는 잘못"을 저지르며 살고 있기 때문이다. 특히, 우리는 삶과 죽음을 통일된 하나의 세계로 파악하지 못하고 그것을 구분함으로써 잘못된 의식에 빠져있다. 릴케는 죽음이란 "우리에게서 등을 돌리고 있는, 생의 (다른) 한 쪽 측면"이기에, 삶과 죽음은 결코 별개의 것이 아니며 분리될 수 없다고 본다. 그런데 우리는 그 둘을 구분함으로써 죽음과 삶이 합쳐져 있는 온전한 삶에 이르지 못하고 있다. 따라서 이러한 문제를 극복하는 것이 인간의 과제이자 시인의 과제이다.

삶의 무상함을 극복한 존재들

『두이노의 비가』에는 무상하고 불완전한 인간에 대립되는 존재로 동물, 새, 곤충, 성자(聖者), 버림받은 여인들, 어린아이, 영웅 그리고 천사가 등장하는데, 이들은 인간 존재의 문제점을 극복할 모범으로 제시되고 있다.

비가의 천사는 우리가 상식적으로 알고 있는 신의 사자 역할을 하는 천사와는 다르다. 인간과는 다른 세계, 다른 질서 속에서 살고 있는 절대적이며 강력한 존재이다. 그렇기에 천사는 인간의 무상함이 극복된 완전한 존재이다. 인간이 사물을 해석하고 소유하려 하며, 삶과 죽음을 명백히 구분함으로써 반쪽만의 세계에 존재하고 있는데 비해, 천사는 모든 세계를 뚫고 흐르는 전체의 세계에 존재하고 있다. 천사에게는 삶의 세계와 죽음의 세계에 대한 구분도 없고 인간의 시간개념도 적용되지 않는다. 죽음도, 대립도 그로 인한 불안도 없는 영원히 존속하는 존재이다.

이를 릴케는 한 편지에서 "거대하게 순환하는 피가 두 영역을 뚫고 흐릅니다. 이승도 저승도 없고 거대한 통일만이 있습니다. 그 속에 우리를 능가하는 존재인 '천사들' 이 있는 것입니다" 고 표현하였다.

천사가 존재하는 통일된 전체 세계는 모든 것이 제대로 존재하는 '열린 세계' 이다. 이와 같이 영원한 존재의 표상들은 다음의 시구로 표현된다.

일찌감치 완성된 이들, 그대들 창조의 총아들
산맥들, 모든 창조의 아침노을에 물든
산마루들 활짝 핀 신성(神性)의 꽃가루들
빛의 마디들
…

거울들, 흘러나온 자신의 아름다움을 다시금
자신의 얼굴로 모아들이는 거울들…

—「제2비가」

여기서의 거울은 사물을 반사하지 않고 자신에게서 흘러나간 아름다움을 다시 자신에게로 모아들이는 천사에 대한 비유이다. 천사는 자신의 아름다움을 발산하고 그것을 흩어지게 하지 않고 다시 받아들이는 운동을 계속하는 거울과 같기 때문이다. 그래서 천사는 인간의 무상함을 뛰어넘는 존재가 된다. 이러한 천사의 존재에 비견되는 존재가 버림받은 여인들이다.

그들은 인간의 실존을 방해하는 특성을 극복하고 올바로 존재할 수 있었던 하나의 모범으로 『두이노의 비가』에 제시된다. 사랑을 주고받는 여인은 갈증이 충족되어 더 이상 사랑을 간직하지 못하지만, 버림받은 여인은 사랑을 간직할 수 있기에 더 잘 사랑할 수 있다. "그대가 부러워하는 버림받은 여인들/ 그들은 사랑에 충족된 이들보다 더 많이 사랑할 수 있음을 그대는 알고 있었다."

버림받은 이들은 버림받았기에 비로소 사랑을 올바르게 간직할 수 있다. 상대방을 소유하려는 사랑은 상대방을 포옹하는 순간 갈증이 채워져 결국 소멸하고 말지만, 버림받은 여인들의 사랑은 실현되지 않고 남아 있기에 영원히 지속된다.

릴케의 독특한 개념인 이 '소유하지 않는 사랑'[4)]은 대상을 붙잡지 않고, 고독 속에서 홀로 타오르며 사랑하는 것이다. 이를 릴케는 『말테의 수기』에서 다음과 같이 표현하였다.

사랑받는 상태는 불타오르는 것을 뜻한다. 사랑한다는 것은 다함없는 기름으로 빛나는 것이다. 사랑받는 것은 사라지는 것이고 사랑하는 것은 지속하는 것이다.

변용을 통한 초월

무상한 존재를 영원히 지속되는 존재로 만들기 위해 릴케가 제시하는 것은 사물과 세계의 '변용(變容)'이다. 변용이란 사물들이 어떤 깊은 존재 속으로 들어가는 것이며, 시간에서 벗어나 "차원이 바뀌는 것"을 의미한다. 사물의 변용은 인간이 사물의 외관에 집착하지 않고 열린 마음으로 세계를 대할 때 가능해진다. 변용이란 사물의 "본질이 우리 안에서 '보이지 않게' 다시 살아나게 하는 것"이기 때문이다.

대지여! 그대가 원하는 일이 이것이 아닌가? 우리 안에서
보이지 않게 다시 살아나는 것 언젠가 보이지 않게 존재하는 것!
그것이 그대의 꿈이지 않은가? – 대지여! 보이지 않게 되는 것!
변용이 아니라면 그대에게 맡겨진 절실한 위탁이란 무엇이겠는가?

–「제9비가」

---

4) 상대방을 구속하거나, 포옹을 통해 충족되어 소멸하는 사랑이 아니라 버림받아 홀로 사랑함으로써 스스로를 위대한 존재로 변용시키는 사랑을 의미한다. 사랑받기를 바라지 않고 오로지 사랑만 하는 '자동사(自動詞)적 사랑'을 통해 인간은 자신의 존재를 초월하여 세계내면공간에 자리잡을 수 있게 된다.

사물들이 올바로 존재하는 공간은 우리의 속에 있는 보이지 않는 공간이다. 이를 릴케는 1914년에 쓴 시에서 '세계내면공간'이라 불렀다.

모든 존재를 뚫고 하나의 공간이 뻗어 있다.
세계내면공간이다. 새들이 조용히
우리를 뚫고 날아간다. 아, 자라나고 싶은 나,
밖을 내다본다. 그러면 내 안에서 나무가 자라고 있다.

'세계내면공간'[5)]은 인간과 사물을 뚫고 뻗어 있는 공통의 공간, 외부의 윤곽이 모두 없어지고 서로 본질로 연결되어 있는 공간, 과거나 현재, 미래가 사라지고 모든 것이 현존하는 공간이다. 세계와 사물을 올바로 받아들여 이 공간 안에 존재하게 만드는 것은 곧 사물과 세계를 예술로 승화시키는 것을 말한다. 그렇기에 의미 없이 소멸해가는 외부의 사물을 받아들여 창조적 언어로 형상화함으로써 사물을 영원히 지속하게 만드는 것은 시인의 사명이 된다.

하찮은 것을 위대한 것으로, 눈에 띄지 않는 것을 빛나는 것으로 변용시키는 시인은 인간 존재의 덧없음을 극복하고 천사에 비견되는 존재가 되어 마침내 "이 세상에 존재함은 찬란하며", "이 세상에 존재함은 엄청나다"면서 현존을 긍정하고 찬양하는 노래를 부를 수 있게 된다. 그리하여 슬픔이 기쁨과 위안으로, 고통이 지복(至福)으로, 삶과 죽음이 하나의 세계로 승화할 수 있는 길을 보여준다.

릴케가 『두이노의 비가』에서 우리에게 보여주고 있는 세계는 우주 공간만큼이나 광활하고, 불교의 선시(禪詩)처럼 심오하여 쉽게 접근하기 어렵다. 하지만 이 작품의 다양한 주제에 수많은 이들이 매혹을 느끼고 나름대로의 해석을 시도하였다. 어떤 이들은 신이 사라진 시대에 인간 실존의 진정한 의미를 찾으려는 노력에 매료되고, 다른 이들은 구약 성서에서 현대 세계까지 이르는 광대한 스케일의 이미지에 관심을 보이기도 하며, 일부는 릴케가 새롭게 의미를 부여하거나 만들어낸 '천사', '세계내면공간', '변용' 같은 추상적 개념에 매혹되기도 한다. 괴테의 『파우스트』가 나온 지 200년이 다 되어가지만 아직도 그 의미가 남김없이 다 밝혀지지 않고 끊임없이 새롭게 해석되고 있는 것처럼, 릴케의 『두이노의 비가』에 대해서도 많은 이들이 여전히 계속해서 새로운 해석을 내놓고 있다.

『두이노의 비가』는 매우 난해한 시임에는 틀림이 없다. 그러나 릴케가 어려운 내용의 시들만 썼던 것은 아니다. 널리 알려진 「가을날」처럼 명징한 시도 있고, 절절한 사랑의 마음을 표현하여 바로 그 의미가 파악되는 아름다운 연애시도 있다. 섬세한 감정의 소유자였던 릴케는 누구나 읽어도 금방 이해가 되고 마음이 따뜻해지는 사

---

5) 세계내면공간(Weltinnenraum)이란 릴케가 만들어낸 개념으로서, 인간과 사물의 본질이 서로 연결되어 있는 공간으로 과거나 현재, 미래가 사라지고 모든 것이 현존하는 곳이다. 가상이나 머리 속에서 상상한 공간이 아니라 실제로 존재하지만 보이지 않는 공간이다. 순수한 본질의 공간으로 천사처럼 삶과 죽음의 대립을 극복하고, 변용을 자신의 존재 안에 이미 선취한 이들의 존재 공간이다.

랑의 시를 남기기도 했다.

> 내 눈빛을 꺼보세요, 그래도 당신을 볼 수 있습니다.
> 내 귀를 막아보세요. 그래도 당신을 들을 수 있습니다.
> 발이 없어도 당신에게 갈 수 있고,
> 입이 없어도 당신을 부를 수 있습니다.
> 내 팔을 부러뜨려 보세요, 그러면 손으로 잡듯
> 내 심장으로 당신을 잡을 겁니다.
> 내 심장을 막아보세요, 그러면 나의 뇌가 고동칠 거에요.
> 내 뇌에 불을 지르면, 나는 당신을
> 내 피에 실어 나르겠습니다.
>
> –『기도시집』

다양한 폭과 깊이를 지닌 릴케의 시는 정치한 언어와 세밀한 표현 그리고 대상과 개념에 꼭 들어맞는 이미지를 사용함으로써 높은 경지에 오를 수 있었다. 느낌과 사고 그리고 그것을 표현하는 언어가 행복하게 결합하여 한 편의 완벽한 시로 탄생하는 순간을 위해 릴케는 일생을 기다리고 또 기다렸다. 끊임없는 고통과 고독 속에서 오로지 시를 위해 자신의 모든 것을 바쳤기에 릴케는 20세기의 위대한 시인으로 우뚝 설 수 있었다. 그렇기에 오랜 세월이 흘렀지만 릴케의 시는 세상의 고통과 인간 존재의 덧없음 속에서 헤매고 있는 우리에게 여전히 한줄기 위안을 준다.

더 생각해볼 문제들

1. 릴케는 죽기 얼마 전에 자신의 묘비명을 써서 맡겨두었다. 묘비명 자체가 릴케의 삶을 축약하고 있으며, 한 편의 시가 되어 이후 숱한 해석을 불러일으켰다. 그 유명한 릴케의 묘비명을 나름대로 해석해 보자.

   장미여, 오 순수한 모순이여, / 이리도 많은 눈꺼풀 아래, 그 누구의 것도 아닌 / 잠이고픈 마음이여.

   장미는 릴케에게 있어서 매우 중요한 의미를 지닌다. 여러 겹으로 이루어진 꽃잎, 향기는 여성성과 신비 그리고 세상의 의미를 담고 있는 존재이다. 또한 릴케가 정원의 장미를 꺾다가 가시에 찔렸고, 그 덧난 상처로 백혈병이 악화되어 결국 죽음에 이르렀다. 모순이란 릴케의 삶의 근본 특징이자, 삶과 죽음, 본질과 현상의 괴리를 의미한다. 여기에 '순수한' 이라는 형용사가 붙어 새로운 차원을 획득한다. 눈꺼풀(Lider)은 철자나 발음상 노래(Lieder)와 비슷하다.

2. 릴케는 외부의 알 수 없는 힘이 자신에게 받아 적게 하여 시가 생겨난다고 말했다. 이 의견에 대해 어떻게 생각하는가? 시란 어떻게 생겨나는 것일까?
   릴케의 말은 신비적이거나 주술적 표현이 아니다. 갑자기 떠오르는 영감의 작용을 그렇게 표현한 것으로 이해해야 할 것이다. 영감은 그러나 가만히 기다리고 있으면 떠오르는 것이 아니라 수많은 경험을 내부에 축적하고, 커다란 인내를 가지고 기다릴 때 문득 솟아난다. 이는 다만 시초일 뿐 그 영감을 잡아 언어를 궁글리고 적합한 표현을 다듬어 시를 완성하는 것은 오로지 시인의 지난한 노력과 기다림에서 나온다.

3. 릴케는 로마와 파리에서 쓴 『말테의 수기』를 비롯해 많은 작품들을 독일어를 사용하지 않는 지역에서 독일어로 썼다. 그럼에도 불구하고 릴케의 작품

에는 적확하고 풍부한 독일어 표현으로 가득하다. 어떻게 이것이 가능할 수 있었을까?

릴케는 유럽의 여러 도시를 다니는 동안에도 늘 독일어 대사전을 옆에 두고 펼쳐 보았다. 각각의 낱말을 조사하여, 그 낱말이 지니는 다양한 의미들이 어떤 상황에서 어떤 용례로 사용되는가를 끊임없이 익혔다. 바로 이러한 노력을 통해 릴케는 자신의 느낌과 자신의 생각을 표현할 가장 적합한 단어와 비유를 찾아낼 수 있었다.

추천할 만한 텍스트

『두이노의 비가』, 릴케 지음, 김재혁 옮김, 책세상, 2000.

김용민(金容旻)

연세대학교 독어독문학과 교수.

연세대학교 독어독문학과 및 동 대학원을 졸업하고 독일 보쿰 대학교에서 독문학 박사 학위를 받았다. 저서로 『자연시에서 생태시로. 에리히 프리트의 시에서의 자연의 정치와 연구』(독문), 『생태문학. 대안사회를 위한 꿈』, 『통일이후 독일의 문화통합 과정』(공저) 등있고, 역서로는 괴테의 『서동시집』(근간), 『말테의 수기』, 『새로운 문학이론의 흐름』(공역), 『기호와 문학』(공역) 등이 있다. 그 외 독일의 생태문학과 통일 이후의 독일 문학에 관한 논문을 여러 편 발표하였다.

한 세계는 아버지의 집이었다. 그 세계는 협소해서
사실 그 안에는 내 부모님밖에 없었다. 그 세계는 나도 대부분
잘 알고 있었다. 그 세계의 이름은 어머니와 아버지였다.
그 세계의 이름은 사랑과 엄격함, 모범과 학교였다. 그 세계에 속하는 것은
온화한 광채, 맑음과 깨끗함이었다. …반면 또 하나의 세계가
이미 우리 집 한가운데서 시작되고 있었는데 그것은
완전히 다른 세상이었다. 냄새도, 말도, 약속하고 요구하는 것도 달랐다.
그 두 번째 세계 속에는 하녀들과 직공들이 있고
유령이야기와 스캔들이 있었다.

헤르만 헤세 (1877~1962)

헤세는 선교사 가정에서 태어나 경건하고 인문적인 분위기에서 성장했으며 — 외조부는 인도에서 선교사활동을 한 인도학자이고 아버지는 선교출판사를 운영하였다 — 수도원학교를 다녔다. 일찍부터 정신성과 동양의 정신에 대해 큰 관심을 가졌다. “시인 이외에는 아무 것도 되지 않고자 했기 때문에” 마울부론 수도원학교에서 도망을 치기도 했고 자살기도를 한 적도, 신경과치료를 받은 적도 있다. 방랑, 자아의 추구, 예술가의 삶은 『수레바퀴 아래서』(1906), 『페터 카멘친트』(1904), 『크눌프』(1915), 『데미안』(1919), 『클링조어의 마지막 여름』(1920), 『싯다르타』(1922), 『황야의 이리』(1927), 『나르치스와 골드문트』(1930), 『동방순례』(1931) 같은 주요 작품들에 두루 나타나는 헤세 문학의 큰 주제이다. 1946년 『유리알 유희』로 노벨문학상을 수상하였다. 전쟁포로를 위한 잡지를 내었고, 많은 수채화를 그리기도 했다.

03

자기 자신에 이르는 길

헤세의 『데미안』

전영애 | 서울대학교 독어독문학과 교수

'나' 를 찾아가는 길

> 내 속에서 솟아 나오려는 것, 바로 그것을 나는 살아보려 했다. 왜 그것이 그토록 어려웠을까.

이와 같은 헤르만 헤세(Hermann Hesse)의 『데미안(*Demian*)』(1919)의 첫 구절의 철학적인 성찰은 작품에 있어 계속 이어진다. 이 작품은 나로부터 시작하여 나를 향하는, 한 존재의 치열한 성장의 기록이다. 진정한 자아의 삶에 대한 추구의 과정이 성찰적으로 또 상징적으로 그려져 있다. 이를 통하여 헤세는 "한 사람 한 사람의 삶은 자기 자신에게로 이르는 길"이며 누구나 나름으로 목표를 향하여 노력하는 소중한 존재임을 상기시킨다.

'나'를 찾아가는 길은 기존 규범과 결별하는 데에서 시작한다. 주인공 에밀 싱클레어는 자기 자신에게 이르는 길에 접어들어 자기 자신으로부터 세계를 바라보기 시작하면서, 세계의 균열을 인식한다.

> 한 세계는 아버지의 집이었다. 그 세계는 협소해서 사실 그 안에는 내 부모님밖에 없었다. 그 세계는 나도 대부분 잘 알고 있었다. 그 세계의 이름은 어머니와 아버지였다. 그 세계의 이름은 사랑과 엄격함, 모범과 학교였다. 그 세계에 속하는 것은 온화한 광채, 맑음과 깨끗함이었다. … 반면 또 하나의 세계가 이미 우리 집 한가운데서 시작되고 있었는데 그것은 완전히 다른 세상이었다. 냄새도, 말도, 약속하고 요구하는 것도 달랐다. 그 두 번째 세계 속에는 하녀들과 직공들이 있고 유령이야기와 스캔들이 있었다.

두 세계를 가르는 균열을 보며 싱클레어는 이제 낡게 느껴지는 규범들 — 아버지 집, 종교, 도덕 — 을 거리를 두고 바라보게 되며 새로이 점검한다. 거기서 얻는 인식은 그를 유년의 맑고 밝은 한 세계에서 분리될 수밖에 없게 한다. 이 과정은 괴롭지만, 진정한 자기 자신을 향하는 길에서는 결국 투쟁하여 벗어나야 할 세계이다.

인식 안에 있던 분리는 현실에서도 일어나면서, 더욱 결정적인 것이 된다. 싱클레어는 또래와의 대화에서 부추겨져 저지르지도 않은 도둑질을 떠벌린 탓으로, 불량한 친구 크로머에게 혹독하게 시달린다. 그런데 그 돌파구 없는 고통스러운 상황에서 싱클레어는 데미안을 만난다. 데미안은 유년의 첫 시련, 악마같이 괴롭히던 크로머를 신비로운 혜안의 힘으로 쫓아 준다. 아버지와 어머니의 세계와 다른 또 하나의 유년의 세계를 상징하던 크로머는 더 이상 싱클레어의 내면에 개입하지 못한다. 이 처음이자 마지막인 직접적인 도움은, 결국 싱클레어를 유년의 두 세계 어디에도 속하지 못하게 하면서, 다만 온전히 자신만의 길로 걸어가도록 이끈다.

데미안은 카인과 아벨의 이야기를, 또 예수와 함께 십자가에 매달린 도둑의 이야기를 새롭게 해석하여 다른 차원에서 이해하게 한다. 명백해 보이는 것들조차 "달리 볼 수도 있다, 그 점에 비판을 가할 수도 있다"는 깨달음은, 비판적 인식의 첫걸음이다.

> "세계를 그냥 자기 속에 지니고 있느냐 아니면 그것을 알기도 하느냐, 이게 큰 차이지. 그러나 이런 인식의 첫 불꽃이 희미하게 밝혀질 때, 그때 그는 인간이 되지."

나아가 카인의 표식은 기존의 세계의 규범에서 벗어나, 스스로 성찰하고 구도하는 새로운 인간형을 제시한다. 그 과정은 결코 쉽게 이루어지지 않는다. 낯선 도시에서 홀로 지내던 학창 시절 싱클레어는 다시금 더욱 방황한다. "한때 프란츠 크로머였던 것이 이제는 내 자신 속에 박혀 있다"고 생각한다. 싱클레어는 세상과 싸움을 벌이고 있었으며 "나름의 저항의 형식"은 오만하고 방탕한 생활로 이어지기도 한다. 그러면서 그는 스스로를 망가뜨렸다고 생각한다.

"나는 세상의 오솔길들을 똑바로 걸으려고 했는데, 그 길들이 내게는 너무 미끄러웠던 것"이라고 생각하기도 한다. 그리하여 정신적 지주에 대한 동경이 극도로 고조되었을 무렵, 즉 그 동경을 비로소 의지로부터 강렬히 추구하던 때에 싱클레어는 책갈피에서 쪽지 하나를 발견한다.

> "새는 투쟁하여 알에서 나온다. 알은 세계이다. 태어나려는 자는 하나의 세계를 깨뜨려야 한다. 새는 신에게로 날아간다. 신의 이름은 압락사스."

신성과 마성, 남성과 여성, 인성과 수성, 선과 악을 다 갖추고 있는 신비로운 신 압락사스[1] — 압락사스란 원래 그리스, 오리엔트의 영지주의에서 신의 비밀의 이름을 뜻했다. 이 작품에서는 새롭게 찾아져야 할 그 어떤 신성의, 미지의 신비로움으로 전용되고 있다 — 가 암호처럼 등장한다. 우연히 만난 오르간 연주자 피스토리우스는 압락사스에 대해 여러 가르침을 주는데, 싱클레어가 그려내는 꿈의 영상, 문장에 그려진 그림, '먼' 연인 베아트리체, 구름의 모습 등에서 압락사스의 모습이 윤곽을 드러낸다. 그러나 피스토리우스의

---

1) '압락사스($\alpha\beta\rho\alpha\xi\alpha\delta$=Abraxas)'의 그리스어의 자리값($\alpha$=1, β=2, ρ=100, ξ=60, δ=200)을 합하면 365로 '해[年]의 신'으로도 나타난다. 중세에도 주문으로 쓰였다. 압락사스가 새겨진 돌은 부적이나 인장반지로 쓰였는데 앞쪽에는 인간의 몸과 팔에 닭머리와 뱀다리가 달린 모습이 새겨져 있으며 뒤쪽에는 마적인 숫자가 적혀 있다.

종교적 열망, 즉 지극히 자기 자신의 길이 아닌 현실적인 제도를 향하던 열망은, 결국 싱클레어가 피스토리우스와 결별하는 계기가 된다.

싱클레어 역시 꿈속에 나타나는 자신의 열망에 갈등한다. 그러나 자신의 길을 향하는 구도와 무의식 속의 열망이 결합하면서, 하나의 온전한 이미지가 나타나고, 이어 그 이미지가 현실로 된 인물 데미안의 어머니 에바 부인을 만나게 된다. 싱클레어는 그녀를 연모하며, 또한 스스로의 길에 몰두하는 이들의 진정한 연대를 경험하게 된다. 그는 목표에 도달하지만, 그러면서도 도달하지 못한다. 어머니이자 애인인 영원의 여성, 에바 부인 — 독일어 에바(Eva)는 영어의 이브이다 — 은 그를 끌면서도 동시에 물리친다. 에바 부인 가운데서 싱클레어의 구도와 열망이, 상징과 현실이 결합한다. 무엇보다도, 싱클레어의 눈에 그녀는 더 깊이 자기 자신 속에 이르려는 '자신의 내면의 상징' 처럼 비친다.

> 그녀는 바다였고, 그 안으로 나는 흘러들고 있었다. 그녀는 별이었고 나 자신도 별 하나로 그녀에게 날아가는 도중이었는데, 우리는 서로 만났고 우리가 서로를 끌어당겼음을 느꼈다. 함께 머물렀고 희열에 차 영원히, 소리 울리는, 가까운 원을 서로 에워싸며 돌았다.

싱클레어가 자신을 찾아 걸어온 험한 길을 두고 에바 부인이 싱클레어에게 묻는다. "돌이켜 생각해 봐, 그 길이 그렇게 어렵기만 했나? 아름답지는 않았나? 혹시 더 아름답고 더 쉬운 길을 알았던가?" 자아로 향하는 구도의 과정의 길은 운명처럼 힘겹게 놓여져 있지만, 그녀는 그 길 자체의 아름다움을 묻는다. 자기 자신으로 이르는 끝없는 길에서, 길 자체가 의미로 드러난다.

이 책의 마지막은 불협화음이 울리는 듯 날카롭게, 환상적으로 묘사된다. 전쟁이 터진다. 뜨겁게 갈구하던 에바 부인이 아니라 뜨거운 총탄이 싱클레어를 맞추어 그는 치명적인 부상을 입는다. 야전병원에서 싱클레어는 다시 한 번 데미안과 마주친다. 데미안의 입맞춤은 에바 부인의 입맞춤이기도 하다. 그리고 구도자들, 개혁자들의 동맹에 속하는 모든 사람들의 입맞춤이기도 하다.

데미안이 사라진 후 싱클레어는 말한다.

> "완전히 내 자신 속으로 내려가면 … 거기서 나는 검은 거울 위로 몸을 숙이기만 하면 되었다. 그러면 나 자신의 모습이 보였다. 이제 그와 완전히 닮아 있었다. 그와, 내 친구이자 나의 인도자인 그와."

이렇듯 데미안과 '나'가 거의 하나로 합쳐지면서 작품은 마무리된다. 데미안은 싱클레어가 오래 추구해 마지않았던 자아의 모습에 다름 아닌 것이다. 데미안이라는 이름의 어원은 데몬, 즉 신, 수호신, 지켜주는 강한 힘 등의 뜻을 가진 단어이다. 특히 마지막 부분에서는 그(Er)가 대문자로 쓰이면서 신격의 표현을 암시하고 있다. 한편 싱클레어라는 이름은 독일의 불우했던 천재시인 프리드리히 횔덜린의 친구 이름으로, '친구'의 대명사처럼 쓰인다. 그렇게 한 존재의 구도의 여정은, 진정한 자아에의 신적인 합일로 마무리된다.

슈테거가 그린 헤세의 커리커쳐

작품이 쓰여진 시대

『데미안』은 제1차 세계대전 중인 1916년에 씌어지고 전쟁이 끝난 직후인 1919년에 출판되었다. 그 마지막 부분에서 세계대전의 묘사는 하나의 낡은 세계가 깨어지고 나올 새로운 세계에 대한 기대와 그 폭력에 대한 비판이 엇갈려 있다. 하지만 헤세의 신비적이고 환상적인 묘사 방식은, 전쟁에 대한 비판이 미약하다는 평가를 받기도 한다 실제로 헤세는 전쟁 포로들을 돕는 일에 종사했다. 한편, 1차 세계대전이 배경으로 되어 있는 소설의 마지막 부분에서 구도자 싱클레어의 모습이 등장하기는 하지만, 작품 전반적으로 그는 낭만주의 및 고대 신화세계와 연결될 수 있을 정도로 현실과 동떨어져 있다. 그 때문에 주인공이 시대착오적이라거나 현실과 실패한 결합이라고 평가되기도 한다. 그 밖에도 전반에 걸쳐 명료하지 못한 언어와 지나친 상징성이 비판받기도 한다. 예민한 시대의 문제가 과도한 상징 속에서 상실되어 있다는 것이다.

그러나 『데미안』이 치열하게 "한 사람 한 사람의 삶"을 그려내고 있다는 점을 상기한다면, "자기 자신에게로 이르는 길"을 그리는 것 자체로, 헤세는 시대를 극복하고자 했던 것은 아닐까. 여기서 사람은 결국 '길의 추구, 오솔길의 암시'다. 스스로에게 충실하고자 하는 주인공의 모습은 역설적으로, 누구나 나름의 목표를 향하여 노력하는 소중한 존재라는 면을 부각시킨다. 단 한번 뿐인 인간의 목숨이 총칼 앞에서 무더기로 소멸되는 전쟁의 충격 속에서 쓴 것을 생각할 때, 헤세가 전하는 이 전언에는 더더욱 절실함이 배어 있다.

한편 성장, 자기구현의 문제는 독일문학에서 전통적으로 중요한 주제가 되어 왔다. 빌둥스로만(Bildungsroman)[2]은 하나의 장르로 다루어지고 있다. 그런데 1차대전 이후, 사회가 극도의 불안정을 겪으며 변화하는 가운데 성장소설의 문법 역시 변화가 필요했을 것이다. 『데미안』에서 주인공이 겪는 시대를 반영하는 극심한 방황

2) '성장소설' 또는 '발전소설'이라고도 한다. 한 젊은이가 많은 방랑, 방황을 통하여 (사회적) 인식에 이르는 과정을 그리는 작품들로 세부적으로는 다시 다양한 예술가소설, 시대소설, 사회소설 등의 형태와 겹쳐서 나타나기도 한다. 대표적인 작품으로는 괴테의 『빌헬름 마이스터』가 있으며 헤세 자신의 작품 중에서는 『나르치스와 골드문트』를 대표적으로 꼽을 수 있다.

과, 가치를 아예 종교와 신화나 혹은 다른 시대의 사상과 철학과 같은 먼 곳에서 빌려보고자 했던 추구, 그리고 진정한 의미는 지극히 스스로 안을 향하는 데에서 비롯하게 하려는 지향은 당시의 젊은이들의 뒤흔들었을 것이다. 실제로 『데미안』은 출판 당시 열광적인 반향을 일으킨 바 있다.

당시에 이미 작가로서 유명했던 헤르만 헤세는 이 작품 『데미안. 한 젊음의 이야기 (*Demian. Die Geschichte einer Jugend*)』을 에밀 싱클레어라는 가명으로 발표했다. 작품성만으로 평가 받고 싶어서였다. 그 결과 에밀 싱클레어라는 유령 작가가 당시 독일의 권위 있는 문학상인 폰타네상의 수상자로 지명되었다 헤세는 이 상을 사양했다. 그 사이 한, 눈 밝은 독문학자가 문체 분석을 통하여 『데미안』이 헤세의 작품이라고 밝혀내기도 했다.

세계대전을 겪으면서 헤세는, 문제는 내면이며, 인간이 목표로 삼고 걸어가야 할 길은 내면의 길이라는 생각에 몰두했다. 그는 "세계의 개선까지도 인간이 내면의 길을 충실히 가는 것으로 가능하다"고 쓴 바 있다. 내면으로의 길이 개인문제뿐만 아니라 사회 문제에 있어서도 열쇠가 된다고 생각한 것이다. 세계대전은 유럽 문화가 붕괴되고 재창조를 이룰 현상으로 해석한다. "유럽이 지쳐있다는 것, 유럽이 고향으로 돌아가 휴식하고, 개조되고, 다시 태어나길 바라고 있다는 것이 드러났다"고 서술한다. 유럽 사람들이 세계를 대립의 공간이 아니라 통합과 단일의 공간으로 보아야 한다는 헤세의 생각은 이 소설의 주제인 주인공의 자기구현과도 밀접하게 연관되어 있다. 헤세는 이 시대의 인간들은 자기 구현의 길을 걷기 이전

독일 바젤에 있는 선교회 건물. 헤세의 선조들에게 많은 영향을 끼쳤다.

에는 유럽적인 양극사상에 빠져서 한쪽만을 인정하고 다른 한쪽을 부인하려 한다고 보았기 때문이다.

인간은 불완전한 존재지만, 더 높은 단계를 향해 부단히 노력할 때 비로소 완전한 존재에 가까워질 수 있다는 니체적인 성찰은 헤세의 작품들의 바탕에 깔려 있다. 인간이 좀더 고양된 자기에 도달하기 위해서 부단히 노력하면서 양극성을 극복하고 단일성을 인식한다는 것은 또한 서구적인 이원론의 지양, 또는 기독교와 시민사회의 도덕성으로부터의 이탈을 의미한다는 면도 그러하다. 헤세는 즐겨 상징을 통해 내면세계의 변화를 드러낸다. 주인공들이 세상의 단일성을 인식하는 데에는 물, 불, 음악과 그림 등이 큰 역할을 하고 있다. 주인공들은 언제나 절망과 고통을 경험하지만 결국 거기서 벗어나 고양된 자아를 구현하고, 이 과정은 한결같이 정신세계에서 자연의 세계를 거쳐서 두 세계를 통합하는 방식을 택하고 있다. 『데미안』에서 『유리알 유희』까지 그의 거의 모든 소설의 공통점이다.

헤세는 경건하고 인문학적인 분위기의 가정에서 태어나 자랐고 마울브론 신학교에 다녔다. 아버지는 발트해 연안 에스틀란트의 의사 가문 출신으로 남독일에서 선교출판사를 운영했고, 외조부는 여러 해 인도에서 선교사 활동을 한 인도학자이다. 일찍부터 정신성과 동양에 대한 관심이 있었고 그 자신도 1911년 인도 여행을 결행했지만, 수마트라 섬까지 갔고 인도에 닿지는 못했다. 그 대신 『동방순례』(1941)나 『싯다르타』(1922) 같은 작품을 남겼다. 『싯다르타』는 인도가 배경이지만, 『데미안』에서와 마찬가지로 주인공의 자기구현과정을 담고 있다. 열반의 경지까지 가는, 필생의 목적에 가까이 이르는 모습이다. 고타마 싯다르타라는 부처의 한 이름이 작품 속에서는 싯다르타와 고타마라는 두 인물로 나누어져 있다. 유럽적인 이원론적 사고를 반영하면서, 동양적 일원론을 선명히 지향한 것이다.

『황야의 이리』(1927)는 예술가를 소재로 한 매우 실험적인 작품이다. '이리' 처럼 시민적인 삶에서 동떨어져 있는 주인공 할러는 예술가이고, 그의 문제는 '시대의 병' 으로 진단된다. 시민들은 중용의 사람들이다. "가능한 것을 희생하여 보전과 안정을 얻고, 법열 대신 양심의 평안을, 향락대신 안주를, 자유대신 편안함을, 몸을 불태우는 불꽃대신 알맞게 따스한 빛을" 얻으려 하며 양처럼 약하고 겁이 많은 사람들이다. 반면 예술가는 이리처럼 시민세계에 대한 마지막 미련까지 잃고, 외로운 국외자로 남아 죽음에 이를 정도의 고독을 견뎌내는 존재다. 지적 우월감으로 시민들을 멸시하지만 고향이 없는 인간이다. 동시에 이리라는 '이중성과 분열성' 때문에 두 세계 사이에서 방황할 수밖에 없는 존재로 그려진다. 이런 황야의 이리가 세상과 불화하지 않고 살아가는 길은 유머에 있다. 할러가 걷는 자기 구현의 단계도 싯다르타의 그것과 흡사하다. 헤세의 작품 중에서 현실에 대한 관심을 비교적 많이 보여주는 작품이다.

『나르치스와 골드문트』(1930)에서는 수도원을 뛰쳐나와 방황하는 예술가적 인물 골드문트 — 그의 이름은 '황금 입' 이라는 뜻이다 — 와 수도원장이 되는 지적인 인물 나르치스('나르시스')라는 대조적인 두 사람의 자기 구현과정이 이중창처럼 그려진다. 골드문트가 10년 동안 세속을 떠돌면서 예술가로 성숙되는 과정에 비중이 두어져 있다. 제목도 처음에는 '골드문트 혹은 죄악의 경배', '어머니에게로 가는 골드문트의 길', '골드문트와 나르치스' 등으로 골드문트가 중심에 놓여 있었다. 골드문트는 방황 끝에 수도원으로 돌아와 나르치스 곁에서 숨을 거둔다. 골드문트의 예술과 자기 구현의 마지막 종착지는 '어머니' 이다. 작품의 뛰어난 자연 묘사는 삶과 죽음의 전환과 사랑의 무상함을 명암있게 드러낸다. 예술이야말로 무상성을 뛰어넘어 삶과 죽음 간의 딜레마를 해결하는 수단이란 생각이 바탕에 깔려 있다.

노년의 대작 『유리알 유희』(1943)는 카스탈리엔이라는 이상향을 설정하여 미래를 보여주는 방대한 저작이다. 이 책은 나치 집권시기에 집필되었다. 당시의 상황에 대해 헤세는 "공기는 온통 독에 차고, 삶은 또다시 불안한 것이 되었다. 내게는 두 가지가 중요했다. 첫 번째는 세계의 모든 독에서 벗어나 살 수 있는 정신적 공간을 만드는 일이고, 두 번째는 야만적 폭력에 맞서는 정신의 항거를 표현하는 것이었다"고 썼다.

『유리알 유희』의 무대인 카스탈리엔은 괴테의 『빌헬름 마이스터』의 교육주와 같이 이상적으로 설정된, 미래의 가상의 공간이다. 이곳에서 소명받은 사람들이 하는 유리알 유희는 음악, 문학 등 예술적, 지적 능력의 총합이 발현되는 최고의 정신적 게임이다. 이곳에서 최고의 명인이 된 주인공 크네히트는 그러나 다시 이 곳을 떠나 현실로 돌아오며, 고산지대의 호수에서 수영을 하다가 아침햇별 속에서 죽음을 맞는다. 공기가 희박한 고산지대, 차가운 빛을 발하는 별, 고독과 차가운 아침 공기, 차가운 호수와 같은 자연 묘사 속에서 크네히트가 죽음을 통하여 들어가는 불멸의 세계가 시사된다. 크네히트[3]의 삶은 정신세계에서 현실세계에 대한 봉사로 이루어지며, 죽음을 통해 영원한 세계로 이어지며 카스탈리엔도 그를 통해 거듭나고 있다.

헤세는 단조로울 만큼 치열하게 자기 자신에 이르는 구도라는 하나의 주제에 집착했다. 헤세가 이렇게 단조롭고 집요할 만큼 가열한 정신성을 추구한 것은, '정신성' 이야말로혼란하고 황폐하고 천박해져 버린 '잡문시대' 에 대한 유일한 대안이라고 생각했기 때문이다. 이런 확신은 1,2차 세계대전과 그것들을 전후한 혼란을 겪으면서 더욱 굳어졌다.

---

3) 크네히트(Knecht)라는 이름도 하인, 봉사자란 뜻이다.

그런데 그렇게 한 시대를 반영하던 한 주제에서 비롯한 그의 저서들은 이후로도 계속하여 많은 독자들에게 큰 사랑을 받고 있다. 『데미안』은, 헤세의 작품이 전반적으로 그러하듯이, 독일보다는 오히려 세계 각국에서, 특히 미국, 아시아권에서 활발하게 수용되어 왔다. 우리나라에서도 여전히 독일어권의 작품들 중 가장 많이 읽히는 작품의 자리를 지키고 있다. 헤세의 대 주제인 '자신에 이르는 길'이 그만큼 시대를 초월하는 관심사이기 때문일 것이다. 개인의 치열한 구도와 성장의 과정을 담은 이 책은, 시간과 공간을 넘어 어느 곳에서든, 헤매이는 많은 이들에게 다시금 등불이 될 것이다.

더 생각해볼 문제들

1. 주인공 싱클레어가 자기 자신을 찾아가는 길은 어떠한 길이었는가? 그 각각의 과정들은 싱클레어 자신에게 어떤 의미를 갖겠는가?

2. 싱클레어가 자기 자신을 찾아가는 길에서 만난 데미안, 피스토리우스, 에바 부인 같은 조력자들은 싱클레어의 삶에서 어떤 의미를 갖게 되는 존재들인가? 이들이 상징하는 바는 무엇이겠는가?

3. 『데미안』은 1차 세계 대전 이후 독일에서 쓰여졌다. 그 당시에 이 작품은 어떤 의미를 가졌겠는가? 그리고 『데미안』은 한국의 독자들에게 활발하게 수용된 바 있다. 지금 여기에서 이 작품은 어떤 의미를 가질 수 있겠는가?

추천할 만한 텍스트

『수레바퀴 아래서』, 헤르만 헤세 지음, 김이섭 역, 민음사, 1997.
『싯다르타』, 헤르만 헤세 지음, 김누리 역, 민음사, 1997.

전영애

서울대학교 독어독문학과 교수.

서울대학교에서 독문학을 공부했고 독일 튀빙엔 대학교, 킬 대학교에 수학했다. 전공은 독일 시(詩)이며 괴테와 릴케, 카프카, 첼란 등 여러 문인 및 분단·통일문학 등 독일의 근·현대 문학을 광범위하게 소개해왔다. 『어두운 시대와 고통의 언어. 파울 첼란의 시』, 『독일의 현대문학. 분단과 통일의 성찰』, 『바이마르에서 온 편지』 등의 저서, 『변신, 시골의사』, 『말테의 수기』, 『나누어진 하늘』, 『독일사』, 『카프카. 프라하의 이방인』, 『시』 등 다수의 역서, 『깨어지는 벽 앞에 서서』, 『카프카 나의 카프카』, *Regenbogen fur Franz Kafka* 및 *Kafka, mein Kafka* 등의 시집이 있다.

"사막은 아름다워." 어린 왕자는 또 말했다. 그 말은 사실이었다.
나는 항상 사막을 좋아했다. 모래언덕에 앉아 있으면
아무것도 보이지 않고 또 아무 소리도 들리지 않는다. 그러나 이런
무거운 침묵 속에서 무엇인가 생동하며 번득이고 있다.
"사막이 아름다운 이유는," 어린 왕자가 말했다.
"사막이 어딘가에 샘을 숨기고 있기 때문이야."
나는 모래가 신비스럽게 빛나는 까닭을 갑자기 깨닫고 놀랐다.
… 나는 어린 왕자에게 말했다. "집이건 별이건, 사막이건 그들을
아름답게 하는 것은 눈에 보이지 않는 거야!"

앙트완느 드 생텍쥐페리 (1900~1944)

프랑스의 작가이자 비행사였던 생텍쥐페리는 1900년 리옹에서 태어났다. 귀족의 후손이었던 그는 아버지를 일찍 여의었으나 어머니의 사랑을 받으며 행복한 유년 시절을 보낼 수 있었다. 그는 성장해서 공군에 입대하여 조종사 훈련을 받았던 경험을 바탕으로 1926년 프랑스 항공사에 취직하게 되는데, 이것이 그의 생애와 문학에 결정적인 전기로 작용한다.

아프리카의 한 비행장에 근무하던 시절에 쓴 『남방 우편기』(1929)를 시작으로, 『야간 비행』(1931), 『인간의 대지』(1939) 등 당시로서는 모험과 고난에 가까웠던, 삶과 죽음을 넘나드는 박진감 넘치는 실존적 작품들을 썼다. 특히 1935년에는 비행 도중 사하라 사막에 불시착하여 기적적으로 대상(隊商)에 의해 구출된 적도 있었다.

『어린 왕자』(1943)는 2차 세계대전 중 작가가 직접 그린 삽화와 함께 미국에서 발표했는데, 그 이듬해 1월 생텍쥐페리는 지중해 연안으로 정찰 비행을 나갔다가 다시는 돌아오지 못했다.

04

우주적 동경과 인간적 진실의 신화

생텍쥐페리의 『어린 왕자』

우찬제 | 서강대학교 국어국문학과 교수

"아이는 어른의 아버지" 혹은 "생명의 아름다운 약속"

「무지개」라는 시에서 "아이는 어른의 아버지"라고 노래한 이는 영국의 시인 워즈워스였다. 신약성서 『마태복음』에도 "너희가 생각을 바꾸어 어린이와 같이 되지 않으면 결코 하늘나라에 들어가지 못할 것이다"는 말씀이 있다. 오스카 와일드는 "어린애의 몸은 신의 몸과 같다"고 말한 바 있으며, 생텍쥐페리(Antoine de Saint-Exupéry)는 『인간의 대지』에서 "일종의 황금 과실"과도 같은 어린이는 "생명의 아름다운 약속"이라고 적는다. 피카소는 "어린이들은 모두가 예술가"라고 말한 바 있으며, 아미엘 같은 이는 "어린아이들의 존재는 이 땅위에서 가장 빛나는 혜택"이라고 예찬했다. 신문학 초기에 육당 최남선은 「해에게서 소년에게」라는 시에서 "저 세상 저 사람 모다 미우나/ 그 중에 똑 하나 사랑하는 일 있으니/ 담크고 순진한 소년배들이/ 재롱처럼 귀엽게 나의 품에 와서 안김이로다" 하고 노래한 바 있다. 어린이의 아버지로 불리는 방정환에게 어린이는 가없는 예찬의 대상이다.[1] 어린이는, 바슐라르의 표현대로, 크게 보고 아름답게 본다. 그래서 피카소가 그랬듯이 예술가가 되고, 방정환이 신뢰했듯이 시인이 될 수 있는 것이다. 동화의 세계에서나 서정시의 세계에서 어린이의 이미지는 대개 그러하다.

이와 같은 어린이의 본성을 가장 극적으로 드러낸 작품으로 생텍쥐페리의 『어린 왕자(*The Little Prince*)』를 꼽는다 해도 별 이의가 없을 것이다. 확실히 『어린 왕자』는 어린이의 영혼과 눈으로 인간과 세상과 우주를 성찰한 탁월한 작품이다. 어른을 위한 동화라서 어린이가 읽기에는 다소 어렵겠지만, 어른들이 이 작품을 읽는다면 잃어버린 자신의 동심을 동경하면서 시종 공감하고 반성적 상념에 젖어들게 된다. 『어린 왕자』를 심층 분석한 오이겐 드레버만은 『본질적인 것은 보이지 않는다』에서 이 작품의 전반적 성격을 다음과 같이 밝혔다.[2)]

> 『어린 왕자』가 우리에게 이렇게도 깊은 위안과 공감을 주는 까닭은 잃어버린 어린 시절의 영원한 꿈 때문일까? 물론 그렇다. 그러나 그것만은 아니다. 여기에 덧붙여지는 것으로서, 이 작품은 어른들의 광기에 물든 강압적 세계로부터 예술적, 풍자적으로 인간을 해방시켜 주기 때문이요, 현실세계의 숨 막히는 사막 속에서 우리가 비로소 숨을 돌릴 수 있도록 해주기 때문이다. 그러나 가장 근본적인 이

유는 사랑의 조건이 없는 성실성에 대한 믿음을 『어린 왕자』가 어느 정도 되살려낼 수 있기 때문이다. 그것은 인간이 서로 노력과 책임의 세계를 약속하며 또 구현해 보인다. 그것은 죽음 속에서도 깨지지 않는 사랑의 결합을, 우정과 연대의 숭고한 노래를 매혹적인 소박함과 아름다움의 이미지로 보여준다.

밖으로부터의 성찰

『어린 왕자』는 비행기 기관 고장으로 사하라 사막에 불시착한 비행사가 소혹성 B612호에서 왔다는 어린 왕자를 만나, 그와 나눈 이야기와 행동을 기록한 작품이다. 비행사는 어린 시절 코끼리를 삼

---

1) "어린이 나라에 세 가지 예술이 있다. 어린이들은 아무리 엄격한 현실이라도, 그것을 이야기로 본다. 그래서, 평범한 일도 어린이의 세상에서는 그것이 예술화하여 찬란한 미와 흥미를 더하여 가지고 어린이 머리 속에 다시 전개된다. 그래, 항상 이 세상 모든 것을 아름답게 본다. 어린이들은 또 실제에서 경험하지 못한 일을 이야기하는 가운데서 훌륭히 경험한다. 어머니와 할머니 무릎에 앉아서 재미있는 이야기를 들을 때, 그는 아주 이야기에 동화해 버려서, 이야기 세상 속에 들어가서 이야기에 따라 왕자도 되고 고아도 되고 또 나비도 되고, 새도 된다. 그렇다고 해서 어린이들은 자기의 행복을 더 늘려가고 기쁨을 더 늘려가는 것이다. 어린이는 모두 시인이다. 본 것, 느낀 것을 그대로 노래하는 시인이다. 고운 마음을 가지고, 아름답게 보고 느낀 그것이 아름다운 말로 흘러나올 때, 나오는 모두가 시가 되고, 노래가 된다. 여름날 무성한 나무숲이 바람에 흔들리는 것을 보고, 바람의 어머니가 아들을 보내어 나무를 흔든다 하는 것도 그대로 시요, 오색이 찬란한 무지개를 보고 하느님 따님이 오르내리는 다리라고 하는 것도 그대로 시다." (방정환, 「어린이 예찬」 중에서)

2) 이 책은 우리나라에서 『장미와 이카루스의 비밀』로 출간되었다. 드레버만은 독일의 파더본 가톨릭 신학대학에서 철학·신학·정신분석학에 대한 강의와 연구를 했다. 대표작으로는 『정신분석학과 윤리신학』, 『심층심리학과 성서해석』, 『누이야, 나 좀 들어갈게: 그림동화의 심층분석』 등이 있다.

키고 있는 보아 뱀 그림을 그려서 어른들에게 보여준 적이 있다. 그러나 어른들은 그 그림에서 보아 뱀을 보지 못한 채 모자 형상만을 볼 따름이었다. 어린이에 비해 어른들이 얼마나 본질적인 것을 잘 보지 못하는가를 일찌감치 체험했던 것이다. 그 어린이가 그림에 대한 꿈을 접고 이제 비행사 어른이 되어 있다. 양 한 마리만 그려 달라는 어린 왕자의 부탁을 받고 그림을 그려주는 과정에서 비행사는 자신도 어느덧 어린 시절 자기 그림을 제대로 보아주지 못했던 어른들과 닮아 있음을 절감하면서 반성하게 된다. 그렇게 어린 왕자를 알아가게 된다. 이야기는 소혹성에서 어린 왕자의 생활, 지구에 오기 전까지 어린 왕자의 별 여행기, 지구에서의 여정을 담고 있으며, 1년 만에 어린 왕자가 죽어 사라지는 것으로 전개된다.

일차적으로 『어린 왕자』는 지구 바깥에서 온 어린 왕자의 독특한 시선과 행동으로 독자들의 관심을 끌기에 충분하다. 바깥의 시선과 사유를 통해서 지구 안에서 살아가는 어른들의 삶에 대한 반성적 성찰을 유도하고 있는 텍스트이다. 일상적인 삶의 억압과 의무, 경쟁적 현실에서 살아남기 등 여러모로 어른들은 어린 시절에 꾸었던 순정한 꿈과는 다르게 소외된 삶을 억지로 살아가는 경우가 많다. 꿈의 근원으로부터 멀어진 채 고립과 소외의 늪에서 때때로 진실하지 않은 방법으로 자기 삶뿐만 아니라 남들의 삶도 일그러뜨릴 수 있다. 진정한 인간관계가 아득해질 뿐만 아니라 개개인은 존재 가치로부터 멀어지기 일쑤이다. 그러기에 삶의 진정한 가치를 갈구하는 개인들은 영혼의 별자리를 동경하게 되고, 그러면서 프루스트가 그랬듯이 '잃어버린 시간을 찾아서' 방황하고 탐색하게 마련이다.

그러니까 생텍쥐페리의 『어린 왕자』는 잃어버린 시간, 잃어버린 공간, 잃어버린 존재를 찾아서 진정한 인간 영혼의 성장을 모색한 소설이라 할 수 있다.

그토록 이상한 어른들의 세계

이 소설에서 화자는 어린 왕자가 "당신은 마치 어른 같은 말을 하는군!" 하고 말할 때마다 부끄러움을 느낀다. 그렇다면 부끄러움의 대상이 되는 어른의 세계, 다시 말해 본질적인 것을 잃어버린 어른들의 삶의 실상은 어떠한가. 어린 왕자는 자신이 알고 있는 어느 별의 검붉은 얼굴을 한 신사 이야기를 한다.

> 그 분은 아무도 사랑한 일도 없었고, 일상 하고 있는 일이란 덧셈뿐이야. 그리고 그는 날이면 날마다 당신처럼 '나는 중요한 일로 바쁘단 말이야' 라고 입버릇처럼 되풀이하고 또 되풀이하지. 그리고는 그 말이 무슨 자랑인 양 뽐내기만 하거든.

이 신사처럼 어른들은 늘 덧셈을 하느라 바쁘다. 덧셈이란 무엇일까. 사랑이 결여된 욕망의 덧셈일 수 있다. 권력, 명예, 재산 등을 보태려는 욕망의 덧셈 말이다. 뿐만 아니다. 어린 왕자가 자신의 소혹성을 떠나 여행했다는 몇몇 별들에서 만난 어른들의 이야기들에서 어른들의 세계는 비판적 성찰의 대상이 된다.

첫 번째 별에는 왕이 살고 있었다. 모든 존재를 자기 신하로 삼고 싶어 하는 권력의 화신이다. 금지와 허용, 지배와 명령을 통해 모든 존재들이 자기에게 복종하도록 하려 한다. 두 번째 별에는 허영심이 많은 독단자가 살고 있었다. 그는 자신을 칭찬하고 찬미하는 말 이외에는 들을 줄 몰랐다. 세 번째 별에서는 술고래를 만났다. 부끄러운 것을 잊으려고 술을 마시고 또 술을 마시는 것이 부끄러워 술을 마신다는 무기력한 술꾼을 어린 왕자는 이해할 수 없어 한다. 네 번째 별에서 만난 실업가는 숫자만 세고 있었다. 하늘의 별마저 소유하고 싶어 안달인 그는 소유의 욕망에 사로잡힌 어른의 상징이다. 가장 작은 별인 다섯 번째 별에서 가로등을 켜는 사람은 맹목적이고 부조리한 어른의 표상으로 비쳤다. 여섯 번째 별에서 만난 지리학자는 허황된 지식분자로 보였다. 이런 별들을 거쳐 지리학자의 권유로 어린 왕자는 일곱 번째 별로 지구를 택한다. 지구는 "111명의 왕(분명히 흑인 왕까지 넣어서)과 7천 명의 지리학자, 90만 명의 실업가, 750만 명의 술고래, 3억 천백만 명의 젠 체하는 사람들, 즉 모두 합해서 약 20억의 어른들이 살고" 있는 커다란 별이었다. 이런 어른의 생태는 인간다움의 본성에서 멀어진 세계다. 어린 왕자가 보기에는 참으로 이상한 세계다. 일상적으로 늘 되풀이되는 현상을 놓고 이상한 세계라고 얘기함으로써 본질적 반성을 촉구하는 셈이다.

보이는 것과 보이지 않는 것

어린 왕자가 파악한 이상한 어른들의 세계에서 개인들은 자신의 존재값을 입증하지도 못하고, 타인과의 진정한 관계도 맺기 어렵다. 타인에 대한 진정한 사랑이나 배려가 거세된 자기 욕망으로 인해 고독과 불안은 깊어만 간다. 세계의 의미는 감소되고 꿈은 한없이 추락한다. 그렇다면 이런 무의미한 일상에서 우리는 어떻게 의미를 추구하고 새로운 삶의 지평을 열어나갈 수 있을 것인가. 의미로 충만한 진정한 삶을 위한 지상의 척도는 어디에 있는가. 『어린 왕자』에서 여우와 어린 왕자 사이의 대화 부분이 주목되는 것은 이런 맥락에서이다.

여우가 보기에 "인간들은 이미 길들인 것 이외에는 아무것도" 모른다. "그들은 지금 아무것도 알 틈이 없어요. 그들은 이미 만들어 놓은 물건이나 상점에서 사지요. 그러나 우정을 파는 상점은 없으니 인간들은 친구가 없어요" 하고 여우는 진단한다. 교환가치가 횡행하는 자본주의 현실에서 진정한 인간관계가 차단되어 있음을 예리하게 지적하고 있는 대목이다. 특히 '우정을 파는 상점'이 없다는 통찰은 비범하다. 일상적인 의무와 눈앞의 이익에 눈이 먼 나머지 새로운 창조적 가치를 발견하고 추구하는 것에도 인간들은 게으르다. 이미 길들인 것 이외에 아무것도 모른다고 한 여우의 말은 그런 뜻이다. 왜 그런가. 보이는 것에 비해 보이지 않는 것의 중요성을 제대로 헤아리는 마음의 눈을 지니고 있지 않기 때문이다. 여우는 말한다. "마음으로 보지 않으면 잘 보이지 않는다는 거예요. 매우 중요한 건 눈에 보이지 않는다는 거예요." 그러니까 보이지 않는 심연에서 인간과 삶의 진실을 발견할 수 있어야 한다는 것이다. 그런데 많은 사람들은 그렇게 하지 않는다. 눈앞에 보이는 이익에 눈이 멀어 있기 때문이다. 어린 왕자는 그것을 이해할 수 없어 한다. 어린 왕자에게 영혼의 교사 역할을 하는 여우가 보기에도 마찬가지다.

보이지 않는 심연에서의 책임과 배려

어린 왕자는 자신의 소혹성에서 장미를 길들이다 속상해서 떠나왔다. 장미는 때때로 아무렇게나 말하고 요구했다. 때로 거짓말을 하다가 부끄러워서 얼버무리기도 했다. 어린 왕자는 자기가 길들인 장미지만, 장미의 이런저런 태도 때문에 장미에게 공감하거나 동정하지 않았다. 그래서 장미를 떠나왔던 것이다. 그런데 어린 왕자는 그것을 후회한다.

> 사실 나는 아무것도 이해할 줄 몰랐어. 꽃이 하는 말이 아니라 행동으로 판단했어야 했는데. 꽃은 나에게 향기를 뿜어 주었고 눈부신 아름다움을 보여 주었는데. … 그 불쌍한 말 뒤엔 따뜻한 마음이 숨어 있는 걸 눈치 챘어야 했는데.

그러면서 "하긴 난 꽃을 사랑하기엔 너무 어렸어" 라고 말하기도 한다. 장미가 겉으로 드러낸 말이 아니라 보이지 않는 장미의 심연을 보았어야 했다는 어린 왕자의 반성적 사유는 매우 도저하다. 그렇지 않은가. 세상의 많은 인간관계는 바로 이런 지점에서 그릇되지 않던가. 세상의 많은 다툼과 시기, 미움과 결별이 이런 심연의 눈 혹은 심연의 사유 내지 심연의 배려의 결여에서 비롯되지 않았던가 말이다. 이렇게 반성적 사유를 길어 올릴 줄 아는 어린 왕자에게 여우는 책임의 윤리를 거듭 강조한다. "당신은 당신이 길들인 것에 대해서는 끝까지 책임을 져야 하는 거예요. 당신의 장미에게 당신은 책임이 있어요."

책임과 배려를 위해서는 보이지 않는 심연을 성찰할 수 있는 심안을 지녀야 한다. 화자는 이 점을 거듭 강조한다. “집이건 별이건, 사막이건 그들을 아름답게 하는 것은 눈에 보이지 않는 거야!” 그렇다. 어린 왕자도 그랬었다. “중요한 것은 눈에 보이지 않는 거야.” 그러면 어떻게 할 것인가. 우리는 심연의 심안을 회복해야 한다. 우리가 본래 지니고 있던 것이되, 일상적이고 세속적인 삶에서 잃어버린 것, 바로 어린 왕자는 눈을 회복해야 하는 것이다. 그 눈의 회복을 위해 우리는 부단히 탐구해야 함을 작가는 아울러 강조한다. “어린 왕자는 한 번 묻기 시작하면 답을 얻을 때까지 묻지 않고는 못 견디는 성미였다.” 같은 부분에서 명료하듯, 묻고 또 물어야 한다. 정녕 인간적인 것의 상실과 회복과 관한 우주적 드라마를 『어린 왕자』는 연출해 보인다. 그런 면에서 이 작품은 오래된 미래의 진실과 통하는 신화다. 그 신화를 통해 인간은 본원적인 삶을 새롭게 꿈꿀 수 있는 가능성을 열게 된다. 꿈은 진실한 존재 정립의 가능성과 아울러 고정 관념과 인습의 틀을 넘어선 역동적 창조성의 밑거름이 된다. 『어린 왕자』를 통해 우주적 동경과 인간적 진실의 신화를 넉넉하게 가늠해 보고 새롭게 꿈꿀 수 있는 사람은 행복할 것이다.

더 생각해볼 문제들

1. 『어린 왕자』에서 작가는 여섯 살 때 코끼리를 통째로 꿀꺽 삼켜버리는 그림을 보고 밀림 속의 모험에 대해 여러 가지로 깊이 생각하다가 자신의 그림 1호를 그린다. 그런데 어른들은 그 그림에서 모자를 읽어낸다. 자기가 그린 그림은 모자가 아니었다. 코끼리를 통째로 삼킨 보아 뱀이 그것을 소화시키고 있는 그림이었던 것이다. 그러나 어른들이 그것을 이해할 수 없었기 때문에 어린 시절의 작가는 다시 그림 2호를 그려야 했다. "어른들에게는 항상 설명을 해주어야 한다"는 생각으로 말이다. 작가의 그림 1호와 2호의 차이는 무엇인가? 그리고 각각의 그림들에 대한 어른들의 반응을, 우리는 어떻게 이해해야 할까?

2. 비행기 기관 고장으로 사막에 불시착한 지 8일째 되는 날, 물이 떨어진 작가는 어린 왕자와 함께 사막에서 물을 찾는다. 그런데 그들이 찾은 우물은 사하라 사막에 있는 샘 같지 않다. 사하라 사막의 샘은 고작 모래 속에 뚫린 구멍일 뿐인데, 그들이 발견한 샘은 마을에 있는 우물 같았다. 도르래도, 물통도, 끈도 다 준비되어 있다. 어린 왕자가 도르래를 움직이자 "오랜 바람을 잊었던 바람개비처럼 도르래는" 소리를 내며 돌아간다. 그 소리를 들으며 어린 왕자는 "이 우물이 잠에서 깨어난 노래를 부르고 있어" 하고 환호한다. 이 장면의 상징적 의미는 무엇일까?

3. 『어린 왕자』의 에필로그에서 작가는 어린 왕자가 지상에 나타났다가 사라진 곳을 "가장 사랑스럽고 가장 슬픈 풍경"으로 그린다. 그런 다음 이렇게 마무리한다.

   이 그림을 자세히 봐두었다가 여러분이 언젠가 아프리카 사막을 여행하다 이곳을 보게 되면 즉시 알아볼 수 있기를 바란다. 그리고 만약에 이곳에 당도하게 되거든 급히 지나쳐버리지 말고 바로 저 별 아래에서

> 잠시 기다려 보라. 그러다가 꼬마 신사가 나타나서 웃거든, 그리고 그의 머리카락이 황금빛이고 그가 당신의 질문에 대답하지 않거든, 당신은 그가 누구라는 것을 알게 될 것이다. 만약 이런 일이 일어나거든 나에게 한 마디 기별해서 나를 기쁘게 해주기 바란다. 그가 돌아왔다고 말이다.

이런 결말은 여러 생각거리를 독자에게 제공한다. 왜 작가는 굳이 어린 왕자가 출현했던 사건을 실재했던 사건이라는 느낌이 들게 하려는 것일까? 왜 작가는 어린 왕자가 다시 나타날 것이라고 생각하는 것일까? 어린 왕자가 다시 나타난다면 그것은 어떤 의미일까? 예수 재림 신화와는 어떤 관련이 있을까? 그렇게 잠시 왔다가 자기 별로 돌아간, 그리고 다시 돌아올 지도 모를 어린 왕자는 무한 경쟁 시대를 살아가는 우리에게 어떤 의미로 다가올 수 있을까? 결국 우리는 어떻게 살아야 할 것인가? 등등. 이런 질문들에 대해 생각해 보고 그밖에도 다른 가능한 질문 목록들을 만들어 보자.

추천할 만한 텍스트

『생 떽쥐빼리의 어린 왕자와 그 작품 세계』, 김정숙·박동준 지음, 한양대학교 출판부, 2000.
『장미와 이카루스의 비밀』 오이겐 드레버만 지음, 고원 옮김, 지식산업사, 1998.

우찬제

서강대학교 국어국문학과 교수.
서강대학교 경제학과와 동 대학원 국문학과를 졸업했으며, 「현대 장편소설의 욕망시학적 연구」로 문학박사 학위를 받았다. 1987년 「감금과 상상력과 그 소설적 해부학」으로 중앙일보 신춘문예에 당선, 평론 활동을 시작한 뒤 『세계의 문학』, 『오늘의 소설』, 『비평의 시대』, 『포에티카』, 『HITEL 문학관』 편집위원으로 활동했다. 건양대학교 국문학과 교수를 역임했고 현재는 계간 『문학과 사회』 편집동인으로도 활동하고 있다. 소천이헌구비평문학상과 김환태평론문학상을 수상했다.
저서로 『욕망의 시학』, 『상처와 상징』, 『타자의 목소리 세기말 시간의식과 타자성의 문학』, 『일제 강점기의 현대소설1 소설의 길, 사람의 길』, 『일제 강점기의 현대소설 2 - 상처의 시대, 고통받는 개인과 사회』, 『고독한 공생 밀레니엄 시기 소설담론』, 『텍스트의 수사학』 등이 있다.

III

절망과 구원 가능성

01 단테, 『신곡(神曲)』

02 푸시킨의 서정시집

03 엘리엇, 『황무지』

04 스타인벡, 『분노의 포도』

지평선에 이르기까지 깊은 청아함에 휩싸인 하늘.
그 하늘에 평온히 잠긴 동쪽의 감미로운 사파이어 색채가
내 눈을 다시 싱그럽게 해주었다. 나는 이제
눈과 가슴을 무겁게 내리눌렀던죽은 공기에서 벗어나 있었다.
사랑을 아우르는 아름다운 샛별은 주위를 둘러싼물고기자리를
그 빛으로 다시 감싸 안으며 동쪽을 온통 웃음 짓게 했다.
오른 쪽으로 몸을 돌려 남극을 바라보니
최초의 인간들 '아담과 이브' 외에는 누구도 보지 못한
네 개의 별이 보였다. 하늘은 그 별빛을 즐기는 듯했다.

단테 알리기에리 (1265~1321)

중세를 종합하고 인문주의 르네상스의 문을 연 이탈리아 시인이자 철학자, 평론가 그리고 정치가이자 행정가였다. 베아트리체에 대한 사랑을 담은 『새로운 인생』을 쓰던 젊은 시절에 단테는 청신체파라는 본격적인 문학 동인을 만들어 활동했다.

그는 당대의 정치에 깊숙이 개입하여 때로는 군인으로 참전하고 때로는 외교관으로, 때로는 지도자로 활동하면서 공동체의 이상을 이탈리아 전체에 확산시키고자 했으나, 뜻을 이루지 못하고 좌절적인 삶을 살았다. 삶의 대부분을 망명지를 떠돌며 보냈지만, 스스로와 주위 현실에 대해 정리하고 반성하며 대안을 제시하는 작업에 몰두할 수 있었다.

01

구원을 향한 영원한 순례
단테의 『신곡(神曲)』

박상진 | 부산외국어대학교 이탈리아어과 교수

구원을 향한 소망

단테 알리기에리(Dante Alighieri)는 「새로운 인생」과 같은 놀라운 감각의 서정시와 함께 『제정론』, 『향연』 그리고 『속어론』과 같은 뛰어난 학술적 저서를 남겼지만, 역시 『신곡(*Divina commedia*)』으로 위대성을 입증한다. 지금까지 수많은 작가와 비평가 그리고 예술가들이 경탄의 눈으로 『신곡』을 바라보고 또 다른 방식으로 표현했지만, 그러한 대열은 앞으로도 결코 줄어들지 않을 것이다. 그만큼 『신곡』의 세계는 넓고 깊다. 영국의 비평가 엘리엇이, 단테는 인간의 감정을 누구보다도 적확하게 묘사했으며 『신곡』은 셰익스피어의 희곡 전부를 합한 것보다 더 위대하다고 말할 정도다.

『신곡』은 베아트리체를 위한 사랑의 헌시이자 당대 인류를 계몽하려는 지식인의 실천이며 고대 그리스·로마의 철학과 신화를 비롯해서 중세의 기독교 사상과 천문학, 지리학, 예술, 그리고 단테 자신의 자전적 요소들을 아우른 야심작이다. 『신곡』의 호소력은 단테 자신이 겪은 고난과 좌절 그리고 구원을 향한 열정으로 형성되었다는 점에 있다. 단테는 문학으로 출발하여 학문 연구에 매진하고 정치 일선에 나서며 때로는 전쟁에 참가하는가 하면 행정과 외교 업무에서도 뛰어난 수완을 보였다. 그의 활동의 터전은 피렌체였으나, 인생길 반 고비에 피렌체의 정치적 현실에서 패배하여 망명길에 올라 평생 귀환하지 못하고 라벤나에서 눈을 감는다.

당시 피렌체에는 교황과 황제라는 두 이질적인 권력이 충돌하고 있었다. 단테는 항상 두 권력을 조화시킬 수 있는 길을 찾았으며, 비록 현실에서는 성공하지 못했으나 문학 창작과 학문 탐구를 통해 그 길을 찾고자 했다. 망명 생활을 하며 단테가 겪은 세상은 냉혹하고 비정한 곳이었다. 그는 그런 세상을 구원할 길을 찾아 사람들에게 제시하는 것이 자신의 임무라고 생각했다. 망명은 분명 단테의 삶에서 좌절과 실패의 경험이었지만, 한편 지식인으로서의 자각과 실천을 가능하게 했던 하나의 기회이기도 했다. 단테는 1302년 망명길에 올라 1304년경부터 『신곡』을 구상하기 시작했으며 '지옥편'과 '연옥편'을 1312년경까지 집필하고 죽기 바로 전까지 천국편을 집필했다.

단테에게는 두 사람의 길잡이, 즉 베아트리체와 베르길리우스가 평생을 함께 했다. 젊은 시절 단테는 청신체파라는 문학 동인을 만들어 활동했는데, 청신체파는 사랑이라는 주제를 하느님의 구원을 실현하는 통로로 삼고 이를 세련된 문체로 표현하려는 당시로서 퍽 진보적인 단체였다. 청신체 시인으로서 단테가 사랑의 대상으로 삼은 존재는 베아트리체였다. 그녀는 단테의 이웃에 살았던 실제 인물로서 단테는 자신의 문학과 삶을 하느님의 구원으로 이끄는 천사와도 같은 존재로 여겼다. 한편 베르길리우스는 단테가 학자와 작가로서 존경했던 로마의 시인이다.

『신곡』은 지옥과 연옥(煉獄), 천국의 세 편으로 나뉘어 있고 그 세편은 각각 33개의 장으로 나뉘며 지옥편에 딸린 서장을 더하면 전체는 100개의 장을 이룬다. 전체가 대단히 치밀한 구조를 갖춘 운문으로서 시행은 각각 11음절을 유지하고 세 개의 행이 하나의 단락을 이루는 3행 연구로 이루어져 있다. 각 행 끝의 두 음절은 서로 고리처럼 얽히며 반복되고 연이어지는 구조를 하고 있다. 각각의 장마다 시행의 수는 일정하지 않으나 대체로 140행 전후이며, 전체는 1만 4,233행에 이른다.

단테는 『신곡』에 퍽 교묘한 법칙과 질서를 숨겨놓고 있다. 예를 들어 3이라는 숫자는 어디에서나 발견된다. 지옥의 죄는 흔히 세 가지로 분류되며 연옥에서 죄를 씻는 영혼들도 세 부류로 나뉜다. 천국의 영혼들도 역시 크게 세 가지 성격을 이룬다. 그리고 지옥과 연옥, 천국은 각각 3의 배수인 아홉 개의 고리로 구성되어 있으며 지옥과 연옥의 문지기나 천국의 천사들의 품급도 아홉 가지다. 지옥 입구에서 단테를 가로막는 짐승들도 세 마리가 나오며 지옥의 마왕 루키페르는 머리가 세 개다.

『신곡』에서 단테는 하느님의 세계를 여행한 기억을 기록하고 있다. 지옥에서 시작하여 연옥을 거쳐 천국에 올라 마침내 하느님의 품안에 안기는 대장정의 기록을 담은 『신곡』은 작가 단테의 영혼과 학문, 정열 그리고 삶의 체험을 고스란히 반영하고 있다. 『신곡』의 목표는 하느님의 섭리가 인간 세계를 뒤덮고 있다는 중세의 세계관, 즉 기독교 이념을 설파하는 데 있었다.특히 단테는 작가로서 하느님의 구원을 향한 자신의 열망을 문학적 장치로 구성하여 담아냈으며, 무엇보다 독자의 존재를 염두에 두었다. 단테는 자신이 생각한 구원의 길을 대중 독자와 함께 모색하고자 한 근대적이고 실천적인 작가였다.

물질적 언어 : 지옥

반평생을 보낸 작가 단테는 '어두운 숲' 에서 길을 잃고 각각 야심과 탐욕, 오만을 상징하는 표범과 사자, 암늑대와 맞닥뜨리는 자신을 상상하며 『신곡』을 시작한다. 세 가지의 죄악에 몰린 단테 앞에 베르길리우스가 나타나 길잡이 노릇을 해준다. 단테는 하느님이 인간의 죽음 이후를 위해 건설한 세계를 둘러볼 자격이 있는지 의심하지만, 베르길리우스의 설득으로 필멸(必滅)의 육체를 쓴 채 영원의 세계를 여행하는 최초의 인간이 된다.

지옥은 뒤집힌 원뿔형으로 지구의 중심에까지 뻗쳐 있다. 지옥에 들어가려면 반드시 거쳐야 하는 아케론 강을 건너면 본격적인 지옥이 시작된다. 지옥은 아홉 개의 구역으로 이루어져있으며, 죄를 지

베아트리체의 임종을 지켜보고 있는 단테.

은 영혼들이 죄질에 따라 나뉘어 벌을 받고 있다. 죄의 유형은 크게 태만, 애욕, 탐식, 인색, 낭비, 분노, 교만, 이교도, 폭력, 기만으로 나뉜다. 더 자세히 들어가면 죄의 유형은 다양하며 형벌도 다채롭다. 또 죄인들에 얽힌 사연도 가지각색이고 그들에 대한 단테의 반응도 단조롭지 않다. 세상의 죄에 대한 단테의 인식은 특이하다. 예를 들어 강도와 살인보다 기만의 죄가 훨씬 더 무겁다. 그 중에서도 자기를 믿는 사람을 기만한 자들은 지옥의 맨 밑바닥에서 가장 중한 벌을 받는다. 배타적인 기독교 중심주의도 발견된다. 이슬람의 창시자 무함마드는 "턱부터 방귀뀌는 곳까지 찢어지고 먹은 것을 똥으로 만드는 축 처진 주머니가 다리 사이에 매달린 모습"으로 묘사된다. 그밖에 고대 그리스와 로마부터 당대에 이르기까지 실존했던 수많은 사람들뿐만 아니라 신화의 인물들이 등장하여 즉석에서 대담을 벌이기도 한다.

단테는 자신의 기록이 자신이 목격한 사실과 다르지 않기를 바란다고 말한다. 지옥의 끔찍한 광경을 언어에 담아내려는 그의 노력과 의지는 처절하고 강하다. 그의 목표는 사실을 전달하는 것이었다. 그가 보고 듣고 냄새 맡은, 정확히 말해서 그렇게 했다고 상상한 것들은 그에게 곧 진리였다. 그는 언어의 힘을 믿었던 것이다. 그래서 지옥과 연옥, 천국의 어귀에서 어김없이 창작의 신 뮤즈의 도움을 청한다. 그러나 뮤즈는 정확히 말해 단테의 가슴 속에 있었다. 그는 두려움과 무서움을 가슴 절절이 느끼며 지옥을 회상하고 이를 절묘한 언어로 옮긴다. 지옥은 그의 언어 안에 자리를 잡고, 한숨과 비명, 불꽃과 악취 그 자체로 고스란히 다시 살아난다. 『신곡』의 '지옥편' 을 펼치면 글자들 사이로 죽음과 고통이 스며들어 피처럼 흥건히 책을 적시고 책갈피 사이로 뚝뚝 바닥에 떨어진다. 그 감촉, 냄새. 글자들은 한 순간도 쉬지 않고 죽음을 들려준다. 지옥의 죄를 이렇게 생생하게 재현하는 언어도 드물 것이다. 단테의 언어는 우리 가슴까지 영원한 어둠으로 물들게 만든다.

필멸과 불멸 : 연옥

연옥은 지옥과 천국에 비해 특이한 곳이다. 동서고금을 막론하고 내세는 대개 천국과 지옥으로 나뉘어 있지만, 단테는 거기에 연옥을 첨가했다. 연옥은 가톨릭의 세계관에 의거하여 창안되었으며, 거기에는 신자들이 강건한 믿음을 통해 죄를 씻고 천국에 오를 기회가 내세에서 한 번 더 주어진다는 하느님의 섭리가 스며 있다. 단테가 묘사하는 연옥은 하느님의 섭리에 따라 죄를 씻고 구원을 받으려는 영혼들의 뜨거운 열망으로 가득하다.

만 하루 동안 지옥의 밑바닥까지 내려간 단테는 지구의 반대편으로 뚫린 굴을 통하여 남반부의 바다에 솟아오른 정죄(淨罪)의 산, 즉 연옥에 도달한다. 지옥이 지하에 건설된 어둠의 세계라면 연옥은 하늘을 향해 솟아오른 빛의 세계다. 우리가 주목해야 할 것은 연옥의 '솟아오름'이다. 그것은 언제나 하늘을 향해 나아가려는 강한 의지를 담고 있다. 단테가 하느님의 구원을 얻기 위한 프로젝트를 구체화시키는 곳이 바로 연옥이다.

연옥은 인간의 의지와 하느님의 섭리가 만나는 곳이다. 지옥의 어둠을 헤치고 단테가 연옥에 들어선 때는 아침이었다. 해가 솟아오르면서 햇빛에 비친 자기 그림자를 보며 단테는 새삼 놀란다. 연옥의 망령들은 몸을 지니지 않았기에 빛을 통과시키지만, 몸을 지닌 단테는 그림자를 만들어내는 탓이다. 단테는 일정한 공간을 차지하는 유한자로서의 운명을 깨닫는다. 단테의 몸은 연옥을 거쳐 천국으로 올라갈수록 변해간다. 천국의 빛은 단테의 눈으로 감당하기에 너무나 강렬하다. 하느님에게로 나아가면서 단테의 몸은 해체되고 마침내 빛과 하나로 된다. 필멸에서 불멸의 존재로 거듭나는 것이다. 이런 모든 것이 하느님의 섭리라고 단테는 말한다.

천국의 하늘은 아홉 권역으로 구성되어 있는데 서로 겹치거나 서로를 가리지 않는다. 나뉘어 있으면서 동시에 하나를 이루고 있는 것이다. 하느님의 빛은 비물질적이며 따라서 같은 장소에서 동시에 존재할 수 있기 때문이다. 거기서 우리는 어디에나 있고[1] 누구나 사랑하는[2] 존재로서의 하느님을 발견한다. 하느님은 모순을 초월한 존재라고 한다. 그것은 하느님이 무엇이나 할 수 있는 전능한 존재라서가 아니라 어디에나 있고 누구나 사랑하기 때문일 것이다. 반면, 인간은 빛을 가리고 빛을 부숴서 그림자를 만들며, 한 면이 빛을 받으면 다른 면은 빛에서 가려진다. 인간은 모든 면을 동시에 빛에 노출시킬 수 없는, 모순에 처할 수밖에 없는 존재, 구원을 받는 동시에 구원을 외면하는 모순의 존재인 것이다.

연옥에서 죄를 씻는 영혼들은 길 없는 길을 찾고 희망 없는 희망을 보려고 하는 극히 욕망이 강한 존재들이다. 구원은 필멸의 존재인 인간에게나 해당되는 말이다. 반면 하늘에서는 구원 자체가 없다. 구원이 이미 실현된 상태기 때문이다. 지옥에서 연옥을 거쳐 천국에 이르면서 단테의 몸은 해체되고 마음은 평화로워진다. 그러한 변형은 다름 아닌 구원을 향해 집중된 여행에서 일어난 것이었다.

『신곡』을 쓰면서 단테는 큰 기대를 가졌던 것 같다. 그는 『신곡』에서 "변한 목소리와 또 다른 양털을 지닌 시인의 모습"으로 고향에 돌아갈 것이라고 다짐을 한다. '변한 목소리'는 사랑을 읊던 시인에서 인류의 보편적 구원을 논하는 철학자로 변신하는 것을 말하며, '양털을 지닌 시인'은 새로운 의식을 갖춘 지식인으로 변신하는 것을 뜻한다. 그런 기대가 있었기에 부르크하르트가 짐작했듯이 『신곡』의 거대한 집필을 흔들림 없이 정연하게 마무리하는 큰 의지

---

1) 하느님의 편재성(遍在性)을 말한다.

2) 편애(遍愛)라는 개념을 가리키는 말이다.

력을 발휘할 수 있었을 것이다.

오로지 인간의 구원을 꿈꾸었던 단테는 피렌체로부터 귀향을 제의받자 이런 답신을 보냈다고 한다.

> 그 어디에 있건 나는 태양과 별빛을 바라볼 수 있지 않은가? 국민과 조국 앞에 불명예스럽게, 아니 치욕스럽게 서지 않고도 어디서나 고귀한 진리를 생각할 수 있지 않은가? 내게는 빵조차 부족함이 없을 것이다.

단테의 세계는 피렌체라는 특수한 공간을 넘어서서 보편적 차원으로 확장된다. 이것은 '연옥편'에서 잘 나타난다. 연옥의 산기슭에서 정상으로 오르려는 단테는 "강한 욕망의 깃털"을 꿈꾼다. 정죄산은 올라야 할 곳으로 단테 앞에 버티고 있으며 단테의 욕망 또한 그만큼 강렬하다. 정죄산을 오르면서 단테는 자기가 추구하는 구원을 피렌체뿐만 아니라 보편적인 차원으로 확장시켰던 것이다.

상승은 『신곡』에서 단테가 이동하는 기본 방식이다. 지옥을 여행하면서 단테는 지구의 중심부를 향해 내려가 그곳에서 지구 반대편에 있는 연옥으로 올라갔고 다시 연옥의 정상에서 하늘을 향해 날아올랐다. 지옥에서 하강한 것은 인간 세계를 중심으로 볼 때 그러할 뿐이지, 천국을 중심으로 볼 때에는 단테는 언제나 상승하고 있었다. 지옥에서 단테는 중력의 지배를 받지만 연옥에 이르러서는 몸이 가벼워진다. 하느님에게 나아가는 순례의 여행은 인간의 물질적 육체, 그 필멸의 존재를 가볍게 해야 할 필요와 욕망으로 가득

차 있다. 가벼움은 정죄의 표시다. 구원은 비우면서 이루어지는 것이다.

기억과 꿈 : 천국

연옥 입구에서 단테의 이마에 새겨졌던 일곱 개의 P - 죄를 뜻함 - 는 연옥의 산을 오르면서 '불의 치유'와 '찬송의 음식'으로 '아물어간다'. 여기서 아물어간다는 표현에 주목할 필요가 있다. 구원은 없어지는 것이 아니라 아무는 방식으로 이루어진다는 의미다. 흉터는 남아 단테의 가슴에 죄의 기억을 각인시킨다. 그 기억으로 단테는 여행기를 써내려간다. 『신곡』은 단테가 스스로의 기억으로 자신의 상처를 치유한 기록이다.

단테가 살던 중세는 인쇄술이 발달하기 전이었기 때문에 훈련된 기억이 대단히 중요했다. 죄와 벌의 형상, 하느님의 메시지는 기억 이미지로 전수되었다. 작가로서 단테는 기억 이미지들을 되살리면서 지옥의 공간을 만들어냈고 그 광경을 기억하며 몸을 부르르 떤다. 또한 연옥의 수평선을 물들이던 여명이나 천국의 기쁨을 기억하며 추억에 젖는다. 단테의 『신곡』은 기억의 공간이다.

천국은 기독교 교리의 문답으로 많은 부분이 채워져 있어 독자들은 재미를 느끼지 못하고 지루한 학술서를 읽는 기분을 가질 수 있다. 그러나 천국을 채운 단테의 형이상학적 열정은 『신곡』의 문학적 위대성을 망치지 않는다. 지옥에는 빛이 없기 때문에, 연옥은 죄를 씻으려는 단일한 욕망이 지배하고 있기 때문에 색채 이미지가 잘 묘사되지 않는다. 반면 천국은 현란한 색의 빛과 불꽃으로 신비롭게 치장된다. 천국에서 단테가 목격하는 불꽃의 소용돌이, 별들의 어우러짐, 떠오르는 태양, 순백의 장미들, 진홍색 꽃들은 마치 중세 성당의 원화창(圓華窓)을 울긋불긋 관통하는 빛의 너울처럼 우리 눈을 어지럽힌다.

온갖 색채의 가슴 벅찬 향연에 둘러싸인 신비로운 천국의 경험은 엄청난 기쁨의 은총을 예감하게 한다. 그것은 반드시 천국의 초월의 세계에 들어가야 맛보는 것이 아니다. 『신곡』의 천국을 읽으면서 우리는 꿈을 꾸는 듯한 기분에 사로잡히게 된다. 그래서 아스라하게 멀어져간 어떤 기억을 그리워하고 언젠가는 그것이 현실로 오리라는 바람을 가져보는 것이다. 그것이 『신곡』에서 묘사된 천국에서 우리가 맛볼 수 있는 즐거움이다.

단테는 스스로 인류의 길잡이가 되고자 했다. 하느님의 궁극의 구원은 결국 그것을 얻으려는 인간의 강한 의지로 이루어진다. 구원이라는 인간의 과제를 초월자에게 돌려 해결을 구하는 것은 종교적인 문제다. 단테가 충실한 기독교 신자로서 그런 종교적인 해결을 구하고자 했다는 점을 부정할 수 없으나, 적어도 그는 현세를 무시하지 않았다. 하느님의 구원은 현세에서 준비되고 또한 이루어진다. 그래서 인간은 구원의 믿음을 하느님에게 향하는 동시에 현세의 인간 윤리로 바꾸어 생각하는 것이 필요하다. 그럴 때 종교는 삶의 윤리가 된다.

천국으로 올라가면서 단테의 기억은 점점 희미해진다. 인간의 기억은 하느님을 따라갈 수 없는 탓이다. 한편, 연옥의 정상에서 베아트리체는 단테에게 기억을 온전히 보존하여 여행 중에 본 것을 잘 기록하여 세상에 전하라고 당부한다. 이것은 역설이다. 하느님에게 이르면서 인간의 기억을 유지하라는 일종의 거역을 당부받는 것이다. 기억은 그의 유일한 길이자 도구이며 존재 방식이다. 기억을 통해야만 하느님의 세계의 순례를 기록할 수 있기 때문이다. 순례에서 자신이 겪은 온갖 두려움과 위안, 욕망, 믿음, 기쁨을 그는 기억에 담을 수밖에 없었다. 그러나 최고의 하늘에 자리한 하느님의 온전한 빛을 그의 눈은 감당하지 못한다. 육신이 해체되고 기억 또한 온통 하얗게 스러져간다. 기억은 인간의 것이지만, 그는 인간의 한계를 넘어서서 하느님의 빛을 기억하고 기록하려 했다. 그 스스로, 의도적으로 그런 역설의 한가운데에 섰던 것이다.

단테의 섭리

여행을 하는 중에도 단테는 또 꿈을 꾸고 상상을 한다. 거듭되는 꿈과 상상 속에서 그는 언제나 자신의 세상을 생각한다. 만나는 영혼들이 저마다 과거를 기억한다고 간주한 채 단테도 그들과 더불어 자신의 세상을 되돌아보기 때문이다. 그래서 그의 몽환적 계시는 성스럽기보다는 우리의 일상 세계에 더 가깝게 느껴진다.

단테의 순례는 하느님의 섭리를 알기 위한 순례였다. 마치 견학과도 같다. 하느님의 거대한 기획을 하나하나 알아가는 것이 여정을 이룬다. 거기서 인간으로서의 기쁨과 위안을 찾는 것이다. 맨 나중에는 완전에 이른 자신의 모습을 본다. 영원불멸의 하느님과, 그렇지 못한 인간의 온전한 아우러짐. 그 최고의 성취를 이루고 있다. 그래서 단테는 천국에서 '변한 목소리'로 말하는 것이다.

미세리노의 그림 『단테와 그의 작품』.

단테는 겸손했다. 단테가 현실이라면 하느님은 이상이었다. 그러나 단테가 꿈꾼 것은 현실로 내려온 이상이었다. 그것을 언어로 재현하고 사람들에게 소통시키려 했던 것이다. 단테의 『신곡』이 완결성을 향하는 것은 하느님의 보편에 의해서가 아니라 인간의 특수한 언어로 하느님을 재현하려는 단테의 원대한 꿈에 의해서였다. 무엇보다 단테는 작가였으며, 단테 자신을 비롯하여 베르길리우스와 베아트리체 그리고 그 밖의 수많은 역사적, 가공적 인물들을 놀라운 상상력과 치밀한 문학 구조를 통해 재현했다. 하느님마저 『신곡』에서는 하나의 등장인물이었다. 하느님은 단테의 궁극이었으나 『신곡』에서 작가 단테는 하느님이라는 궁극을 등장시키는 그 이상의 궁극이다. 그래서 『신곡』에서 작용하는 것은 하느님의 섭리라기 보다 단테의 섭리다. 하느님의 섭리를 생각하도록 만들고 하느님의 구원을 향해 나아가도록 만드는 것은 바로 작가 단테의 문학 과정이었다. 그것이 『신곡』이 우리에게 고전으로 남는 이유일 것이다.

더 생각해볼 문제들

1. 단테가 『신곡』을 당대의 공식어였던 라틴어 대신에 속어였던 이탈리아어로 쓴 이유와 의미는 무엇인가?

   단테가 살던 시대는 중세에서 근대로 건너가는 거대한 격변기였다. 시대와 사회에 대해 진지하게 고민하던 지식인으로서 단테는 『신곡』을 통해 삶의 지침을 제시하고자 했다. 그의 목표는 무엇보다 당대를 살아가는 모든 사람들에 해당되는 것이었다. 따라서 일부 계층의 전유물인 라틴어보다는 대중의 언어 이탈리아어를 선택했다. 이로써 단테는 대중 독자들과의 소통을 생각했고 문학의 가능성을 열고자 했던 것이다.

2. 단테가 생각한 구원의 의미는 무엇인가?

   『신곡』이 기독교 신학과 신앙에 근거하여 쓰였다는 점에서 볼 때 '구원'은 하느님의 섭리 아래 인간이 자유의지를 활용하여 천국으로 나아가는 것을 의미한다. 『신곡』에서 단테의 순례의 최종 목적지는 바로 천국이었다. 한편, 단테는 내세의 구원만 생각하지 않았고 그를 위해 현세에서 추구하는 도덕적인 삶의 중요성을 강조했던 실천적 지식인이었다. 그런 측면에서 볼 때 '구원'은 현세에서 더욱 완전한 사회를 이루기 위한 모두의 노력을 의미한다.

3. 고전을 고전으로 만드는 문학 과정이란 무엇인가?

   고전은 시대와 공간의 제약을 넘어서서 작가와 독자의 대화를 작동시키는 구조를 갖춘 텍스트를 말한다. 그 대화는 작가가 처했던 맥락과 작가가 의도했던 세계가 독자의 맥락과 세계에 닿는 것을 말한다. 독자가 자신의 맥락에 비추어 작가와 고전을 새롭게 해석하는 가운데, 고전은 새로운 얼굴로 거듭난다. 그런 과정은 고전이 내재한 문학적 형식과 그에 호응하는 독자의 열린 해석 의지에서 비롯된다. 결국 고전은 무수한 독자들의 새로운 해석 행위를 통해 생명을 유지한다.

추천할 만한 텍스트

『신곡』, 단테 지음, 한형곤 역, 서해문집, 2005.
『신곡』, 단테 지음, 박상진 역, 민음사, 2005.

박상진(朴商辰)

부산외국어대학교 이탈리아어과 교수.
한국외국어대학교에서 이탈리아 문학을 전공하고 영국 옥스퍼드 대학교에서 문학이론으로 박사 학위를 받았다. 현재 부산외국어대학교의 지중해연구소장으로도 활동하고 있다.
『이탈리아 문학사』, 『이탈리아 리얼리즘 문학비평 연구』, 『에코 기호학 비판: 열림의 이론을 향하여』, 『열림의 이론과 실제: 해석의 윤리와 실천의 지평』, 『지중해학: 세계화 시대의 지중해 문명』 등의 책을 썼고, 『지중해 그 문명의 바다를 가다』를 엮었다. 그리고 『보이지 않는 도시들』, 『아방가르드 예술론』, 『근대성의 종말』, 『대중문학론』, 『신곡』 등의 책을 번역했고 이탈리아 문학과 예술, 지중해학, 비교문학, 문화연구에 관한 글들을 발표한 바 있다.

이미 어두워지고 그는 썰매를 탄다.
'이랴이랴' 외치는 소리가 울린다.
해달의 가죽 털을 단 그의 옷깃이
눈가루에 은빛으로 반짝인다.
…
싸늘한 이성을 잠재우고
다정한 위안을 얻은 사람,
믿음이 있는 사람은 한없이 행복하리라.
여인숙의 술 취한 길손처럼
—『예브게니 오네긴』중에서.

알렉산드르 세르게예비치 푸시킨 (1799~1837)

어려서부터 타고난 시적 재능을 보이며 주위를 놀라게 했던 뿌쉬킨은 모스끄바에서 귀족가문의 장남으로 태어났다. 1811년 13세에 짜르스꼬예 셀로에 있는 귀족학교 리쩨이에 입학하였으며, 1815년에는 리쩨이의 진급 시험을 보기 위해 당시 러시아의 최고 시인이었던 제르자빈이 참석한 자리에서「짜르스꼬예 셀로의 회상」을 낭송하여 격찬을 받았다.

리쩨이를 졸업하고 잠시 외무성에서 근무했던 푸시킨은 1819년경부터 진보적인 귀족청년들의 비밀결사체인 제까브리스트 모임에 참여했는데, 그 무렵 혁명적 내용이 담긴 정치시를 썼다는 이유로 남러시아 까프까즈로 추방되어 유형생활을 했다. 1823년에는 운문소설『예브게니 오네긴』을 쓰기 시작하였고 이어서 서사시「집시들」(1825), 비극「보리스 고두노프」(1825), 중편소설「벨낀 이야기」(1830) 등을 완성하였다.

푸시킨은 1831년 나딸리야 곤차로바와 결혼한 후, 그해에『예브게니 오네긴』을 완성하고 1836년에는 중편소설「대위의 딸」을 발표하였다. 그는 아내의 남성편력으로 정신적 고통에 시달렸으며, 그 여파로 1837년 아내의 스캔들과 연루된 단테스와의 결투 중 복부에 치명상을 입고 사망하였다. 러시아 정부는 일반 민중들의 장례식 참석을 금지하였고, 푸시킨의 유해는 쁘스꼬프의 스뱌또고르스끼 수도원에 안장되었다.

02

러시아의 영혼을 노래하라
푸시킨의 서정시집

이병훈 | 경북대학교 노어노문학과 연구교수

푸시킨, 러시아 영혼의 시인

해마다 초여름이 되면 모스끄바 시내 북쪽의 푸시킨 광장 근처에는 수많은 군중이 모여든다. 싱그러운 자연이 매혹적인 자태를 뽐내는 6월 6일은 러시아 사람들이 가장 사랑하는 시인 푸시킨(А.Пушкин)이 태어난 날로, 광장 안에 있는 푸시킨 동상 주변에는 손에 꽃을 든 시민들이 줄지어 시인을 추모하는 광경을 볼 수 있다. 나이가 지긋한 노신사가 푸시킨의 시를 암송하는가 하면 또 어떤 젊은이는 기타 반주에 맞춰 푸시킨의 시를 노래하기도 한다. 이렇게 러시아 민중은 푸시킨을, 러시아인의 영혼을 아름답게 노래한 위대한 시인으로 기억하고 숭배한다. 위대한 정복자나 혁명가보다 시인을 더 기억하고 사랑하는 러시아 사람들의 전통은 바로 푸시킨에서 연유하는 것 같다.

러시아 사람들이 즐겨 찾는 장소인 푸시킨 동상은 역사적으로 매우 유서 깊은 곳이기도 하다. 푸시킨 동상은 19세기의 조각가 오페쿠쉰의 작품으로 동상 제작비는 러시아 민중의 헌금으로 충당된 것이다. 1880년에 있었던 동상 제막식 기념연설회에서는 도스토옙스키가 푸시킨을 추모하는 유명한 연설을 하기도 했다.

> 고골리는 푸시킨을 러시아 정신의 경이로운 현상이며 어쩌면 유일한 현상이라고 했다. 여기에 내가 한마디 덧붙인다면 푸시킨은 러시아 정신의 예언적인 현상이다. 그렇다. 푸시킨의 출현은 우리 러시아인 모두에게 의심할 여지없이 예언적인 어떤 것이다.

이것은 푸시킨이 러시아인의 영혼을 가장 깊은 곳에서 길어 올려 아름답고 완전하게 시적으로 형상화하였다는 것을 의미한다. 도스토옙스키가 지적하고 있는 러시아 정신은 푸시킨이 서정시의 형식으로 노래한 무한 자유사상과 보편적 휴머니즘이다. 그러기에 푸시킨은 2백년이 지난 오늘날에도 죽지 않고 영원히 살아 있는 러시아 문학의 상징처럼 여겨지고 있는 것이다.

푸시킨의 시대

푸시킨은 러시아의 민족의식이 한층 고양되어가던 시기에 활동했으며, 19세기 러시아 역사에서 가장 중요한 두 가지 사건을 모두 경험했다. 하나는 1812년 나폴레옹의 프랑스군에 대항한 '조국전쟁'

이고, 다른 하나는 1825년 젊은 귀족장교들이 전제 정치와 봉건 노예제를 타도하기 위해 반란을 일으켰던 '데카브리스트 혁명' 이다.

러시아 사람들은 1812년의 조국전쟁에서 당시 세계 최강의 군대였던 나폴레옹 군대를 패퇴시킴으로써 러시아인이 유럽인보다 못할 것이 없다는 것을 깨닫기 시작했다. 그러나 전쟁이 승리로 끝났음에도 불구하고 황제와 보수적인 귀족들은 여전히 러시아의 후진적인 봉건 제도를 고수하면서 민중들에게 희생을 강요하였다. 사회 전반에 걸쳐 새롭게 싹튼 민족의식은 러시아의 국내 문제와 충돌하여 점점 더 혁명적 기운으로 변화하고 있었다. 이런 점에서 조국전쟁은 러시아에서 새로운 삶이 전개될 '근대의 씨앗' 을 뿌려놓았다고 할 수 있다.

1825년 12월에 발생한 데카브리스트 혁명[1)]은 진보적인 젊은 귀족들이 상트 페테르부르그의 원로원 광장에서 거행된 새로운 황제 니콜라이 I세에 대한 선서식장에서 선서를 거부하고 무장봉기를 일으킨 사건을 말한다. 이 거사는 당시 러시아 사회에 커다란 변화를 불러일으켰다. 이 사건은 1812년 조국전쟁 이후 민중과 개혁을 외면한 황제에 대한 직접적인 선전포고였던 것이다. 이를 두고 러시아의 사상가 게르쨴[2)]은 "데카브리스뜨들이 새로운 세대의 영혼

---

1) 러시아어로 '데카브리' 는 12월이라는 뜻이다.

2) 게르챈(1812~1870)은 19세기 러시아에서 가장 영향력 있는 사상가이자 혁명가였다. 그는 러시아의 토착적 사회주의 사상('농촌 사회주의')을 정립한 것으로 유명하다.

을 소생시켰다"고 평가하였다. 비록 이 혁명은 실패로 끝났지만, 19세기 러시아 지식인들의 정신적 삶을 역동적으로 만들었다.

푸시킨은 이 데카브리스트의 숨은 후원자였다. 봉기를 주도한 대부분의 데카브리스트들이 푸시킨의 절친한 친구들이었으며, 그는 죽는 날까지 데카브리스트들을 기억하고 예찬하였다. 이것은 그의 시 가운데 유독 데카브리스트를 다룬 작품이 많다는 사실에서도 여실히 드러난다.

푸시킨은 러시아에 근대적 기운이 용솟음치던 시대를 살았다. 이것은 시인에게는 매우 커다란 행운이기도 했다. 백여 년 전에 러시아의 황제 표토르 대제가 서유럽의 문물을 수용한 후에 러시아의 정신은 한 세기가 지나 푸시킨이라는 현상으로 답했던 것이다. 이런 점에서 푸시킨은 러시아 역사가 빚어놓은 뮤즈 — 예술혼 — 라고 할 수 있다. 러시아는 푸시킨이라는 천재를 통해서 러시아 예술의 근대적 모습을 완성하였다. 천재 시인이 경쾌하고 심오한 상상력으로 러시아의 예술을 유럽의 그늘에서 벗어나게 한 것이다. 이로써 러시아 문화는 푸시킨의 상상력과 감수성을 빌어 유럽의 변방에서 세계의 중심으로 내닫게 된다.

러시아 영혼의 형식, 푸시킨의 서정시

푸시킨의 시를 최고로 칭송하는 이유는 무엇보다도 러시아인의 영혼과 감정을 심오하고 아름답게 표현했기 때문일 것이다. 푸시킨과 동시대를 살았던 비평가 벨린스키[3)]는 이 천재 시인에게 다음과 같이 최고의 찬사를 아끼지 않았다.

고대의 조형술과 엄격한 간결성이 낭만적 운율의 황홀한 유희와 함께 결합되어 있다. 거기에는 러시아어의 온갖 음향학적 풍부성과 힘이 놀랄 만큼 완벽하게 발휘되어 있다. 그의 시는 물결의 속삭임인 양 부드럽고 유쾌하고 온화하며, 나무진마냥 늘어났다가 줄어들고 번개처럼 선명하며, 수정같이 맑고 투명하며, 봄처럼 향기롭고 힘센 용사의 검처럼 단단하고 힘이 있다. 그의 시에는 유혹적이고 형언할 수 없는 매력과 우아미가 있으며, 또 눈부신 광채와 부드러운 습기가 있고 말과 운(韻)의 풍부한 선율과 조화가 있으며, 창조적인 공상과 시적 표현의 온갖 황홀한 애무와 환희가 있다.

푸시킨의 서정시는 러시아 영혼의 형식이었다고 할 수 있다. 푸시킨은 러시아의 자연 환경과 독특한 역사적 경험, 광활한 대지를 닮은 러시아 민족의 휴머니즘과 자유정신, 신비로운 사랑의 감정 등을 평이하고 아름다운 러시아어로 노래했다. 푸시킨의 시적 재능은 마치 "신비로운 여신의 가르침을 받은" 것처럼 무궁무진하게 흘러나왔다.

푸시킨은 무엇보다도 자유를 사랑한 시인이다. 시인이 자유를 사랑했다는 것이 특별할 것은 없지만 그 시대를 생각하면 그의 자유에 대한 동경은 각별한 의미가 있다. 그것은 전제 정치와 봉건 노예

---

3) 벨린스키(1811~1848)는 19세기 러시아의 비평가, 사상가였다. 그는 푸시킨, 레르몬토프, 고골리, 도스토옙스키에 대한 탁월한 비평문을 남겼으며 러시아 리얼리즘 비평을 정초하였다.

제로부터 억압받고 있던 러시아 민중의 현실적 꿈을 대변한 것이었기 때문이다. 푸시킨의 이런 염원은 「자유」를 비롯하여 당시의 정치적 상황을 염두에 두고 쓴 작품에서 잘 나타나 있다.

푸시킨이 추구했던 자유의 세계는 광활한 대지에서 태어나 아무 거리낌 없이 살아왔던 원시적 자유인의 그것과 일맥상통하는 점이 있다. 이것은 자유에 대한 러시아인의 독특한 관념을 대변한 것으로서, 예로부터 러시아 사람들은 자유와 광활한 대지를 인간의 가장 큰 미적, 윤리적 행복으로 여겨왔던 것이다. 자유를 뜻하는 러시아어 'Воля(볼랴)' 는 광대한 공간, 즉 '어떤 것에도 방해받지 않는 공간' 을 의미하기도 한다. 그리고 자유를 의미하는 또 다른 러시아어 'Свобода(스바보다)' 는 자주 '대자연' 이라는 단어와 어울려 한 쌍의 관용어처럼 사용되기도 한다. 예컨대, 푸시킨의 「바다에 부침」(1824)이라는 시에 다음과 같은 구절이 있다.

잘 있거라, 자유로운 대자연이여!
너는 마지막으로 내 앞에서
푸른 파도를 일으키고
오만한 아름다움으로 빛나는구나.

푸시킨 서정시의 백미(白眉)는 사랑을 다룬 작품들로서, 시인은 러시아인의 사랑과 연애감정을 절묘하게 노래했다. 푸시킨의 사랑은 대부분 현세에서 이루어질 수 없는 운명을 지녔다. 그래서 더 절실하고 슬프지만 그 사랑을 영원히 단념할 수 없기에 사랑의 이상만을 간직하고 사랑하는 이는 떠나보낸다. 푸시킨은 이러한 사랑을 "말도 없이 희망도 없이" 하는 사랑이라고 했다. 그의 가장 유명한 연애시 가운데 하나인 「나는 당신을 사랑했소」(1829)는 이런 감정을 잘 드러내고 있다.

> 나는 당신을 사랑했소. 사랑은 내 영혼 속에서
> 아직 완전히 꺼지지 않았을 거요.
> 그러나 내 사랑, 더 이상 당신을 괴롭히지 않을 거요.
> 어떻게든 당신을 슬프게 하고 싶지 않소.
> 나는 당신을 사랑했소. 말도 없이 희망도 없이
> 때론 수줍음에 때론 질투에 가슴 저미며
> 나는 당신을 사랑했소. 그토록 진실하고 부드럽게
> 신의 섭리로 다른 이들이 당신을 사랑한 그만큼

푸시킨은 사랑의 영원함을 노래했는데, 이것은 사랑이 이루어지기보다는 이루어질 수 없는 상황에서나 가능한 일이다. 이별이 없다면 사랑은 얼마나 지루한 일상일 것인가! 푸시킨은 이별의 순간에 더욱 간절한 사랑의 감정을 절도 있는 러시아어로 그려내고 있다. 「마지막 남은 꽃은 더 사랑스러워」(1825)의 마지막 두 행은 푸시킨의 절제된 시적 감정과 재치를 느끼게 하는 대목이다.

> 마지막 남은 꽃은 더 사랑스러워
> 들에 처음 피는 화려한 꽃보다도.

구슬픈 생각을 더 살뜰히
가슴 속에 불러 일으켜주니
이렇듯 때로는 이별의 시각이
달콤한 만남보다 더 생기 있더라.

푸시킨의 서정시에서 또 빼놓을 수 없는 것은 러시아의 자연을 그린 작품들이다. 그의 시에 등장하는 자연은 살아 있는 풍경화이며 그 풍경 속에는 마치 자연이 만들어내는 조화로운 교향곡이 들리는 듯하다. 현대 러시아의 대표적인 문예학자인 리하초프는, 푸시킨의 시에 나타난 자연 풍경이 정원에서 그 주변으로, 다시 더 넓은 자연으로 옮겨가고 있다고 분석하면서 그가 자연을 바라볼 때는 민족적인 시선과 사회적인 시선이 공존한다고 지적한 바 있다. 그 중 대표적인 작품으로는 「눈사태」(1829)와 「먹구름」(1835) 등이 있다. 다음 작품은「먹구름」이라는 시의 전문이다.

지나간 폭풍우의 마지막 먹구름아!
너는 홀로 맑게 갠 감청색 하늘을 줄달음치며
스산한 그림자를 드리우고 있다.
너 홀로 환희에 찬 대낮을 슬프게 하고 있다.
너는 조금 전까지 저 하늘을 온통 뒤덮고
번개는 사납게 너를 감싸 안았다.
너는 비밀스러운 천둥소리를 내지르며
메마른 대지를 소나기로 적셨노라.

이제 만족하고 사라지거라! 때는 지났노라.
대지엔 생기가 감돌고 폭풍은 걷히었나니
바람은 나무 잎새를 쓰다듬으며
고요해진 하늘에서 너를 내몰고 있다.

이 시는 생동감 넘치는 자연의 변화를 잘 포착하고 있다. 푸시킨은 폭풍우가 막 지나간 순간의 역동적인 자연 풍경을 움직임이 큰 서술어로 강조해서 표현한다. 예컨대, '줄달음치다', '뒤덮다', '내지르다', '사라지다', '걷히다', '내몰다' 등의 동사는 폭풍 전후의 풍경을 적절하게 제시하면서 독자들에게 마치 한 폭의 풍경화를 보여주는 듯한 시각적 효과를 자아낸다. 그리고 이 시어들은 일정하게 그 순간에 들을 수 있는 자연적 음향효과까지 발휘하고 있다. 이것은 푸시킨이 언어의 연금술사였다는 것을 증명하는 대목이다. 실제로 러시아어는 푸시킨의 시를 통해서 근대적 언어로 탈바꿈했으며, 그의 시는 예술적인 러시아어의 보고(寶庫)가 되었다.

푸시킨, 살아있는 현대의 신화

푸시킨은 서정시뿐만 아니라 소설, 희곡, 서사시, 비평 등에서도 발군의 재능을 발휘한 작가였다. 특히, 운문 형식으로 된 소설 『예브게니 오네긴』은 그의 예술적 재능이 빚어낸 최고의 걸작으로 손꼽힌다. 푸시킨이 이 작품에서 추구했던 것은 자유와 사랑, 낙관과 희망이 어우러진 조화(調和)의 세계다. 푸시킨은 이 작품을 1823년 봄 키쉬뇨프에서 시작하여 1831년 가을 볼지노 마을에서 완성하였다.

『예브게니 오네긴』은 주인공 오네긴과 타치야나의 사랑 이야기이다. 소설은 이 두 사람의 사랑이 진행되는 과정을 따라 전개된다. 처음에는 타치야나가 오네긴에게 연정을 품고 그에게 사랑의 편지를 보내지만 거절당하고, 나중에는 오네긴이 타치야나에게 사랑을 느끼지만 타치야나가 받아들이지 않는다. 일견 매우 단순해 보이는 소설의 플롯 속에는 여러 가지 복잡한 예술적 문제들과 인생의 진리가 중첩되어 있다. 『예브게니 오네긴』이 러시아 문학사에서 기념비적인 작품으로 평가받고 있는 것은 아마도 푸시킨이 이 작품에서 러시아의 진실한 삶의 모습을 깊이 있게 그렸기 때문일 것이다. 푸시킨의 손끝으로 빚어진 러시아와 러시아인들의 삶은 그들만의 독특한 아름다움과 조화의 세계로 빛난다. 다음은 이 소설의 마지막 부분에 나오는 유명한 대목인데, 이 구절에 담긴 인생의 참된 의미는 되새길수록 깊은 맛을 보여준다.

> 아! 운명은 너무도 많은 것을, 많은 것을 빼앗아갔도다!
> 포도주가 가득 부어진 술잔을
> 다 비우지 못하고
> 인생의 연회를 일찌감치 떠나버린 자,
> 마치 내가 오네긴과 헤어진 것처럼
> 인생의 소설을 다 읽지 않고
> 훌쩍 그것을 떠나버린 자는 행복하도다.

푸시킨 문학은 인간에게 있어 포기할 수 없는 가치들, 즉 자유,

사랑, 희망 등의 조화를 노래한다. 바로 이점이 현대를 사는 우리가 푸시킨 문학에 주목해야하는 이유다. 최근에 주변에서 일어나는 사건들을 보면 인간은 이제 도저히 되돌아올 수 없는 강을 건너고 있는 느낌이다. 보험금을 타내기 위해 아내와 자식들을 독살하고 살아남은 자식마저 목 졸라 죽인 아버지에게 우리가 더 무슨 변명을 들어야 한단 말인가. 인간이 인간으로서 최소한의 존엄을 포기한다면 우리의 미래는 파멸만이 있을 뿐이다. 이런 세상에 살고 있는 현대인들에게 푸시킨은 사랑과 희망의 힘이 무엇인지를 일깨우고 있다. 우리는 푸시킨의 문학을 통해서 인간의 참된 해방, 그리고 절망을 극복하는 희망의 지혜를 배울 수 있을 것이다. 도스토옙스키는 푸시킨을 러시아 정신의 예언적 현상이라고 했다. 여기에 한마디 더 덧붙인다면, 푸시킨은 러시아 정신의 영원히 살아있는 현상이라고 할 수 있겠다. 그렇다. 푸시킨의 존재는 우리 인류 모두에게 의심할 여지없이 영원히 살아있는 현대의 신화인 것이다.

더 생각해볼 문제들

1. 푸시킨이 살았던 19세기 전반기 러시아의 역사적 상황에 대해 서술하시오.

   푸시킨이 살았던 시기에 러시아는 근대적 민족의식을 자각하고 서유럽의 문화적 그늘에서 벗어나 독창적인 문화를 만들었다. 러시아의 근대적 자각의 시발점이 되었던 역사적 사건은 1812년 나폴레옹의 프랑스군에 대항한 '조국전쟁' 과 1825년 젊은 귀족장교들이 전제 정치와 봉건 노예제를 타도하기 위해 반란을 일으켰던 '데카브리스트 혁명' 이다. 이런 역사적 상황 속에서 러시아 예술은 서구적 낭만주의를 러시아적 리얼리즘으로 발전시키는 전기를 마련하게 된다.

2. 푸시킨의 서정시에 나타난 러시아의 자유정신에 대해 서술하시오.

   푸시킨은 무엇보다도 자유를 사랑한 시인이다. 푸시킨의 자유에 대한 동경은 전제 정치와 봉건 노예제로부터 억압받고 있던 러시아 민중의 현실적 꿈을 대변하고 있다. 푸시킨이 추구했던 자유의 세계는 광활한 대지에서 태어나 아무 거리낌 없이 살아왔던 원시적 자유인의 그것과 일맥상통하는 점이 있다. 이것은 자유에 대한 러시아인의 독특한 관념을 대변한 것이다. 러시아인들은 자유와 광활한 대지를 인간의 가장 큰 미적, 윤리적 행복으로 여겨왔다.

3. 푸시킨 문학의 현재적 의미에 대해 서술하시오.

   푸시킨은 인간의 자유, 사랑, 희망을 노래한 시인이다. 푸시킨 문학은 인간에 대한 낙관적이고 근본적인 믿음에 근거해 있다. 현대 사회를 사는 우리들은 도처에서 인간의 근본적인 가치들이 왜곡되고, 훼손되는 것을 자주 목격하게 된다. 푸시킨 문학은 어려운 시대를 살아가는 인류에게 희망과 사랑의 힘이 무엇인지를 깨닫게 해준다. 현대인들은 푸시킨을 통해서 인생의 참된 길과 절망을 극복하는 희망을 지혜를 배울 수 있을 것이다.

추천할 만한 텍스트

『삶이 그대를 속일지라도』, 푸시킨 지음, 최선 역, 민음사, 1997

『예브게니 오네긴』, 푸시킨 지음, 허승철, 이병훈 역, 솔출판사, 1999

『잠 안오는 밤에 쓴 시』, 푸시킨 지음, 석영중 역, 열린 책들, 2001

이병훈(李丙勳)

경북대학교 노어노문학과 연구교수.

고려대학교 노어노문학과를 졸업하고 모스크바 국립대학교에서 19세기 러시아 문학비평사에 대한 연구로 석사 및 박사 학위를 받았다. 그동안 서울대학교, 고려대학교, 연세대학교에서 러시아 문학을 강의했고 최근에는 연세의대, 고려의대, 가톨릭의대, 인제의대에서 의학과 관련된 문학 강의를 하고 있다. 대표적인 논문으로는 「예술적 공간을 보는 두 가지 시각」, 「'등장하지 않는 인물'에 대한 연구」 등이 있고, 역서로는 푸시킨의 드라마 『보리스 고두노프』, 벨린스끼의 비평선집 『전형성, 파토스, 현실성』와 비고츠끼의 『사고와 언어』 등이 있다.

사월은 가장 잔인한 달, 죽은 땅에서
라일락꽃을 피우며, 추억과
욕망을 섞으며, 봄비로
생기 없는 뿌리를 깨운다.

겨울은 우리를 따뜻하게 해주었다,
대지를 망각의 눈으로 뒤덮으며,
덩이줄기로 작은 생명을 먹이며.

토머스 스턴즈 엘리엇 (1888~1965)

"20세기에 영어를 말하는 세계에서 가장 위대한 문필가"라 불려온 영국의 시인이자 극작가, 평론가인 엘리엇은 미국 미주리 주 미시시피 강가의 세인트루이스에서 벽돌회사 사장이었던 아버지 헨리 웨어 엘리엇과 시인이었던 어머니 샬롯 쵸니 스턴즈의 2남 4녀 중 막내아들로 태어났다.

하버드대학교와 동 대학원, 프랑스 소르본느대학교에서 동서양 철학을 수학한 그는 1914년 옥스포드대학의 장학금 받게 되어 영국에 정착했으며, 그 이듬해에는 비비엔 헤이-우드와 만나 전격적으로 결혼을 하였다. 1917년부터 8년간 은행원으로 일하면서 『황무지』(1922)를 집필했고 1927년에는 아예 영국 시민으로 귀화한 후 영국 국교로 개종을 하기도 했다. 1948년 노벨 문학상을 수상하였으며 아내와 별거상태에 있다가 1957년 발레리 플레처와 재혼을 했다.

초기 시 중 대표작은 「프르프록의 연가」(1917)와 「황무지」(1922)를 들 수 있고 후기의 명작은 「네 개의 사중주」(1940-42)이며, 희곡으로 『대성당의 살인』 (1935), 『가족 재회』(1939) 등이 있다. 비평서로서는 『에세이 선집』(1932)이 있다.

03

황무지에 장미꽃이 피기까지는

엘리엇의 『황무지』

이명섭 | 성균관대학교 영어영문학과 명예교수

신음(呻吟)이 신음(神音)이 된 『황무지』

"그런데 쿠마의 시빌이 조롱 속에 매달려 있는 걸 난 정말 내 눈으로 보았어. 그녀에게 애들이 '시빌, 뭘 하고 싶으세요?' 하고 조롱하니까, 그녀는 '난 죽고 싶어' 하고 대답했어."[1)]

1) 이 인용문의 원문은 다음과 같다.
Nam Sibyllam quidem Cumis ego ipse oculis meis vidi in ampulla pendere, et cum illi pueri dicerent:Σ ιβυλλα τι θέλειζ ; respondebat illa:άπσθανείγ θελω.'

『황무지(*The Waste Land*)』(1922)는 "죽고 싶다"는 위의 제사(題詞)로 시작하여, "평화, 평화, 평화(Shantih, shantih, shantih)"로 끝맺는다. 고달픈 인생, 죽으면 편안하다는 한탄일까? 그렇다면 왜 편안하다는 말을 노래의 후렴처럼 세 번이나 했을까? 죽고 싶다는 말은 울음이고, 평화라는 말은 노래라면, 이 시는 한국인의 귀에는 우는 것으로 들리고 영국인에겐 노래 부르는 것으로 들리는 새의 울음·노래일 것이다.

토머스 스턴즈 엘리엇(Thomas Stearns Eliot)은 이 시에 단 자주(自註)에서 『우파니샤드』를 끝맺는 만트라, 즉 진언(眞言)인 '샨띠'는 신약 성서 『빌립보서』의 "인간의 사고를 초월한 하나님의 평화"에 해당한다고 설명하고 있다. 평화는 성령의 열매 중 하나다. 비둘기는 성령의 상징이다. 애통하는 자는 '위로자'인 성령의 위로를 받는다. 위로를 받으면 마음에 평화가 온다. 그렇다면 울면서 노래하는 새는 비둘기 성령일 것이다. 모든 새 중에서도 특히 비둘기 울음소리는 신음에 가깝다. 비둘기는 '신음한다'. 그러나 비둘기 성령은 신(神)이므로 비둘기의 신음(呻吟)은 신음(神音)이다. 황무지의 신음은 평화의 신을 부르는 만트라이며 기도다. 이 비둘기 성령의 신음은 아름다운 어린 시절과 첫 사랑의 추억의 종소리이기도 하다. 신음하는 성결(聖潔)한 추억의 종소리는 구슬픈 욕망에 찌들어 생기를 잃은 황무지의 장미 뿌리들을 깨우는 봄비다. 이 시는 이 신음하는 추억의 종소리로 욕망의 귀신을 내쫓아 황무지에 다시 장미꽃이 피게 하는 만트라이자 '굿'이며 교향시(tone poem)다. 이 시는 처음에 보통 영국인들도 무슨 말인지 모를 서양 고전어들인 라틴어와 헬라어로 인용문 즉, 제사(題辭) 에서 시작하여 동양 고전어인 고대 인도의 산스크리트어로 끝맺는다. 그러므로 이 시는 눈으로만 읽으면 해독하기 어려운 비밀문자지만, 귀로 들으면 만트라처럼 마음에 평화가 깃든다.[2)]

위의 제사는 『쿼바디스』에서 네로의 문학 선생으로 등장하는 로마 문필가 페트로니우스의 『사튀리콘』에서 인용한, 로마의 유명한 여자 예언자 시빌(Sibyl)의 이야기다. 그녀의 아름다움에 반한 아폴로 신이 무슨 소원이든지 다 들어줄 터이니 말해 보라고 하자, 그녀는 마침 한 움큼 쥐고 있던 모래를 가리키면서 이 모래알 수만큼 오래 살게 해 달라고 한다. 그러나 그와 동시에 영원한 청춘을 달라는 말은 잊었기 때문에 그녀는 늙고 늙어 쪼그라들어 주먹만한 '작은 노인' 이 되었다. 그래서 사람들이 그녀를 새장 속에 가두어 길거리에 매달아 놓았다. 지나가던 아이들이 "시빌, 뭘 원하세요?" 하고 물으면, "죽고 싶어" 라고 대답한다는 이야기다.

'작은 노인' 은 육체적으로 뿐만 아니라, 인격적으로도 작은 '소인' 이다. 시인이 『황무지』의 서론 격으로 넣으려 했던 「게론티온(Gerontion)」도 헬라어로 '작은 노인' 이라는 뜻이다. '노인' 은 영어로 'old man' 이다. 성서 『로마서』에서는 원죄로 타락한 인류를 'old man' 이라 부르고 이것이 '옛 사람' 으로 번역되었다.

시인은 『황무지』가 '현대 세계의 비판' 이라는 비평가들의 평가

2) 다음의 웹사이트에는 엘리엇이 직접 읽은 『황무지』의 무료 음성 파일들이 있다.
http://town.hall.org/radio/HarperAudio/011894_harp_ITH.html

에 대하여 "나에가 이 시는 인생에 대한 개인적인, 아주 하찮은 불평이며, 리드미컬한 투덜거림에 불과하다"고 말했다. 불평이나 투덜거림은 고통의 표현인 신음이다. 그렇다면 시빌을 비롯하여, 이 시에 등장하는 많은 황무지 남녀들은 시인의 분신(分身) 또는 투사(投射)에 불과하다. 이들은 변화하는 시인의 시각들을 반영한다. 그 시각들은 욕망의 시각과 추억의 시각으로 대별할 수 있다. 3부에서만 관객으로 등장하는 눈먼 예언자 테이레시아스도 남녀 등장인물들의 시각을 통합하는 시인 자신이다. 이 시 『황무지』의 주인공은 시인 자신이다. 시인은 첫 부인 비비엔과의 불행한 결혼이 "『황무지』를 태어나게 한 심리 상태를 가져다주었다"고 회고했다. 이 시는 황무지에 대한 객관적 묘사거나 비판이라기보다는 시인의 감정을 표현한 '객관적 상관물'이다.[3)]

엘리엇은 열네 살 때 에드워드 피츠제럴드(Fitzgerald)가 번역한 『오마르카얌의 루바이얏』을 읽었다. 이 시 세계에 들어가 본 '압도적인' 경험은 어린 소년에게 종교적 귀의와 같았다. 이 시를 읽고 시인이 되는 꿈을 꾼다. 이 시는 술로 인생무상을 달래자는 찰나주의 철학을 담고 있다. 술은 "과거의 한과 미래의 공포를 씻어준다." 그리고 "달력에서 죽은 어제들과 아직 태어나지 않은 내일들을 지

---

3) 엘리엇은, "예술 형식으로 감정을 표현하는 유일한 방법은 '객관적 상관물(objective correlative)'을 발견하는 데 있다. 즉 그 '특별한' 감정의 공식이 될 한 짝의 사물들, 하나의 상황, 일련의 사건들이다. 그리하여 감각적 경험에서 끝나야 할 외적 사실들이 주어질 때, 그 감정이 곧 환기된다"고 했다.

워버린다." 미래의 공포는 희망에서 나온다. 희망이 실현되지 않을 가능성이 있으므로 희망에는 언제나 공포나 걱정이 따른다. 정신을 과거의 한에 반쯤 빼앗기고, 미래의 공포에 반쯤 빼앗기면 현재에 집중할 수 없다. 사는 것은 현재에 사는 것인데 현재에 집중할 수 없으면 삶도 없다. 그래서 인생은 무상하다. 그러나 술 또한 사라진 현재를 찾아 줄 수 없었다. 현재는 미래에서 과거로 흘러가는 강물의 한 점이므로, 과거와 미래를 끊어버리면 현재도 사라질 것이다.

그래서 이 청년 구도자는 다시 대학원 석사 과정에 다니던 중 다른 스승 베르그송을 찾아 이역만리 파리 소르본느대학으로 떠난다. 새 스승은 무의식적인 순수 기억이 잃어버린 시간을 찾아준다고 가르치고 있었다. 마르셀 푸르스트는 베르그송의 무의식적 기억을 통하여 "잃어버린 시간을 찾으려고" 했다. 마드렌느를 보리수 꽃 띄운 차에 담글 때 풍기는 향기를 맡는 순간 어린 시절의 추억이 떠오른다. 시인은 한때 그의 철학에 심취하여 "일시적으로 귀의한다." 그러나 베르그송의 영향을 받아 지은 「바람 부는 밤의 광상곡(Rhapsody)」에서 달빛이 풀어놓은 베르그송의 무의식적 기억은 아름다운 현재가 아니라 여전히 비뚤어진 영상만이 출몰하는 살벌한 황무지 풍경이다. 영원한 기억의 바닷물에 정화되지 못한 과거의 더러운 무의식적 기억의 강물이 현재와 미래를 오염시킨 것이다.

그는 다시 세 번째 스승 브래들리(F. H. Bradley)를 찾아 영국으로 건너가 그의 철학을 주제로 박사 학위 논문까지 쓴다. 브래들리는 『현상과 실재』에서 "세상과 열반은 조금도 다름이 없다"고 가르친 나가르쥬나(龍樹)의 영향을 받아, 현상이 실재가 된다고 설파하고 있었다. 과거·현재·미래라는 비실재적인 모든 현상적 시간계열들은 실재인 절대자 속에서 '변화되어' 조화와 통일을 이룬다. 나가르쥬나는 대승불교의 사상적 기반을 확립한 제2의 불타(부처)다. 엘리엇은 대학원에서 대승불교를 공부했다. 소승불교에서는 이 세상이 변하여 열반이 된다고 생각했으나, 나가르쥬나는 이 세상이 아니라 이 세상을 보는 내 눈이 변해야 이 무상한 세상이 열반적정이 된다고 했다. 이것은 코페르니쿠스적 전환이었다. 그러나 브래들리 선생은 '허망한' '현상'의 시간들이 실재인 절대자에서 '어떻게' 통일되는지 보여주지 못했다. 구도자는 마지막으로 다시 신앙과 예술을 찾아 1927년에 영국 국교로 개종하고 예술에 귀의한다. 『황무지』는 개종하기 전에 쓴 것이나 이미 믿음의 씨앗이 그의 마음속에서 싹트고 있었던 것으로 보인다.

그는, 하나님에 대한 믿음으로 옛 사람이 새 사람으로 거듭나는 신비적 근본 경험과, 개인적 감정들이 예술 감정으로 변하는 과정을 비슷한 것으로 생각했다. 절대자는 맑고 밝은 거룩한 생명수 소용돌이 속이며 빛의 핵심이다. 이 생명의 원천은 원의 중심과 같다. 이 영원한 생명의 바닷물과 빛의 핵심에 들어가는 것이 '집중(集中)'이다. 그러나 바다의 소용돌이 속에 몸을 던지려면 믿음, 즉 '믿음의 순종'이 있어야 한다. 순종은 귀를 기울이는 것이며, 귀를 기울이는 것은 정신을 "수동적으로 집중"하는 것이다. 그래서 기도하거나 명상할 때 눈을 감는다. 집중하면 욕망과 교만으로 흐려졌던 내 눈이 맑고 밝은 눈으로 변한다. 이것은 병든 조가비가 깊은 바닷물에 '**정화**(淨化)' 되어 진주로 변하는 것과 같다. 주인공의 기억에 자꾸 떠오르는 "저것은 내 눈이었던 진주야!"라는 공기 요정의 노래는 이를 두고 한 말이다. 예술 창작 과정도 이와 유사하다. 내 감정들(emotions)이 느낌들(feelings)의 소용돌이 속에 들어가 수동적으로 집중·통일·정화되어 예술 감정으로 변화된다. 이것이 '**탈개성**' 이다. 이 예술 감정을 형상화한 것이 '객관적 상관물' 이다. 이것은 셰익스피어의 개인적 감정이 "그의 깊은 바다 밑 속에서 바닷물을 흠뻑 먹어 비너스 여신처럼 바다에서 솟아오르는" 것과 같다. 여기에서 내 감정들은 타락의 원인이었던 옛 사람의 욕망이다. 느낌들의 소용돌이는 바다 밑 기억이 떠올린 것이다. 욕망에서 나온 내 감정들이 추억이 떠올린 느낌들의 소용돌이 속에서 정화되거나 '**부화**(孵化)' 되어 순수한 예술 감정으로 변한다. 욕망을 기억에 '섞는 것' 은 집중·통일·정화하는 것이다. 그러면 욕망이 영원한 중심에 집중되어 정화되듯, 과거의 한과 미래의 공포도 영원한 현재의 중심에서 풀리고 사라진다. 추억과 욕망을 '섞는' 것은 무질서하게 '뒤섞는' 것과는 정반대다.

욕망으로 잃어버린 시간을 추억으로 찾아서

> 사월은 가장 잔인한 달, 죽은 땅에서
> 라일락꽃을 피우며, 추억과
> 욕망을 섞으며, 봄비로
> 생기 없는 뿌리를 깨운다.[4)]

『황무지』는 총 5부로 구성되어 있다. 원본은 약 800행이었으나 에즈러 파운드의 '제왕절개' 후 433행으로 줄었다. 제1부는 '죽은 자들의 매장' 이다. 황무지의 작은 노인들은 땅 속에 묻혀 '작은 생명' 을 연명하고 있으나 죽은 것과 마찬가지이므로 그런 제목을 붙인 것이다. 잔인한 4월은 "추억과 욕망을 섞으면서" 죽은 땅에서 첫사랑을 상징하는 라일락꽃을 부활시킨다.[5] 위에 인용한 『황무지』 첫 4행에서 'Lilac' 과 'Memory' , 'dead land' 와 'desire' 가 일렬횡대로 나란히 서있다. 잔인한 4월이 라일락을 죽은 땅에서 꽃피

---

4) 이 부분의 원문은 다음과 같다.
April is the cruellest month, breeding,
Lilacs out of the dead land, mixing
Memory and desire, stirring
Dull roots with spring rain.

5) 이 시의 주제는 죽음으로 다시 산다는 생명의 신비다. 이 생명의 신비는 생명의 봄이 죽음의 겨울을 통해서 오는 자연의 순환에 나타나 있다. 엘리엇은 프레이저(Frazer)의 『황금색 가지』에 나오는 풍요 신들의 죽음과 재생, 예수 그리스도의 최후 만찬에서 사용한 성배(Holy Grail) 전설을 그 신화의 연장으로 해석한 웨스턴(Weston)의 저서 『제의에서 로맨스로』가 이 시의 틀이라고 주(註)를 달았다. 근동의 민족들은, 겨울에 죽은 식물이 봄에 다시 살아나는 것은 죽었던 신들이 봄에 다시 부활하는 것이라 믿고 신의 모형을 강 상류에 빠뜨려 익사시켰다가 신이 부활하도록 하류에서 건져내는 마술적 제의를 통하여 자연을 조종하려 했다. 이 마술 제의가 풍요 제의다. 신 대신에 신의 대리자인 왕이 '작은 노인' 이 되기 전에 죽이기도 했다. 성배 전설에서는 어부 왕이 노쇠하여 또는 성 능력이 쇠퇴하여 그의 국토가 '황무지' 로 변한다. 이 황무지에는, 순수한 기사가 성배를 찾으러 위험성당에 도착하여 성배의 '의미' 에 대해 질문하면 가뭄이 풀려서 비가 내리게 된다.

6) 다른 감각들을 중계하는 곳은 뇌의 시상(視床)이지만 후각만은 대뇌 변연계의 후각 망울이 관장하고 있으며, '학습과 기억' 관장하는 해마가 후각의 입력을 받는다. 그리스도가 보낸 성령도 그가 가르친 모든 것을 "가르치고 기억나게 한다".

우듯, 죽은 땅에 묻혀있는 욕망을 추억으로 섞어 꽃피운다. '추억'은 '욕망'의 '생기 없는 뿌리들'을 깨우는 '봄비(spring rain)'이다. 이 생기 없는 뿌리들은 2연의 "이 뿌리들은 무엇인가?"의 "뿌리들"이다. 시인은 자주(自註)에서 이 부분은 구약『에스겔서』2장을 비유적으로 인용했다고 설명한다. 이 뿌리들은『에스겔서』37장에 나오는 골짜기의 해골들이다. 이 해골들은 땅 속에 매장되어 '작은 생명'을 뿌리줄기로 연명하는 작은 노인들 또는 옛 사람들이란 별명이 붙은 황무지인(荒蕪地人)들이다. 그들은 과거의 한과 미래의 공포에 현재의 삶을 빼앗겨 산 적이 없으므로 죽은 해골들이다. 이 '생기' 없는 해골 같은 뿌리들을 깨우는 '생기'는 추억의 봄비이며, 성령이다. 이 시 마지막에서는 성령의 열매인 '평화(Shantih)'를 통하여 기억이 성령임을 간접적으로 시사하고 있지만, 이 곳에서는 직접적으로 가리킨다. 그러나 이러한 성령이 떠올리는 추억, 회상 또는 기억은 "죽음과 부활의 고통"을 수반하므로 황무지인에게는 2연에 나오는 '붉은 반석'이나 4부의 '익사'처럼 두렵다. 부활의 봄은 가장 큰 고통을 주므로 "가장 잔인"하다. 그러나 살리는 고통이므로 잔인하면서도 인자하다.

라일락 향기와 뮌헨의 한 공원에서 마시는 커피 향이 떠올리는 추억[6]이 몰락한 왕족 마리에게 잔잔한 기쁨을 안겨 준다. 그녀가 사촌오빠와 썰매장에서 미끄러져 내리던 즐거운 추억은 욕망의 새장 속에서 풀려난 듯한 해방감을 느끼게 한다.

그러나 주인공은『에스겔서』2장을 인유한 2연에서 다시 우울한 감정으로 되돌아간다. 우울할 때는 남을 비판하고 싶은 마음이 생긴다. 에스켈은 유대인이 하나님 대신에 우상을 섬긴 죄로 바벨론에 포로로 잡혀가 타향살이를 할 때 활동하던 대 선지자다. 여호와는 이들의 역겨운 죄에 진노하여 온 땅을 황무지가 되게 하고[7], "우상들이 깨어져 없어지며", "자기 죄악 때문에 골짜기 비둘기처럼 슬피 울 것이라"고 했다. "깨진 우상들의 한 무더기"에 "햇빛이 내려 쬐고 죽은 나무는 그늘을 주지 못한다." 어떤 평자는 이 장면이 마리의 즐거운 어린 시절의 추억에 찬물을 끼얹는다고 보았다. 아직까지 주인공의 추억이 그의 욕망의 눈을 충분히 씻어 주지 못하여 황무지 풍경이 역겹게 비친다.

시인은 하나님이 진노하시는 2장만 인유하고, 골짜기에 흩어진 뼈들에게 생기를 불어넣어 뼈들을 맞추어 다시 살리며, "구원하여 정결케 하시는" 하나님의 자비를 보인 37장은 인유하지 않고 있다. 역겨운 죄를 진멸하시는 하나님의 벌은 겉으로 보면 저주이지만 그 배후에 숨은 '의미'는 성결케 하여 다시 살리려는 사랑의 매다. 이 매는 집요하게 그를 따라다니는 하늘의 사냥개인 하나님이 "나를 쓰다듬으려 내민 손 그림자"다. "누가 이 고통을 고안해 내었는가? 사랑이다". 진멸된 황무지('샤멤')에서 부는 바람은 뜨거우면서도 시원하다.시인이 황무지를 역겹게 보는 까닭은 아직도 황무지 배후

7) 구약에는 'waste 〔히브리어 shamem, charab〕', 'wasted', 'wasteth', 'wasting'이라는 단어가 88개 정도 나오는데 그 중에서 『에스겔서』에 나오는 것은 14개이다. 구약 성서는 하나님께서 역겨운 우상을 진멸하여 황폐화시킨 후 회개하면 다시 그들을 기억하여 구원하는 역사가 반복된다.

에 숨은 의미를 투시할 만큼 그의 눈이 맑고 밝게 씻기지 못했기 때문이다.

추억을 불러일으키는 4월처럼 그의 혐오스러운 외오(畏惡)를 사라지게 할 황무지에 있는 '붉은 반석' 도 아직 외경(畏敬)의 대상이다. 그 반석 밑에 들어가야만 역겨움을 자아내는 "아침에 등 뒤에서 성큼 성큼 따라오는 그대 그림자나 저녁에 그대 만나러 일어나는 그림자"를 지울 수 있을 터이나, 자기 그림자가 지워질 때 따르는 고통과 죽음이 두렵다. 어두운 내 그림자들이 더 어두운 반석의 그림자 안에 들어가면 "영혼의 어두운 밤"의 고통 속에서 내 어두운 그림자가 정화되어 빛이 된다. 그러나 그는 십자가에서 붉은 피를 흘린 그리스도에 대한 믿음을 상징하는 '붉은 반석' 이 떨리면서도 끌리지만 아직 그 그늘 아래에 들어갈 용기가 없다. 현재에 드리운 나의 아침 그림자는 오마르 카얌이 술로 끊어버리려 했던 과거의 한을, 저녁 그림자는 미래의 공포를 상징한다. 그러나 그의 눈이 4부의 바닷물과 5부의 사막 불에 정화된 후에는, 시인이 "가장 훌륭하다"고 자찬한 39행에 걸쳐 묘사된 황무지 광경이 이제는 역겹지 않다. 물 없고 바위만 있는 살벌한 열사(熱砂)의 사막이 건만 오히려 시원하고 경쾌한 느낌 마저 든다:

이 곳에는 물 없고 바위만 있다
바위만 있고 물 없는 모래사막 길
산간의 꼬불꼬불한 길
물 없는 바위산들

물 있다면 걸음 멈추고 마시련만
바위틈에선 걸음 멈추거나 물 마실 수 없어
땀 마르고 발이 모래 속에 빠졌다
바위틈에 물만 있다면
침 뱉을 수 없는 썩은 이빨의 죽은 산 아가리
여기선 서지도 눕지도 앉을 수도 없어
산에선 고요마저 없다
비 없는 마른 천둥소리만 울릴 뿐
산에선 조용히 혼자 있을 수도 없구나
흙 갈라진 집 문에서 내다보면서
벌건 침울한 얼굴들이 비웃고 으르렁거릴 뿐

물 있고
바위가 없다면
바위 있고
물도 있다면
물
샘물
바위틈에 물이 고여 있다면
물소리만이라도 있다면
매미 소리와
잉잉거리는 마른 풀 소리 없고
은둔자 지빠귀가 숨어 지저귀는 소나무 숲 속에
"뚝똑 뚝똑 똑똑 똑똑 똑똑 똑" 소리내며

바위 위로 흐르는 물소리만 있다면

그러나 물이 없다

마른 풀 밖에 없는 소나무 숲에 숨어 은둔자 지빠귀가 물방울 떨어지는 소리로 노래를 부른다. 그 노래는 황무지의 고통 뒤에 숨어 있는 '의미'를 깨닫게 하고 생각나게 해주는 천국의 안내자 성령의 신음이다.

공포에 떠는 주인공에게 어디선가 풍겨오는 히아신스 향기는 그의 첫 사랑의 아름다운 추억을 떠올린다. 이 추억은 보들레르의 "저녁의 하모니"에서 "내 마음속에서 성광(聖光)처럼 빛나는" 지나간 과거의 아름다운 사랑의 추억처럼 천국과 조응하는 초월적 상징이다. 이 성결한 추억의 빛으로 내 역겹고 지겨운 욕망의 그림자를 지워 볼 수는 없을까?히아신스 정원도 단테의 『신생』에 묘사된 베아트리체에 대한 단테의 첫 사랑의 추억처럼, 시인의 개인적인 경험에 바탕을 두고 있다. 엘리엇은 1913년 하버드대학원 시절에 버라이어티 쇼에 같이 배우로 출연했던 에밀리 헤일 양을 만나 첫 사랑에 빠진다. 두 사람이 평생 나눈 편지는 무려 2천 통에 달한다고 한다. 현재 프린스턴대학에 소장되어 있는 이 연애편지들은 2020년에 공개된다.

엘리엇에 따르면, 단테의 『신생』의 '의미'는 단테가 아홉 살 때 베아트리체를 처음으로 만났을 때 의식적으로 느꼈던 '성적 경험'의 묘사가 아니라, "후에 성숙한 회상으로 그 경험에 대해 생각한 것"의 묘사다. 성적인 '근원'을 지닌 첫 사랑의 경험은 그 '목적인

(目的因)' 이 "하나님께 느끼는 매력" 이다. 그는 또 이러한 말을 했다.

> 우리는 경험은 했으나 그 의미를 깨닫지 못했다.
> 그 의미로 접근하면 그 경험이 다른 모습으로 회복된다.

베아트리체와의 첫 사랑의 경험은 근원적으로 나르키소스적인 사랑이다. 로맨틱 러브의 고전인 『장미의 로맨스』에서 사랑에 빠진 청년은 장미원 한 가운데 있는 샘물에 비친 자기 얼굴에 반한다. 그러나 추억의 강물에 눈을 씻어 맑아진 눈에 비친 사랑은 영원의 성광(聖光)이 투사된 영원한 사랑이다. 시인의 박사 논문에 따르면, "추억에 떠오른 과거는 존재하지 않았다. 재 경험된 과거는 추억이 아니다. 회상된 과거는 경험되지 않았다." "차이는 두 대상간이 아니라, 두 시각간의 차이다. 두 시각은 동일한 대상을 지향해도 동일한 것이 아니다." 그는 경험을 하나의 입체로 본다. 앞면이 과거의 경험이라면, 그 뒷면에 의미가 있다. 그 둘은 시간적으로 떨어져 있다. 뒷면에 있는 의미는 세월이 지난 후에야 기억에 떠오른다. 플라톤이 기억을 영혼과 영원한 이데아(이념)들을 연결하는 가교(架橋)로 본 후, 기독교 사상가들은 기억을 삼위일체 속에 있는 영원한 예술적 창조력이 인간 영혼 속에 투영된 이미지라고 생각했다. 성 보나벤투라에 따르면, 기억을 통해 신의 영상 또는 그림자를 볼 수 있다.

인생이 어린 시절의 추억이나 첫 사랑의 추억처럼 즐겁고 아름답다면 슬픔 많은 이 세상이 천국으로 화할 수 있지 않을까. 이 변화시키는 기억이 바로 "눈을 진주로 변화" 시키는 바닷물이다. 납과 같은 인생을 황금으로 변화시키는 연금술사의 돌이다. 그러나 흐르는 시간의 강물의 정화 작용에는 한계가 있어 1부의 마리의 어린 시절의 추억이 마른 뼈에 생기를 불어넣지 못한다. 신비 경험에 가까운 히아신스 정원의 추억도 "텅 비고 공허"하게 막을 내린다.

> "넌 일년 전에 내게 히아신스 꽃을 주었지."
> "그래서 사람들은 날보고 히아신스 소녀라 불렀어."
> "그렇지만 네가 히아신스 꽃을 한 아름 안고, 머리카락이 젖은 채
> 히아신스 정원에서 늦게 돌아왔을 때, 난 말도
> 할 수 없었어, 눈도 보이지 않았고. 난 산 것도
> 죽은 것도 아닌 상태였어. 그리고 난 아무 것도 알 수 없었어,
> 빛의 핵심, 정적 속을 들여다보면서 말이야.
>
> *바다는 황량하고 텅 비었구나.*

런던교를 건너 지옥 같은 '허망한 도시'로 출근하는 한 샐러리맨이 9시 출근시간을 알리는 조종 소리가 들리자 동료 스텟슨을 만나 소름끼치는 질문을 던진다.

"자네가 작년에 자네 정원에 심었던 시체가 싹이 나기 시작했는가?"

모골이 송연해지는 말이다. 이 시체는 땅에 묻혀 덩이줄기로 연명하는 소인의 '작은 삶'이다. 그는 동료에게 주의를 준다.

"인간의 친구인 그 'Dog'을 조심하가.
그렇지 않으면 그의 발톱으로 시체를 다시 파낼 테니!"

'Dog' 을 역순(逆順)으로 쓰면 'God' 이 된다. 이 신은 역천(逆天)한 인간이 하나님의 뜻을 자기 뜻으로 대치한 인간 신이다. 이 개는 프랜시스 톰슨의 "하늘의 사냥개(The Hound of Heaven)" 와는 다른 땅의 강아지다. 하늘의 사냥개인 하나님은 인간을 끝까지 쫓아다닌다. 하늘의 사냥개는 거듭난 '새 사람' 을 쫓아다니지만, 충성스러운 '사람의 친구' 인 땅의 강아지는 옛 주인을 쫓아다닌다. 강아지는 땅 속에 묻힌 옛 사람을 구출하려고 발톱으로 파내려 한다. 파내면 옛 사람이 부활할 수 없게 된다. 그래서 주인공은 강아지를 경계하라고 한다. 주인공은 자기 눈이 4부 '익사' 에서 바닷물에 씻긴 후에야 비로소 이 땅의 개가 자기의 뼈에 붙은 정욕의 살을 속삭이며 뜯어먹는 하늘의 사냥개임을 깨닫는다.

> 페니키아인 플레바스가 죽은지 2주되어
> 갈매기 소리와 깊은 바다의 파도 소리를 잊어버렸다
> 그리고 이익과 손해도.
> 바다 밑 조류가
> 속삭이며 그의 뼈를 뜯어먹었다.
> 소용돌이 속에 들어가서
> 올라갔다 떨어졌다 하는 동안
> 그는 노년과 청년기를 통과했다

황무지의 '작은 노인' 이 바닷물 소용돌이 속에 들어가 빙글빙글 돌면서 정화되어 나이를 거꾸로 먹어 노인이 청년으로 다시 태어난다.

제2부 '체스 게임'의 원본 제목은 '새장에서'였다. 여기에 등장하는 상류사회와 하류사회 부부들은 자아의 새장 속에 유폐되어 서로 대화가 통하지 않는다. 그들의 결혼생활은 서로 상대편을 잡아먹으려는 장기 놀이다. 1부의 상인들의 물욕과 마찬가지로 성욕도 권력욕에서 나온다. 벽난로 위에서 형부 테레우스 왕에게 겁탈 당한 나이팅게일(필로멜라)의 그림이 걸려있다. 나이팅게일은 "침범할 수 없는 목소리로 온 황무지를 채웠다." 그렇건만 '더러운' 주인공의 귀에는 "적적" 하는 소리로밖에는 들리지 않는다. 황무지의 사랑 없는 부부관계도 겁탈 행위로 보인다. 합방하는 소리가, 테레우스가 나이팅게일을 겁탈할 때 난 "적적" 소리로 들린다. 불행한 결혼으로 우울과 절망에 빠진 시인의 눈으로 본 살벌한 부부관계다. 5부에서 열사의 불 세례로 밝아진 주인공의 귀에는 나이팅게일의 신음이 "적적"으로 들리지 않고 "뚝뚝" 떨어지는 물방울 소리를 내는 은둔자 지빠귀의 아름다운 노래로 변한다.

부인은 신경이 곤두서 "빗질한 머리칼들이 / 타오르는 불꽃처럼 뾰족하게 뻗어 오른다." 그러나 5부에서는 그 여인이 "머리카락을 팽팽히 잡아당겨 / 머리카락을 현으로 삼아 자장가를 켠다." 신음이 정화되어 신음(神音)의 자장가가 된다.

3부 '불의 설교'에서는 성 아우구스티누스가 카르타고에 왔을 때 본 것처럼. "정욕의 가마솥이 지글거리는" 허망한 도시의 풍경이 펼쳐진다. "고요하게 흐르는" 아름다운 가을의 템즈 강가에서 재벌 2세들이 여자 친구들과 정사 장면을 연출하며 발하는 "적적" 소리는 "뼈들이 덜거덕거리는 소리"로 들리며, 웃는 모습은 "입이

귀밑까지 찢어진" 소름끼치는 해골의 턱뼈 모습으로 보인다. 이런 광경을 보면서, 시인은 유대인들이 "바벨론 강가에 앉아 시온을 기억하며 울었"던 것처럼, "르망 호숫가에 앉아 울었다." 르망 호는 시인이 불행했던 결혼생활로 신경이 피로하여 휴양치료를 받았던 제네바 로잔 요양소에 앞에 있는 호수다.부동산 회사에서 일하는 여드름투성이 청년과 여자 타이피스트 사이의 정사 장면에 이르러 주인공의 혐오감이 절정에 이른다. 사랑 없는 성행위는 2부의 장기놀이처럼 지배욕의 표현이다. "그는 애무로 접근전을 시도한다." "수색하는 양수는 방어를 만나지 않는다. / 그의 자만심은 반응이 필요하지 않아 / 무관심을 환영한다." 애인은 "마지막 선심 키스를 하사한 후" 밖으로 나간다. 원본에는 "오줌을 싸고 침을 뱉는다"는 말이 있었지만, 너무 지나치다는 파운드의 평을 듣고 지워버렸다. 이 시를 읽은 평자들 중에서도 파운드의 말에 동조하는 사람들이 많다. 그러나 그 평자들이 간과한 것은 이 베드신 묘사가 시인 자신의 순화되지 못한 감정의 투사라는 점이다. 5부에서 사막의 불로 정화된 주인공의 눈에는, 정욕의 죄를 지은 다니엘이 연옥의 불에 뛰어드는 모습이 단테가 묘사한 것처럼 물고기가 물에 뛰어 드는 모습으로 보인다.

불타는 일체가 탐(貪), 진(瞋) — 증오 — , 치(痴) — 어리석음 — 의 불에 타고 있다고 설법한다. 기독교 성자 성 아우구스티누스도 "깨끗하지 못한 정욕의 가마솥이 사방에서 지글거리는 카르타고로 왔다"고 고백한다.

> 그리고 나서 나는 카르타고로 왔다
> 불타고, 불타고, 불타고, 불타면서
> 오 주여 당신은 나를 끄집어내시나이다
> 오 주여, 당신은 끄집어내시나이다
> 불태우면서.

주님은 그의 욕망의 불을 정화의 불로 정화하여 구원하신다. 그러나 아직 『황무지』 1·2부와 마찬가지로 3부에서도 추억의 정화 작용이 약하여 청춘남녀의 사랑놀이가 역겹게 보인다.

5부 '천둥이 한 말(What the Thunder Said)'. 하버드대학원 시절의 스승, 버트런트 러셀 선생에게 보낸 시인의 편지에 따르면, 5부는 "이 시 중에서 가장 좋은 부분이며, 다른 부분들을 정당화할 수 있는 부분"이다. 주인공은 잡아먹을 듯 "침도 뱉을 수 없는 썩은 이빨들의 죽은 산 아가리"를 벌린 물 없는 바위산과, 작렬하는 열사의 사막을 정화하는 성령의 불로 본다. 이것은 후에 시인이 2차 대전 중 "백열 공포의 불길로 / 공기를 깨뜨리며 떨어지는" 히틀러의 '비둘기' 폭격기를, 죄를 정화하는 오순절 성령의 강림으로 보는 것과 같다. 5부는, 욕망의 눈이 사막의 불세례로 정화되어 밝아진 눈으로 본 황무지 풍경이다. 천둥소리는 자기 뜻을 버리고 하나님의 뜻에 따라 십자가에서 피 흘려 죽은 그리스도의 피가 담겼던 성배를 찾아 위험성당에 도착한 순례자의 질문에 대한 대답이다. 'DA'는 인도유럽어의 조상인 산스크리트어에서 '준다'는 뜻이다. 주는 것은 죽는 것이다. 내 감각과 감정과 생각과 뜻을 깊은 바다

물에 빠뜨려 죽이는 것이다. 죽이는 것은 정화하는 것이다. 주는 것은 자기를 '제물로 드리는 것' 이다. 제사(sacrifice)는 내 뜻에 오염된 나를 거룩하게(sacred) 정화하는 성령의 성화(聖化), 즉 'sanctification' 다. 따라서 천둥소리는 정화하는 비둘기 성령의 신음(神音)이기도 한다. 그리스도는 겟세마네 동산에서 "내 뜻대로 마옵시고, 하나님 뜻대로 하옵소서"라고 기도한다. 골고다에서 십자가에 못 박힌 것은 겟세마네 동산의 결심을 실천에 옮긴 제사행위이다.

힌두교 경전 『우파니샤드』에 나오는 최고신의 세 제자들이며 자손들은 이 질문의 의미를 각각 '다따(Datta)' — 주어라 —, '다야드밤(Dayadhvam)' — 공감하라 —, '담야따(Damyata)' — 자제하라 — 로 해석한다. 주고 죽는 세 가지 방식이다. 천둥에는 불과 물이 들어있으므로 성령의 물세례와 불세례이기도 하다. '주어라'는 천둥소리를 해석하도록 도와준 성령의 가르침이다. 가르침은 제자가 배워야 할 모범을 가리켜 보여주는 것이다. 따라서 천둥소리는 인간의 기억을 되살리는 성령의 음성, 즉 신음(神音)이기도 하다.

"죄의 실재에 대한 깨달음이 새로운 삶의 시작이다." 시빌의 "죽고 싶다"는 신음도 마찬가지다. 이 깨달음과 함께 주인공 어부 왕은 "메마른 평원을 뒤에 두고" 황무지를 떠나 생명의 강가에서 "낚시질한다." 옛 사람이 건설한 런던 교와 탑이 무너진다. 그와 더불어 내 뜻도 무너진다. 지옥의 황무지는 다니엘이 신음(呻吟)·신음(神音)하면서 정욕의 몸을 숨기는 연옥이 된다 — "그러고 나서 그는 그를 정화하는 불 속에 몸을 숨겼다." 아직 부활의 봄, 천국은 오지 않았다 – "내가 언제 제비같이 될 것인가". 그러나 연옥에서 신음하는 자에게는 소망에 가득 찬 천국의 신음(神音)이 있다. 무너진 탑을 자기의 온 몸으로 떠받치려고 "무너진 탑에 있는 아뀌뗀느 황태자"는 영국인도 이해할 수 없는 외국어 — 이태리어, 라틴어, 불어, 산스크리트어 — 고전 단편들의 신음(神音)으로 폐허를 떠받치고 있는 주인공이다. 그는 천둥이 한 말을 실천하고 있다. 그리하여 "한 줌의 흙 속에 담긴 공포"가 "인간이 이해할 수 없는" 평화(Shantih)의 만트라로 끝난다. 내 뜻을 버리고 신의 뜻을 따를 때 공포의 호랑이가 평화의 비둘기로 변한다. "하나님의 뜻 속에 우리의 평화가 있다." 시인은 단테의 천국에서 피까르도 수녀가 한 이 말을 좋아했다. 이 말은 또한 인간 존재의 밑바닥에 있는 이름을 붙일 수 없는 깊은 느낌들이다. 시는 이 느낌을 표현한다.

황무지인의 마지막 희망

엘리엇은 "과거의 한과 미래의 공포"에 시달려 현재의 삶을 살지 못하는 인간처럼 잃어버린 시간을 되찾아 헤매었다. 처음 만난 오마르 캬얌의 술로도, 베르그송의 순수 기억으로도 잃어버린 시간을 되찾을 수 없었다. 그러나 마지막으로 찾아간 브래들리 선생에게서 이 현상 세계의 거짓되고 추악한 현상이 절대자 안에서 진선미로 변한다는 구원의 메지지를 듣는다. 그러면 이 슬픔 많은 세상이 천국으로 화할 것이다. 현상이 실재가 되며, 세간이 열반이 될 것이다. 현실과 이상이 일치할 것이다. 그러나 '어떻게' 변하는지 가르쳐주지 않아 믿음과 예술로 귀의하여 그 해답을 발견한다.

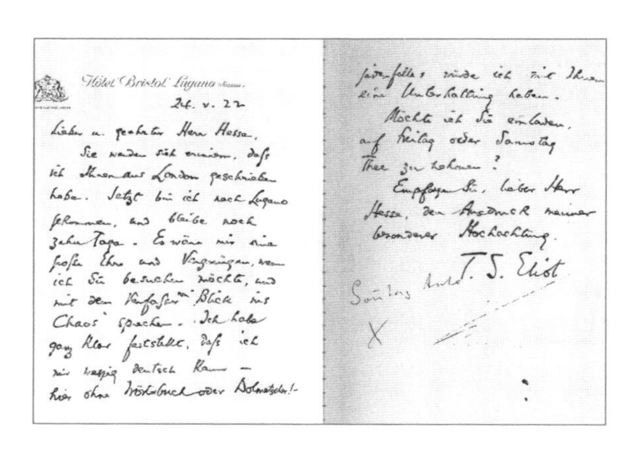

Hôtel Bristol Lugano

24. v. 22

Lieber u. geehrter Herr Hesse,
Sie werden sich erinnern, daß
ich Ihnen aus London geschrieben
habe. Jetzt bin ich nach Lugano
gekommen, und bleibe noch
zehn Tage. Es wäre mir eine
große Ehre und Vergnügen, wenn
ich Sie besuchen möchte, und
mit dem Verfasser der "Blick ins
Chaos" sprechen. Ich habe
ganz klar festgestellt, daß ich
nur wenig deutsch kann —
hier ohne Wörterbuch oder Dolmetscher! —
jedenfalls würde ich mit Ihnen
eine Unterhaltung haben.
Möchte ich Sie einladen,
auf Freitag oder Samstag
Thee zu nehmen?
Empfangen Sie, lieber Herr
Hesse, den Ausdruck meiner
besonderer Hochachtung.

T. S. Eliot

헤세에게 보낸 엘리엇의 친필 서신.

그것은 자아의 욕망을 정화해야 옛 사람이 새 사람으로 태어나며, 개인적인 감정들이 예술 감정으로 변화한다는 진리였다. 내 마음이 변해야 세상이 천국이 된다는 것은 코페르니쿠스적인 사고의 전환이었다. 이제까지는 세상이 변해야 된다고 생각해 왔기 때문이다. 죄를 애통해하는 가난하고 겸허한 태도로 마음을 비워야 마음이 청결해져 사랑과 기쁨과 평화가 넘치는 천국을 소유하고 또 볼 수 있다. "천국은 네 마음속에 있다"는 그리스도의 말씀이나, "일체유심조(一切唯心造)"라는 『화엄경』의 가르침을 깨달은 것이다. 이러한 변화를 촉진하는 매체가 바로 추억이었다. 추억은 한과 공포에 시달려 생기 잃은 내 생명의 뿌리를 깨우는 봄비다. 추억은 내 병든 눈을 영원한 현재의 소용돌이 속에 던져 넣어 깨끗이 씻어 해맑은 진주 눈을 만든다. 이 무지갯빛 진주 눈으로 보면 이 한과 공포로 물든 세상이 다채로운 천국의 사랑의 성광으로 빛난다. 그는 어린 시절의 즐거운 추억과 첫 사랑의 아름다운 추억에서 잃어버린 시간을 찾는다. 그러나 이 추억이 잠시 천국의 기쁨을 맛보게 했지만, 현실 뒤에 숨은 천국의 '의미'를 투시할 능력이 부족했다. 이러한 추억은 잠시 눈을 씻어주는 세월의 강물이기는 했으나 그 정화력이 떨어져 다시 이 세상사가 소름끼치는 지옥의 광경으로 보인다.

그러나 4부에서 깊은 바다 밑에서 성령이 떠올리는 기억의 소용돌이 속에서 눈을 씻고, 5부에서 작렬하는 열사의 불 세례를 받은 후에는 이 지옥 같은 황무지가 정화하는 연옥으로 변한다. 『네 개의 4중주』에서처럼 아직 황무지가 장미꽃같이 피는 것을 보지는 못했지만, 장미꽃을 피우려고 물로 불로 오염된 땅을 정화해가고 있는 자신을 발견하게 된다. 황무지가 장미꽃같이 피기까지는 이 정화의 불에 뛰어 들어 계속 내 눈을 씻어야 한다. "난 적어도 내 땅에서만이라도 질서를 부여할 수 있을까?" 라는 이 시의 마지막 물음은 수사학적 질문이다. 왜냐하면 천둥소리로 나는 나 자신과 성배의 의미를 알았기 때문에, 적어도 나만이라도 영원한 현재의 소용돌이 속에서 정화하여 욕망으로 혼란한 내 마음에 질서를 부여하여, 앓던 내 심안(心眼)이 나을 수 있다는 믿음이 생긴 것이다. 내 마음이 질서를 되찾으면 고통의 불 속에 천국의 장미가 필 것이다. 이것이 황무지인의 마지막 희망이다.

더 생각해볼 문제들

1. 『황무지』는 모더니즘의 금자탑이라 한다. 한국에서는 모더니즘을 '주지주의(主知主義)'라 하는데 모더니즘의 특징은 무엇인가?

   모더니즘은 "이질적인 관념들을 하나로 통일"시키고, 사상과 감정을 통일시켜 "통합된 감수성"을 기상(奇想)으로 형상화한 17세기 영국 형이상학파 시와 19세기 프랑스의 상징주의 시를 결합시킨 것이다. 『황무지』의 모델인 『지옥』을 쓴 단테는 이러한 감수성의 통합을 이룬 '예지적 시인(intellectual poet)'이다. 테니슨이나 브라우닝처럼 감정에서 유리된 '주지주의' 시인을 그는 '숙고적 시인(reflective poet)'이라 불렀다. 한국에서 모더니즘을 '주지주의'라고 번역한 것은 잘못된 이해에서 비롯된 것으로 보인다. 엘리엇은, 지성은 속(屬)이고 직관은 그 밑에 있는 종(種)이라고 말했으며 직관이 결여된 지성만으로는 진리에 접근할 수 없다고 생각했다. 그러나 직관은 다시 과학이나 문학의 창조과정처럼 먼저 직관으로 돈오(a sudden illumination)에 이른 다음 지성이 역할을 하는 경험의 전체에서 시험받아야 한다.

2. 『황무지』에서, 구약에서 진멸의 대상이자 우상들인 근동의 풍요 신(fertility gods)들의 죽음과 재생을, 구약의 율법을 완성한 신약의 구세주인 그리스도의 죽음과 부활에다 평행시킨 이유는 무엇인가?

   상호 대조되는 이질적인 감정들은 정화하여 통일된 추억의 느낌 속에서, 너무 강하거나 격렬한 부분을 견제하고 변화시키면서 균형과 조화와 통일을 이룬다. 균형을 통하여 조화를 이룬 것이 곧 통일이다. 이러한 견제·변화를 통한 균형을 그가 창시한 뉴크리티시즘에서는 '아이러니의 견제·변화(ironic qualification)'라 한다. 아이러니는 다른 정도에 따라 비슷하거나 대조되거나 반대된다. 저울판에 올려놓은 물건이 무거워 저울대가 한 쪽으로 기울어질 때 저울판 반대편에 저울추를 더 올려놓아 보정(補正)해 주어야 수평을 이룬다. 영혼의 생명의 대 신비인 그리스도의 죽음과 부활은 성을 통한 육체 생명 보존에만 기울어진 소 신비인 풍요신들의 죽음과 재생을 견제하고 변화시켜 전체적인 균형과 조화를 이루어주는 아이러니의 견제다. 또한 마술을 통해 인간의 뜻을 이루려는 풍요의식을 인간의 뜻을 버리고 신의 뜻을 따르려는 종교로 견제하여 균형을 이루는 것도 아이러니의 견제다.

3. 엘리엇은 "이 결혼이 비비엔에게 행복을 가져다주지 못했고, 나에게는 『황무지』를 태어나게 한 정신 상태를 가져다주었다"고 술회했는데 그 정신 상태는 어떤 것이었는가?

   그는 스위스 르망 호변에 자리잡은 요양소에서 휴양하면서 『황무지』 5부를 쓰는 가운데 친 형님에게 보낸 편지에서 다음과 같이 자기의 문제를 술회했다. "내가 배우려고 하는 가장 큰 것은 어떻게 내 힘을 낭비 없이 사용할 수 있을까, 걱정해도 소용이 없을 때 어떻게 마음을 고요히 할 수 있을까, 애쓰지 않고 어떻게 정신 집중할 수 있을까 하는 것입니다."

추천할 만한 텍스트

『T. S. 엘리엇 전집』, 이창배 편, 동국대출판부, 2001. (시와 시극 완역본)

이명섭

성균관대학교 영어영문학과 명예교수.

서울대학교 영어영문학과를 졸업하고 동 대학원에서 석사 학위를 받은 뒤 영국 에든버러 대학교에서 응용언어학 디플로마를 받았다. 성심여자대학 교수를 역임했으며 한국동서비교문학학회 회장을 맡은 바 있다.

저서로 『세계문학비평용어사전』, 『엘리엇과 동양사상 1』, 『서양문학에 비친 동양의 사상』, 『현대 문학비평이론의 전망』(공저)이 있으며 역서로 『빅토리아조 영시』(편역주)가 있고 「Auden과 Eliot의 흐르면서 흐르지 않는 시간: 동양사상과 특수상대성 원리의 시각」, 「뉴크리티시즘: 반실증주위적인 창조적 로고스」, 「T.S.Eliot의 非個性 詩論과 The Still Point」 외 다수의 논문이 있다.

강물 속에서 감자를 건지려는 사람들이 어망을 들고 나온다.
망을 보는 사람이 그들을 제지한다. 배고픈 사람들은 덜거덕거리는
차를 타고 와서 버린 오렌지를 주우려 하지만 석유가
뿌려져 있는 것이다. 그들은 묵묵히 서서 물에 떠내려가는
감자를 지켜보고 도랑가에서 잡고 있는 돼지 멱따는 소리에
귀를 기울여 보지만, 그것은 곧 땅속에 파묻혀서 질컥질컥 흐르는 것을
빤히 쳐다보고 있다. 사람들의 눈에는 좌절의 빛이 떠오르고
굶주린 사람들의 눈에는 분노가 자라고 있었다. 사람들의 눈에는
분노의 포도가, 포도송이처럼 주렁주렁 매달린 분노가 충만하고
그 포도 수확기를 위하여 알알이 더욱 무겁게 영글어 가는 것이다.

존 스타인벡 (1902~1968)

미국 캘리포니아주 몬트레이 지방 샐리나스에서 군청 재무관인 독일계 아버지와 초등학교 교사인 아일랜드계 어머니 사이에서 태어났다. 스탠포드 대학을 중퇴한 후 1925년 뉴욕으로 가서 일간지 통신원이 되었으나 2년 만에 다시 캘리포니아로 돌아와 별장지기를 하면서 소설 습작에 매진했다.
처녀작 『황금의 잔』(1929)을 발표했을 때는 별로 주목을 받지 못했지만, 1934년 단편 「살인」으로 오헨리상을 수상하면서 무명시대를 청산했다. 이어 『의심스러운 싸움』(1936) 『생쥐와 인간』(1937) 등으로 작가로서의 이름을 얻은 그는 1939년에 발표한 『분노의 포도』로 이듬해 권위 있는 퓰리처상과 아메리카 볼 샐러즈상을 받으면서 평판 작가로서의 지위를 확립했다. 1952년에는 또 하나의 대작 『에덴의 동쪽』을 발표하여 주목을 받았고, 1962년에는 장편 『불만의 겨울』로 노벨문학상을 수상했다.

04

대공황기의 서사시
스타인벡의 『분노의 포도』

우찬제 | 서강대학교 국어국문학과 교수

'아메리칸 드림' 과 대공황기의 악몽

천혜의 자연 조건 속에서 '아메리칸 드림' 으로 출렁댔던 나라, 그 미국의 꿈은 늘 황홀하기만 했던가. 당연히 아니다. 이미 20세기 초 업턴 싱클레어가 『정글』(1906)에서 묘파하고 있는 것처럼 미국의 경제는 애초부터 약육강식이란 정글의 법칙 위에서 이루어졌다. 정글에서는 큰 힘이 작은 힘을 먹고 더 큰 힘으로 자란다. 그 과정에서 온갖 물욕과 색욕이 독버섯처럼 자란다. 유진 오닐이 『느릅나무 그늘의 욕망』(1924)에서 보여주고자 했던 것이 그 결과로서의 정신의 황폐화 현상이다. 그렇게 되면 '아메리칸 드림' 은 '아메리카의 비극' 으로 추락하기 쉽다. 추락하는 것에는 날개가 없다고 했던가. 그 때문에 드라이저는 1925년에 『아메리카의 비극』을 썼다.

여기서 젊은 영혼들은 허황된 꿈에 사로잡힌 나머지, 타락한 돈과 욕망의 늪에 감염되고 만다. 진정한 사랑은 돈에 의해 잿빛 바다에 내동댕이쳐진다. 그러므로 '아메리칸 드림'은 영원히 고조될 수만은 없다. 실제로 그랬다. 영원히 고조될 듯 보였던 '아메리칸 드림'이 혹독한 '악몽'으로 곤두박질치던 때가 있었다. 바로 1929년 10월 뉴욕 월가의 증권시장이 붕괴되면서 시작된 이른바 경제대공황(經濟大恐慌) 시절 말이다.

미국의 자신감과 가능성에 찬물을 끼얹은 이 대사건으로 말미암아 절망감과 당혹감, 분노가 미국의 거리를 유령처럼 배회하기 시작했다. 무엇보다 분노는 굶주림으로부터 찾아왔다. 공황 초기인 1930년에 4백만 명 정도이던 실업자가 1934년에는 세 배로 늘어났다. 빈곤이 전국을 휩쓸어 전 국민의 3분의 1이 도탄에 빠졌다. 판자촌이 줄을 이었고, 쓰레기통을 뒤지는 기아 인구가 샌프란시스코에서 필라델피아에 이르기까지 그칠 줄을 몰랐다. 시카고의 거대한 도살장 같은 살풍경이었다. 농촌의 피폐화로 많은 농민들이 땅으로부터 뿌리 뽑혀 도시로 생존을 위한 대이동을 하지 않을 수 없었다. 이렇듯 20년대의 벼락경기 시대를 마감하고 파산경기 시대를 맞이했음에도 불구하고, 돈의 행방은 요지경 속이어서 가진 자들의 창고 속에 썩어가고 있을 뿐이었다. 이 시절을 일러 『세일즈맨의 죽음』을 쓴 극작가 아서 밀러는 "모든 것이 다 고갈돼 버린 느낌이었다"고 쓴 적이 있다.

흔히 대공황기의 문학은 경제·사회·심리적으로 절망적인 투쟁을 겪는 와중에 놓인 국가의 시련을 나타내는 시대의 거울 역할을 한 것으로 논의된다. 이 시절에 줄리아 워드 하우의 시 「공화국 싸움의 찬가」를 패러디하여 "사람들의 눈에는 좌절의 빛이 떠오르고 굶주린 사람들의 눈에는 분노가 자라고 있었다. 사람들의 눈에는 분노의 포도가, 포도송이처럼 주렁주렁 매달린 분노가 충만하고 그 포도 수확기를 위하여 알알이 더욱 무겁게 영글어 가는 것이다"고 일갈했던 존 스타인벡(John Ernest Steinbeck)은 당대의 어느 작가 못지않게 당시 삶의 경제적 공포와 혼란 상태에 관심을 가졌던 작가다. 현실의 정신적 무정부상태에 저항하고 비판하면서 인도주의에 입각한 인간 공동체의 총체적 인식에로 이르려 했던 그였다. 구약의 출애굽기에 대비되는 그의 대표작 『분노의 포도(*The Grapes of Wrath*)』는 흔히 대공황기의 서사시로 불린다. 경제공황기 미국의 우울한 초상을 상징적으로 형상화한 소설이다.

한 대지주를 위해 10만이 굶주리는 황무지

오클라호마주 일대에 심한 가뭄이 닥쳐오고 황사가 대기를 뒤덮는다. 경작지가 황폐화된다. 땅에서 작물을 수확하기 어렵게 된 농민들은 은행 융자금을 상환하지 못해 땅을 빼앗기게 된다. 은행은 그들에게 이윤을 먹고사는 괴물로 비춰진다. 이에 농민들은 생활 터전을 잃고 지주와 은행의 빚 독촉에 시달리다가 결국 풍요롭다는 캘리포니아로 이주하기로 결심한다. 거기 가서 과일 따기 일을 하면 높은 임금을 준다는 광고문들은 그들을 유혹하기에 충분했다. '잿빛 황무지'를 떠난 가난한 오키들[1)]의 행렬은 '푸른 신천지'를 향해 고난의 여정을 계속한다. 그것은 새로운 가능성을 꿈꾸는 긴

여정이었다. "백만 에이커를 가진 한 사람의 대지주를 위하여 10만 명이 굶주리고 있는" 황무지 같은 현실에서 아직은 좌절하지 않으려는 몸부림이었다. 노동자를 대량으로 모집한다는 황색 광고문은 그들에게 말 그대로 희망의 지표였다. 열심히 일하면 작은 흰집을 짓고 밭을 갈아 포도를 맛있게 실컷 먹을 수 있으리라는 희망 말이다.

그러나 캘리포니아도 그들에겐 푸른 신천지가 아니었다. 가난한 이주민들에게 제공할 복락의 땅은 한 뼘도 없었다. 그들은 일자리를 구하기도 어려웠고, 그러기에 당연히 생존 그 자체가 위태로운 형국이었다.

> 캘리포니아 주의 곳곳에는 길목마다 사람들로 들끓었다. 끌고 밀고 들고 일하고 싶어서 미쳐 있는 사람들이 개미떼처럼 몰려오고 있었다. 한 사람의 손이 들어야 하는 짐 하나마다에 다섯 사람이 손이 뻗어 왔고, 한 사람의 배에 찰 만한 음식에 다섯 사람의 손이 뻗어 왔고, 한 사람의 배에 찰 만한 음식에 다섯 사람의 입이 벌려졌다.

이와 같은 상황에서 굶주린 나머지 영양실조로 많은 이들이 죽어갔다. 그럼에도 대지주들은 가격 폭락을 우려하여 오렌지 더미에 석유를 뿌려 썩게 하고, 돼지를 죽여 생석회를 뿌려 못 먹게 만든다. 그 어떤 대지주도 가난한 오키들에게 오렌지와 포도와 돼지고기를 적선하지 않았다.[2] 지옥을 방불케 하는 공간이었다. 그러니 그들이 품었던 희망도 한낱 사막의 신기루에 지나지 않는 것일 수밖에. 희망이 자리했던 그들 영혼의 공간에는 대신 분노의 포도만

이 가득히 영글어 갔다.

진정한 출애굽의 가능성은 어디에?

이 고난의 여정은 기아와 살육, 분노와 폭력, 파업과 투쟁, 좌절과

---

1) 오클라호마주 출신의 가난한 이주민들을 경멸하는 별칭이다. 1934년에 오클라호마의 땅을 빼앗기고 캘리포니아로 이주해 온 빈민들은 25만 내지 30만 명이나 된다고 이 소설은 보고 한다.
"땅을 잃은 실향 이주민들은 캘리포니아로 밀려들었다. 25만 내지 30만 명이나 된다고 했다. 그들의 발길 뒤로도 새로운 트랙터가 밀려오고 있었고 소작인들은 계속 쫓겨나고 있었다. 길바닥 위에 새로운 물결이 일었다. 땅과 집을 잃고 시달려 불안하고 위험스러운 사람들의 물결이었다."
이들에 대해 캘리포니아의 부유한 주민들은 다음과 같이 경멸적인 시선과 태도를 보였다.
"배고픈 것을 모르던 사람들이 처음으로 배고픈 사람들의 눈동자를 보았다. 부족한 것을 모르던 사람들이 이주민들의 눈동자 속에서 궁핍의 불꽃을 목격했다. … 자기들은 선량하고 침략자들은 나쁘다고 스스로 믿게 되었다. 그들은 말했다. 이 고약한 오키들은 더럽고 무식하다. 그놈들은 도덕적으로 타락한 성적인 미치광이들이다. 이 고약한 오키들은 도둑놈들이다. 무엇이든지 훔쳐 간다. 재산권에 대한 하등의 의식조차 없는 개새끼들이다."

2) 『분노의 포도』에서 대지주들은 역사의 교훈을 알면서도 외면하는 사람들로 진단된다.
"커다란 사회 변혁이 일어나면 자기들의 토지를 빼앗겨야 하는 대지주들, 그들도 역사에 접근하는 수단을 가지고 있으며 역사를 읽는 눈이 있으며 '재산이 너무 소수의 손아귀에 편중되면 결국 빼앗기고 만다' 고 하는 위대한 사실을 알고 있었다. 또한 이와 함께 '대다수의 사람들이 춥고 배고프면 그들은 자기들이 필요로 하는 것을 힘으로 빼앗는다' 고 하는 부수적인 사실도 알고 있다. 또한 '억압은 피압박자들을 강화하고 단합시킬 뿐이다' 는, 모든 역사를 통해서 자연히 증명되어 온 작은 사실도 알고 있었다. 그러나 대지주들은 이와 같은 역사의 세 가지 가르침을 외면했다. 땅은 점점 더 소수의 손에 떨어졌고 땅을 잃은 사람들은 늘어 갔으며 대지주들은 모든 노력을 억압에만 기울였다. 그들은 큰 재산을 보호하기 위한 최루가스를 사기 위하여 돈을 썼고, 폭동을 사전에 진압하기 위하여 정탐꾼들을 풀어 난민들의 쑥덕공론을 살폈다."

죽음으로 얼룩져 있다. 굶주림은 극에 달해 그들로 하여금 죽을 수 밖에 없다고 절규하게 한다. 누구나 지적하는 것처럼 『분노의 포도』는 구약성서 『출애굽기』의 구조로 짜여 있다. 애굽(이집트)에서 박해받던 가난한 사람들은 출애굽의 여행을 거쳐 복지 가나안에 이르지만 거기서도 원주민들에게 시달림을 받아야 했다. 마찬가지로 『분노의 포도』에서 심한 가뭄으로 인해 황무지와도 같은 척박한 오클라호마 땅을 떠난 사람들은 66번 국도를 따라 희망의 땅이라고 기대했던 캘리포니아로 이주하지만, 거기서 가혹할 정도로 철저하게 박해받는다. 그렇다면 진정한 엑소더스에의 가능성은 현실에 존재하지 않는다는 말인가? 이 물음은 결코 간단치 않다. 아마 철저하게 사회주의 리얼리즘을 관철하고자 했다면, 포도송이처럼 뭉친 프롤레타리아 계급의 분노와 계급의식이 연대하여 해방 혁명을 추구하는 이야기로 전개되었을지도 모른다. 그러나 스타인벡은 그렇

---

3) 랠프 왈도우 에머슨(1803~1882)은 19세기 초월주의 사상가이자 시인이다. 그는 개인의 영혼을 초월하는 집단적인 '대영혼'이 존재한다고 생각했다. 개인이 저마다 완전한 영혼을 지닌 채 독립적으로 존재하는 것이 아니라 대영혼과 더불어 대영혼에 의해 존재한다는 것이다. 이와 같은 대영혼 사상이나 우주 보편의 정신 등은 이미 그의 처녀작인 『자연론』에 잘 나타나 있다. 이 책이 나왔을 때 영국의 칼라일은 이를 매우 극찬했다. "『자연론』은 나에게 참으로 만족을 준다. 이것이야말로 참된 묵시록이다. 여기에는 대자연의 '공개되지 않은 비밀'이 인간에게 계시되어 있다. 나는 네것이기도 하고 내것이기도 한 이 놀랄 만한 주거(자연)를 바라볼 때의 너의 영혼의 기쁜 마음을 크게 기뻐한다."

4) 김욱동은 짐 케이시가 여러모로 예수 그리스도와 닮은 인물이라고 지적했다. 이름도 J. C. 이거니와 예수가 유대교로부터 벗어났듯이 짐도 기성 종교로부터 벗어났고, 예수가 인류를 위해 십자가에서 희생되었듯이 짐 역시 희생양 역할을 자처한다.

게 하지 않았다. 이 때문에 이 작품에 대한 좌파 쪽은 실망은 매우 컸을 것이다.

그 대신 스타인벡은 영혼의 성장을 위한 교육을 내세우고자 했다. 겉으로 보기에는 가장 사회적인 성격의 소설 혹은 자연주의적 소설에 가까우면서도 심층적으로 『분도의 포도』는 형이상학적인 소설을 추구한 것으로 보인다. 가령 짐 케이시 및 조드의 사유와 행동을 주목해 보자. 이 소설에서 설교사 짐 케이시는 작가의 지향 이념을 대리하는 인물처럼 보인다. 가령 그에게 교육받은 조드는 케이시의 사상을 이렇게 전한다.

> 한번은 그이가 광야에 자기의 영혼을 찾으러 뛰쳐나갔다가 결국은 자기 자신의 영혼 같은 것은 없다는 것을 깨달았다고 하더군요. 단지 자기는 커다란 영혼의 극히 작은 일부만을 가지고 있다는 거예요. 그래서 그 일부도 다른 나머지의 모든 영혼과 함께 더불어 있지 않으면 소용이 없으니까 광야 같은 곳은 아무런 도움도 안 된다는 거예요.

스타인벡이 즐겨 읽었던 에머슨(Ralph Waldo Emerson)[3)]의 대영혼 사상을 떠올리게 한다. 『풀잎』(1885)의 시인 휘트먼이 강조했던 사해동포주의와 대중 민주주의와도 통하는 대목이기도 하다. 나누어진 영혼들이 더불어 대영혼을 완성해야 한다고 생각하는 케이시에게 교육받고 감화된 톰은 그의 뜻을 실천하고자 한다.[4)]

> 배고픈 사람들이 먹기 위해서 싸우는 그런 곳에는 어디든지 가 있겠

> 어요. 경찰 녀석들이 선량한 사람들을 두들기는 그런 곳이라면 말예요. 케이시가 안다면 어떻게 생각할지 모르지만, 사람들이 분노에 못 이겨 미쳐 날뛰며 고함을 치는 그런 데에 나는 가있겠어요. 굶주린 어린 아이들이 저녁밥을 얻고서 웃고 있는 그런 데에 가겠어요. 우리 같은 사람들이 자기들 손으로 가꾼 음식을 먹고 자기들 손으로 지은 집에서 살고 있는 그런 곳으로 가겠어요.

구체적으로 설명할 필요도 없이 케이시의 뜻에 따라 민중적 실천 운동을 하면서 공동으로 해방의 지평을 모색하고자 하는 의지의 천명이다.

그런가 하면 여성들의 세계에서는 의지 이전의 대지적 모성 혹은 대영혼의 모성에 따라 감싸 안으면서 타자애를 구체적으로 실천하는 모습을 보인다. 『분노의 포도』 전편에 걸쳐 조드 가를 지탱하는 근본 동력은 어머니의 영원한 모성상인지도 모른다. 조드 어머니의 대지적 모성이 가장 극적으로 환기되는 장면은 이 소설의 대단원이다. 이 소설의 대단원은 매우 대조적인 두 장면을 극적으로 구성해 놓고 있어 인상적이다. 기아 속에 허덕이던 샤론(들장미)이 사산(死産)하는 장면과, 그녀가 굶주린 노동자에게 자기의 젖을 물리는 모습이 그것이다.

> 사내아이가 제 있던 구석으로 가더니 때가 더럽게 묻은 덧이불을 하나 들고 와서 어머니에게 내밀었다.
>
> "고맙다, 응." 어머니가 말했다. "저쪽 사람은 왜 그러니?"

소년은 단조로운 목쉰 소리로 말했다. "처음에는 아팠는데 지금은 배가 고파서 그래요."

"뭐라고?"

"굶고 있어요. 목화밭에서 병이 들었는데 지금 엿새째나 아무 것도 못 먹고 있어요."

어머니가 그쪽으로 걸어가더니 누워 있는 남자를 내려다보았다. 그 남자는 한 오십 가량 되어 보였다. 털이 부숭부숭한 얼굴이 야위었고 멀겋게 떠 있는 눈이 아무 데나 멍청히 응시하고 있었다. … 어머니의 눈이 로자샤안의 눈을 스치고 지나갔다가 다시 그쪽으로 되돌아갔다. 두 모녀는 서로를 뚫어지게 쳐다보고 있었다. 로자샤안의 숨이 가빠지고 헐떡거렸다.

그녀가 말했다. "그러겠어요."

어머니가 미소를 머금었다. "난 네가 그럴 줄 알았다. 알고 있었어!"

그녀는 무릎 위에 꼭 쥐어져 있는 자기의 두 손을 내려다보았다.

로자샤안이 소곤거렸다. "다들 좀 나가 주실래요?" 비가 가볍게 지붕 위를 두드렸다. … 그러더니 그녀는 지친 몸을 벌떡 일으켜 세우고 덧이불을 몸뚱이에 휘감았다. 그녀는 천천히 구석 쪽으로 걸어가서 쓰러져 있는 얼굴과 그의 멍청하게 뜬 놀란 눈을 내려다보았다. 그녀는 천천히 그의 옆에 누웠다. 그 남자는 천천히 고개를 옆으로 흔들었다. 로자샤안은 덧이불의 한쪽을 풀고 자기의 한쪽 젖가슴을 드러냈다. "이걸 빠세요. 그래야 해요." 그녀가 말했다. 그녀는 더 바싹 몸을 들이대고 그 남자의 머리를 끌어 당겼다.

"자, 됐어요. 어서요!" 그녀의 손이 그의 머리 아래로 들어가서 그를 받쳐 주었다. 그녀의 손가락은 부드럽게 그의 머리카락 속을 어루만

졌다. 그녀는 헛간 위쪽과 건너 쪽을 쳐다보았다. 딱 다물어진 그녀의 입술은 신비스러운 미소를 머금고 있었다.

계속된 허기와 고난으로 인해 태아를 사산하고만 여인이, 가장 고통스러울 그 여인이, 위로받아 마땅할 여인이, 위로받기보다는 남을 위로할 뿐만 아니라 남의 생명을 구하기 위한 구체적인 실천을 하는 것이다. 그것도 여성으로서는 결코 쉽지 않은 예외적인 실천을 하고 있다.[5] 바로 이 장면에서 우리는 주체화된 타자, 타자화된 주체의 현현을 보게 된다. 세계대전을 비롯한 여러 차례의 인류 공멸의 위기를 넘어설 수 있었던 심층 원인에는 바로 이 같은 타자애가 스며 있지 않았을까 짐작한다. 여기서 타자를 응시하는 눈빛이 범상치 않다는 사실을 우리는 금방 눈치챈다.[6] 죽임의 상황에서 살림에로 이르려는 엑소더스에의 강렬한 의지를 역설적으로 보여준 것이 아닐 수 없다. 차원 높은 인간 항의나 사회 항의의 풍경이다.

대공황기의 대서사시

스타인벡은 톰 조드 일가의 대공황기의 수난 여행과 그 생존의 드라마를 통해 대공황기의 경제적 곤란과 모순을 생생하게 증거함과 동시에 그 난세를 견디는 생명력과 형제애를 서사시적으로 그려냈다. 조드의 스승격인 짐 케이시가 설교하는 위대한 영혼의 사상, 그의 사도인 조드가 추구하고 실천하고자 하는 위대한 인간애의 실현, 톰의 어머니의 영원한 모성상 등은 독자들을 감동의 자장으로 이끈다. 경제도 물론 중요하지만 정작 문제는 인간이라는 사실을 스타인벡은 사려 깊은 어조로 되뇌고 있다.

---

5) 이 장면은 다소간 육감적으로 보일 수도 있고, 또 사회주의 리얼리즘 관점에서 보면 실망스러운 결말로 비칠 여지가 많다. 출판 당시 출판사 쪽에서도 이런 지적이 있었으나 작가는 바꾸지 않았다고 한다. 자신의 에세이에서 존 스타인벡은 이 장면을 사랑의 상징이라기보다는 생존의 상징이라고 말한 적이 있다. 그러기에 "조드네가 그를 모른다는 사실, 그를 사랑하는 것도 아니라는 사실, 그리고 친분관계도 아니라는 사실" 등이 중요하며, 여기서 "젖을 주는 행위는 빵 한 조각을 주는 것과 큰 차이 없는" 것임을 밝혔다.

6) 이밖에도 우리는 주체와 타자와의 의식적 무의식적 스밈과 짜임으로 문학 텍스트가 형성된 사례를 얼마든지 들 수 있을 것이다. '나는 너다' 라는 명제를 문학적으로 실천한 황지우나 '그는 나였다' 를 소설화한 이인성의 경우도 그렇거니와, 조세희의 뫼비우스의 띠나 클라인 씨의 병의 메타포도 바로 주체와 타자의 상생 지평과 연관된다. "창조의 능력이 없다는 것은 사랑이 없다는 얘길 거"라는 『토지』 속의 한 인물의 말을 받아서 표현하자면, 타자에 대한 사랑에 기반한 주체와 타자의 상생 지평에 대한 응시야말로 문학 상상력의 기본 요소라고 말할 수도 있겠다.

더 생각해볼 문제들

1. 『전체성과 무한』, 『외재성에 관한 연구』, 『시간과 타자』 등을 펴낸 철학자 레비나스는 나와 전적으로 다른 타자와의 관계를 통해 나의 주체성이 정립됨을 논증한다. 이때 나와 타자와의 관계는 타자에 대한 나의 윤리적 책임의 관계이다. 레비나스가 강조하는 바 타자에 대한 윤리적 책임성을 지닌 주체는 다른 모든 주체에 앞서는 근본적인 주체이다. 그의 철학에서 윤리학적 함의는 매우 중요하다. 레비나스의 타자 이론은 나의 주체성이 출현하기 위한 필수 조건으로 타자가 개입한다는 점을 함축한다. 주체 구성을 가능케 하는 타자와의 관계는 본질적으로 낯선 자에게로 가고자 하는 욕망, 곧 형이상학적 욕망에 의존하고 있다. 이와 같은 레비나스의 입장과, 『분노의 포도』에 나오는 짐 케이시와 톰 조드의 입장 사이에는 어떤 관련성이 있을지 생각해 보자.

2. "아아, 돈, 돈, 이 돈 때문에 얼마나 많은 슬픈 일들이 이 세상에 일어나고 있는 것일까"(톨스토이). "황금욕은 무정하며 잔인하다. 저속한 인간의 최후의 타락이다"(S. 존슨). "도시를 약탈하고 사람을 가정과 고향에서 몰아내는 것은 돈이다. 돈은 천부의 순진성을 뒤틀어 타락시키며, 부정직한 습성을 키워준다"(소포클레스).
   모두 돈의 문제적 국면들을 환기한 얘기들이다. 부정적이든 긍정적이든, 인류의 오랜 역사를 통해서 돈은 항상 인간사의 문제적 중심에 있었다. 돈 때문에 인간은 편안하고 행복할 수 있었지만, 반대로 돈 때문에 지극히 불행할 수도 있었다. 돈으로 자유와 해방을 얻을 수도 있었지만, 돈 때문에 그것을 잃을 수도 있었다. 대공황기를 배경으로 한 『분노의 포도』에는 돈 없는 빈민들의 의식과 행위들이 매우 상세하게 그려져 있다. 그들의 대표적인 행위들을 중심으로 공황기 인간 경제 행위의 특징들을 성찰해 보자. 또 이런 상황에서라면 "개같이 벌어서 정승같이 쓴다"는 우리 속담이나, "돈은 최선의 종이요, 최악의 주인이다"라는 프란시스 베이컨의 말은 어떤 의미를 지닐 수 있을지에 대해서도 궁리해 보기로 하자.

3. 1920년대 한국문학을 일러 우리는 흔히 빈궁 문학이라 부른다. 그 중에서 고통의 현상을 가장 극적으로 보여준 사례는 최서해 소설이 아닐까 한다. 「기아와 살육」(1925), 「홍염」(1927), 「박돌의 죽음」(1925) 등 일련의 최서해 소설들은 극단적인 기아 상황으로 인한 고통의 기록이다. 간도 이민자, 막노동자, 유랑민, 소작인 등 최서해의 주인공들은 한결같이 끼니조차 해결하지 못하는 하층민들이다. 그들의 궁핍상은 곧 죽음으로 직결될 정도다. 그와 같은 극단적 궁핍을 견디다 못해 살인과 방화, 폭행, 식인육적 카니발리즘 등의 충동적이고 발작적인 행위를 보인다. 기아의 현실에 대한 보복의 상상력의 극단이다. 아니 차라리 상상력의 극단이라기보다는 현실의 극단이라 보는 것이 옳을 정도로 극단적 현실을 재현한다. 단편과 장편이라는 차이가 있기는 하지만, 이런 최서해 소설과 스타인벡의 『분노와 포도』 사이의 공통점과 차이점은 무엇일까?

추천할 만한 텍스트

『분노의 포도』, J. E. 스타인벡 지음, 전형기 옮김, 범우사, 1985.

우찬제

서강대학교 국어국문학과 교수.

서강대학교 경제학과와 동 대학원 국문학과를 졸업했으며, 「현대 장편소설의 욕망시학적 연구」로 문학박사 학위를 받았다. 1987년 「감금과 상상력과 그 소설적 해부학」으로 중앙일보 신춘문예에 당선, 평론 활동을 시작한 뒤 『세계의 문학』, 『오늘의 소설』, 『비평의 시대』, 『포에티카』, 『HITEL 문학관』 편집위원으로 활동했다. 건양대학교 국문학과 교수를 역임했고 현재는 계간 『문학과 사회』 편집동인으로도 활동하고 있다. 소천이헌구비평문학상과 김환태평론문학상을 수상했다.

저서로 『욕망의 시학』, 『상처와 상징』, 『타자의 목소리 – 세기말 시간의식과 타자성의 문학』, 『일제 강점기의 현대소설1 – 소설의 길, 사람의 길』, 『일제 강점기의 현대소설 2 – 상처의 시대, 고통받는 개인과 사회』, 『고독한 공생 – 밀레니엄 시기 소설담론』, 『텍스트의 수사학』 등이 있다.

IV 사랑과 죄

한 여름 밤의 꿈! 나의 노래는

환상적이고 목적이 없다.

그렇다, 목적이 없다, 사랑처럼,

삶처럼, 창조주와 모든 피조물처럼!

—『아타트롤 - 한 여름 밤의 꿈』 중에서

하인리히 하이네 (1797~1856)

독일 라인 강변의 뒤셀도르프(Düsseldorf)에서 평범한 유태 상인의 아들로 태어났다. 고등학교를 마친 후 하이네는 양친의 뜻에 따라 상인이 되기 위한 길을 걷기로 했으나, 함부르크에서의 상인 수업은 완전히 실패로 끝났다. 왜냐하면 조심스럽게 자신의 문학적 재능을 발견하기 시작한 미래의 시인에게는 장사에 대한 재능도 관심도 없었기 때문이다. 대신 그는 숙부의 딸인 아말리아를 열렬히 사랑하게 되었으나, 이 첫사랑은 이루어지지 못했고, 이 실연의 고통을 그는 아름다운 시로 승화시켰다. 이 초기의 연애시들은 하이네가 시인으로서의 명성을 얻는데 크게 기여하였다.

청년기를 거친 하이네는 점차 현실의 정치적 모순을 비판하는 참여적 작품들을 쓰기 시작했고 이로 인한 정치적 박해를 피해 프랑스로 망명했으며, 죽을 때까지 그곳에서 망명작가의 삶을 살아야 했다. 파리에서 그는 점차 급진적인 혁명론과 사회주의 사상에 대한 회의를 가지게 되었고, 이 후로는 다시금 문학의 순수성을 강조하는 글들을 쓰기 시작했다. 하이네는 오랜 병고에 시달리다가 1856년 망명지 파리에서 숨을 거두었다.

01

예술과 참여, 그 이중성의 극복

하이네의 예술론과 작품 세계

김수용 | 연세대학교 독어독문학과 교수

서정적 연애시: 초기 시집 『노래의 책』

하인리히 하이네(Heinrich Heine)는 세기의 전환기, 즉 유럽에 산업화 물결이 일어나 자본주의적 시민 사회가 본격적으로 태동하기 시작한 때에 태어났다. 이 새로운 시대는 역사적 가능성과 함께 자본주의 사회로 진입하면서 갖가지 사회적 모순을 동시에 배태하고 있었으며, 그리하여 하이네의 세계관과 역사관의 형성에 결정적 영향을 끼쳤다.

또한 그는 독일 태생의 유태인이었기에 어린 시절부터 유태 문화와 기독교 문화 사이에서 자신의 정체성을 찾는 데 큰 혼란을 겪어야만 했다. 그 때문에 생존시뿐만 아니라 사후에까지도 오랫동안 독일의 민족주의자들부터 격렬한 비난을 받았을 뿐만 아니라, 나치

치하의 제3제국 시대에는 심지어 그의 모든 작품이 금지되고 불태워졌던 것이다.

유태인에게는 공적인 사회 진출의 기회가 사실상 박탈되어 있었으므로 하이네의 아버지는 아들이 상인의 길을 걷기를 원하여 1816년 6월, 상인 수업을 위해 그를 함부르크에서 은행가로 큰 성공을 한 동생 잘로몬 하이네에게 보냈다. 하이네는 번창했던 이 무역도시에 약 3년간 머물렀는데, 바로 이 기간 중에 그는 커다란 실연의 고통을 겪어야만 했으며 그것은 그의 생애에 두고두고 큰 영향을 미쳤다.

숙부의 딸인 사촌누이 아말리에를 격정적으로 사랑하게 된 하이네는 숙부와 숙모의 강한 거부감과 모멸적인 언사에 큰 충격을 받았다. 그러나 그를 가장 고통스럽게 만든 것은 그녀의 싸늘한 시선이었다. 백만장자의 딸로서 상류 사회의 과시적이고 허식에 찬 생활에 익숙한 아말리에에게는 신분을 초월한 순수한 애정이란 상상도 할 수 없는 것이었다. 더욱이 그녀에게 결혼이란 사회적인 신분 상승을 위한 기회일 뿐이었다. 그러한 속물근성의 백만장자 딸이 가난한 사촌오빠를 연인이나 결혼상대로 생각할 리는 만무했다. 하이네의 열정적 사랑의 고백에 대한 답은 그저 차가운 비웃음과 냉담한 거부였다. 실의에 찬 하이네는 1819년 6월 함부르크를 떠나 뒤셀도르프로 귀향하고 말았다.

하이네는 아말리에와 헤어진 후에도 거부당한 사랑의 고통에서 벗어나지 못했다. 그를 정녕 비참하게 만든 것은, 그 자신이 부와 사회적 신분만을 앞세우는 여인을 사랑할 수밖에 없다는 사실이었다. 외모는 아름다우나 내면은 공허하고, 미소는 천사 같으나 가슴은 냉정하기 그지없는 여인의 매력, 이러한 매력에서 벗어나지 못하는 자신에 대한 기막힌 감정은 격심한 자아 조롱으로 나타났다.

그의 초기 시집 『노래의 책』을 일관하는 신랄한 풍자와 아이러니는 이러한 감정의 표현일 것이다. 그러나 그녀의 매력에 빠져 고통을 겪고 파멸하는 것 자체가 하이네에게는 사랑의 운명이기도 했다. 그의 유명한 시 「로렐라이」역시 바로 이 사랑의 운명을 노래한 것이다. 높은 언덕 위에서 노래하는 아름다운 요정을 사랑하는 사공, 대답 없는 사랑의 '거친 고통'을 이기지 못하고 암초에 부딪혀 파멸해야만 하는 사공의 운명에서 하이네는 자신의 불행한 사랑을 본 것이다. 사랑은 예나 지금이나 불행한 것이고, 사랑한다는 것은 그래서 고통과 수난을 당하는 것과 마찬가지였다.

하이네는 이 고통의 체험을 시로 형상화했다. 때로는 아름답고 슬픈 언어로, 때로는 냉소적이고 아이러니칼한 언어로 시집 『노래의 책』에 실린 청년 하이네의 시는 사랑의 격정에서 피어난 '수난의 꽃'인 셈이다.

앙가쥬망과 예술의 사회적 소명

『노래의 책』에 실린 아름다운 서정적 연애시들은 시인 하이네의 이름을 유명하게 만드는 데 크게 기여하였다. 그러나 서정적 연애시가 그의 모든 것은 결코 아니다. 하이네는 시대의 정치적, 사회적 실상에 대해 날카로운 비판을 아끼지 않은 참여적 저술가이며 유럽과 세계의 미래에 대한 이념적 논쟁에도 적극적으로 참여한 사상가이기도 하다. 일면으로는 서정성과 아름다움에 대한 예술적 추구, 다른 일면으로는 비판적 현실 참여, 이 두 영역은 하이네의 작품 활동의 두 개의 축을 이루고 있는 것이다.

하이네가 그의 참여론적 저술에서 가장 중요한 테마로 다룬 것은 민중의 해방이었다. 그는 유럽의 여러 나라들을 여행하면서 아직도 남아있는 앙시앵 레짐의 무거운 짐을 지고 신음하는 민중의 고통, 서서히 부상하기 시작하는 새로운 사회질서로서의 시민사회 그리고 유럽의 도처에서 진행되고 있는 낡은 질서와 진보적 세력 간의 싸움을 목격하였다. 이러한 급변하는 정치적, 사회적 상황에서 하이네가 가장 중요한 시대의 문제로 선정한 것은 민중의 해방이었다. 그가 귀족과 교회, 즉 앙시앵 레짐의 권력자들을 민중을 속이는 거짓의 후견자로서, 낡은 시대의 유물로서, 그리고 무엇보다도 인류 역사 발전을 가로막는 방해자로서 비판하고 규탄한 것은 '민중'이야말로 새로운 시대와 새로운 세계의 주인이어야 한다는 확신에서였다.

그러나 하이네는 독일에서 참여적 작가로서의 활동에 점차 한계를 느끼기 시작했다. 특히 1830년 프랑스의 7월 혁명 이후 하이네를 포함한 진보적 지식인들에 대한 감시의 강화와 보수 세력의 역공세 그리고 무엇보다도 한층 엄격해진 검열로 인하여 그는 저술 활동에 심각한 장애를 받게 되었다. 이러한 독일적 상황의 암울함에 더하여 7월 혁명 이후 종전보다 훨씬 더 자유화를 이룬 파리에서 자유롭게 사유하며 자유롭게 글을 쓰고 자유롭게 살아가고 싶다는 강한 욕구가 파리로 가려는 그의 결단을 재촉하였다. 1831년 5

하이네가 그린 파우스트 박사.

월 19일 하이네는 파리에 도착했고, 죽을 때까지 망명 작가로서 살아야 했다.

하이네는 '해방'과 '자유'의 이념을 예술과 어떻게 매개하려 했을까? 독일의 정신사를 개괄하고 있는 저서 『독일의 종교와 철학의 역사에 대해서』에서 하이네는 "우리가 생각해낸 사상들은 우리가 그들에게 육신을 줄 때까지, 우리가 그들을 물질적 현상으로 만들어 줄 때까지 우리를 그대로 놓아두지 않는다. 생각은 행동이, 말은 살덩어리가 되려한다"고 강조한다. 즉, 추상적 이념이나 사상은 구체적 행동이나 현실적인 것으로 '실현'되려 한다는 것이다. 이와 같은 이념과 현실, 정신과 물질간의 합일에 대한 확신에서 하이네는 세계가 '말의 서명', 다시 말해 말 – 이념이나 사상 – 에 의해 결정되는 것이라고, 그리고 "사실은 단지 이념의 결과들"이라고 규정한다. 즉 하이네에 의하면 말과 이념이 세계와 현실을 형성해 나가는 것이며, 이는 세계의 역사가 이념의 역사라는 결론으로 자연스럽게 귀결된다. 이념이 스스로를 구현해 나가는 공간은 '역사'이기 때문이다.

바로 이러한 역사철학적 고찰에서 하이네는 새로운 예술의 사명을 강조하고 나섰다. 예술은 이제 역사의 과정을 발전의 과정으로 만들기 위해서 이념에 헌신해야 한다는 것이다. 이는 구체적으로 예술이 이념을 설파하고 또 실현하기 위해서 역사라는 원형극장에서 "검투사처럼 싸워야 함"을 의미한다. 그러기 위해서는 예술은 오로지 아름다운 예술, 즉 '순수 예술'이라는 좁은 틀에서 빠져 나와 이념적 현실참여를 자신의 한 부분으로 받아들여야 한다. 시인은 이제 자유를 노래하고 찬미해야 하며, 민중의 영혼을 사로잡고 그들이 열광되어 행동하게 만드는 소명을 수행해야 하는 것이다.

> 독일의 시인이여! 독일의 자유를
> 노래하고 찬미하시오, 당신의 노래가
> 우리의 영혼을 사로잡을 수 있도록,

---

1) '마르세이유 찬가'는 프랑스 혁명 당시 혁명군의 노래이자 후에 프랑스의 국가가 된 "라 마르세이유"를 가리킨다. 이 노래는 19세기 초반 프랑스 혁명 또는 자유주의적 혁명의 상징이었다.

우리가 열광되어 행동할 수 있도록,
마르세이유 찬가[1] 식으로 노래하시오.

– 『시대시』중 「경향」

순수예술의 현실 참여

진정한 민중해방과 '삶의 원칙'

그러나 민중 해방을 위한 참여 문학도 하이네에게는 종착역이 될 수 없었다. 1840년에 발표된 『루드비히 뵈르네 – 하나의 회고록』에서 하이네는 그가 열광적으로 찬양한 파리와, 그리고 이 도시의 이름으로 상징되는 프랑스 혁명의 모습이 많은 부분 그의 상상 속에서 이상화된 것이었노라고 고백했다. 그가 파리라는 대도시에서 현실의 문제로서 직접 체험한 혁명은 많은 심각한 문제들을 가지고 있었다. 이러한 혁명의 실상에 대한 점증하는 부정적 인식으로 인해 혁명에 대한 그의 열광적인 자세는 점차 퇴조했고, 이후 하이네는 앙시앵 레짐에 대한 비판 못지않게 과격하며 맹목적인 혁명이론이나 운동에 대한 비판도 강화해 갔다. 그 결과 하이네는 많은 진보적 지식인들이나 혁명론자들과 갈등을 겪어야 했고, 이는 그의 망명 생활을 더욱 고되게 했다. 그러나 하이네는 진정한 자유에 대한 믿음을 굽히지 않았고, 그의 견해로는 왜곡되고 편협한, 그래서 결코 진정한 역사의 발전을 가져올 수 없는 혁명운동에 대한 비판적 거리를 유지해 나갔다.

참여 시인으로서 하이네가 가장 날카롭게 비판한 것은 프랑스 혁명전 낡은 체제의 정신적 질서를 이루었던 카톨릭 교회였다. 그는 카톨릭의 교리를 '유심론(唯心論)'으로 규정하고, 이 교리가 인간의 영적, 정신적 삶과 내세에서의 구원을 중시한 나머지 지상에서의 현실적 삶, 특히 육체적, 물질적 삶을 경시했으며 이로 인해서 민중들의 실질적인 삶의 개선을 등한시 했다고 지적했다. '가난한 자는 복이 있나니' 등의 가르침이 진리로 통용되는 사회에서는 가난으로 고통 받는 민중들의 물질적 삶의 개선은 처음부터 불가능하다는 것이다.

그러나 하이네가 카톨릭의 유심론을 역사적 발전을 가로막는 장애물로 단정한 것은 그가 '유물론자'이기 때문은 아니었다. 그는 인간이 오로지 정신적인 존재만도, 오로지 육체적인 존재만도 아니며 진정한 인간의 실체는 정신과 육체, 정신과 물질의 조화와 균형에서 찾아야 한다고 믿었다. 따라서 모든 인간이 육체적으로도 정신적으로도 풍요로운 삶을 누릴 수 있을 때 비로소 신적 상태로 승격한 인간들의, 즉 "신(神)들의 민주주의"가 이루어지는 것이다.

하이네가 당시의 과격한 혁명론자들, 즉 급진적 공화주의자들이나 사회주의자들에게 결코 동조할 수 없었던 것은 이들이 이 같은 진정한 인간의 실체를 보지 못하고 모든 문제들을 단지 물질적, 정치적으로 해결하려고 했기 때문이다. 하이네는 급진적인 혁명주의자들이 내건 이데올로기의 과격함과 이에 대한 맹신적인 자세를 논박했다. 그들은 오로지 공화주의적인 해결 또는 오로지 사회주의적인 해결만을 신봉하고 자신들의 정치적 이데올로기와 직접적인 관련을 가지지 않은 순수 예술이나 그 밖에 모든 정신적인 삶의 풍요로움을 적대시하게 될 것이며, 더 나아가서 그들의 이데올로기적 엄격성을 해칠 수 있는 물질적인 풍요로움까지도 배척하게 될 것이라는 점을 예감한 것이다. 그러기에 하이네는 "소박한 의복, 절제하는 도덕, 양념을 치지 않은 즐거움"만을 요구하는 '혁명의 사람들'에 반하여 "우리는 넥타와 암브로시아, 화려한 외투, 값진 향수, 즐거움과 화려함, 깔깔 웃는 요정들의 춤, 음악과 희극까지도 요구한다"고 말했다. 향락적 성향으로까지 치달을 수 있는 쾌락의 강조는 그 자체로서의 목적은 물론 아니다. 이것들은 급진적 혁명론자들이 요구하는 금욕적 삶의 본성인 엄격함과 진중함 그리고 무거움과 어두움에 대한 평형추 역할을 함으로써 인간의 삶이 편향되지 않고 조화와 균형을 유지할 수 있도록 하는 수단이었던 것이다. 그가 장편 서사시 『독일. 한 겨울 이야기』에서 오로지 '빵' 만이 아니라 '아름다움' 과 '즐거움' 을 미래의 이상향의 조건으로 내세운 것도 같은 맥락에서다. 말하자면 하이네는 물질적으로나 정신적으로 풍요로운 삶, 실용적 노동과 환상적 예술, 유용성과 아름다움이 서로를 배척하지 않는 삶, 이러한 이상적 삶의 실천을 지향한 것이다. 그는 자신의 이러한 독특한 해방 개념을 '삶의 원칙' 또는 '삶의 이념' 으로 부르기도 했다.

이 '삶의 이념' 은 모든 해방 운동의 근원이 되는 것으로 어떠한 경우에도 포기될 수 없는 절대적 목표이며, 따라서 결코 협상의 대상이 될 수 없다. 그러나 이 목적에 이를 수 있는 수많은 길들은 단지 수단일 뿐이며, 따라서 그때그때의 상황에 따라 수정되거나 교체될 수 있다. 그런데 이 '상대적' 인 수단을 '절대화' 하며, 그 과정에서 원래의 목적을 잊어버리는 것은 하이네로서는 용납할 수 없는 전도일 수밖에 없다.

절대적 평등의 이데올로기와 순수 예술로의 귀환

하이네에게는 급진적인 공화주의자들과 사회주의자들의 절대적 평등 요구는 이러한 전도의 전형적 실례였다. 근대의 자유주의 사상이 요구하는 '평등'은 모든 사람들의 법 앞에서의 평등, 모든 사람들의 기회의 균등 등을 의미하는 것으로서 민주적인 국가와 사회의 한 기본적인 구성요소이지 그 전부는 아니다. 다시 말하면 '평등'은 민주적 사회의 다른 구성 요소들 위에 군림하거나 이 요소들을 희생해 가면서까지 추구해야할 그런 '절대적' 목표는 아닌 것이다. 더욱이 이 '평등'이 절대화되면 그 의미도 변질되어 법률적, 사회적 평등이 아니라 모든 인간의 획일화로, 즉 개개 인간의 정신적 자질의 차이도 인정하지 않으려는 집단적, 전체적 획일로 과격화 된다. 따라서 평등의 이념이 절대적 목표로 절대화되면 모든 인간의 자유를 지향하는 민주 사회의 성립, 즉 민중 해방이라는 원래의 목적 까지도 이 절대화된 평등을 위해 희생되어야 한다. 즉 부분이 전체를, 수단이 목적을 지배하는 도착된 상황이 생성되는 것이다. 하이네는 이러한 절대적 평등의 요구를 '평등 광기'로 단정했다.

그는 이러한 '광기'가 어떠한 결과를 가져올지 정확하게 꿰뚫어 보았다. 그것은 인간의 모든 개성이 무시되고 사람들의 개별적인 삶이 철저하게 거부되는 집단주의 사회, 모든 사람이 마치 "똑같이 털을 깎이고 똑같은 울음소리를 내는 양떼"처럼 살아가야 하는 끔찍한 전체주의 국가의 등장일 것이다. 하이네는 예술가로서, 자유주의자로서, 그리고 본래적 '삶의 이념'을 위해 포괄적인 사회 개혁을 추구하는 이상주의자로서 오로지 정치적, 사회적인 해결책만을 모색하며, 편협한 평등주의를 내세우는 이들과 자신을 동일시할 수 없었다. 이들의 '과격 치료'가 인류의 장래에 심각한 결과를 초래할 것이라 확신했기 때문이다. 이들은 아마 절박한 사회 문제를 일시적으로는 해결할 수도 있을 것이다. 그러나 그 결과는 인류에게 파멸적일 것이다. 하이네는 인류가 "추한 환자복, 회색의 평등복장을 평생 질질 끌고 다녀야 할 것이다"라고 예언했다. 이러한 음울한 미래의 모습, 예술과 아름다움이 완전히 배제된 황량한 사회, 개성과 천재가 존재할 수 없는 회색 빛 평등사회, 이러한 미래에 대한 불안한 예감이 하이네의 예술의 자율성에 대한 강화된 요구의 배경을 이루고 있다.

1842년 발표된 『아타트롤 - 한 여름 밤의 꿈』에서 하이네는 이 서사시가 '목적이 없음'을, 어떠한 외부의 목적도 추구하지 않고 오로지 자신의 법칙만 따르는 자율적 예술임을 선언했다.

> 한 여름 밤의 꿈! 나의 노래는
> 환상적이고 목적이 없다.
> 그렇다, 목적이 없다, 사랑처럼,
> 삶처럼, 창조주와 모든 피조물처럼!

그러나 이 선언은 하이네가 예술의 '절대적 자아 목적성'을 주장

1855년에 발행된 하이네의 「작품선집」 의 표지

한 것으로 이해되어서는 안 된다. 하이네는 부정적 현실에 대해 예술이 가진 가능성을 대치시킴으로써 예술을 통한 사회 개혁의 가능성을 탐색 하고 있는 것이다. 따라서 이 사회 비판은 하이네의 말대로 '더 위대한 세계관' 으로부터의 비판이다. 그도 그럴 것이 하이네의 예술을 통한 현실비판은 단순한 현실 정치적인 차원을 넘어서 본래의 굴절되지 않은 이념을, '삶의 원칙' 을 출발점으로 삼고 있기 때문이다. 하이네적 예술의 자율성은 이데올로기로 도그마화한 이념이 인간 위에서 군림하면서 그들의 삶의 양식을 결정하고 지배하는 것에 대한 저항이며, 인간이 스스로의 주인이 아니라 특정한 이데올로기의 노예로 전락하는 데 대한 경고이다. 그 무엇도 '삶의 원칙' 보다, "삶의 목적은 삶 그 자체이다" 라는 원칙 보다 우선할 수 없기 때문이다.

끝없는 물음

하이네는 주옥같은 연애시를 쓴 서정 시인이자 예술의 사회참여를 주장하는 비판적 저술가이며, 유럽 사회주의 운동의 선구자이자 동시에 공산주의라는 이데올로기의 이론적 허구성과 역사적 모순점을 가장 날카롭게 꿰뚫어 본 최초의 지식인이기도 한 것이다. 하이네 문학 세계의 이러한 다양함, 그리고 시인으로서 그의 예술관의 계속된 변화는 후세에서의 하이네에 대한 연구와 평가를 무척 어렵게 만든 요인이 되었다. 그의 작품세계의 다양한 성향들, 이들은 많은 경우 서로 간에 상충되고 모순되는 관계를 이루고 있는 바, 이들 복잡하게 얽혀있는 예술적 성향으로 인해 하이네는 '내적으로 분열된 작가' 또는 '모순의 시인' 으로 불리기도 했다. 또 그의 일관되지 못한 주장으로 인해 하이네는 그의 비판가들로부터 '카멜레온 같은 인간' 혹은 '변절자' 라는 비난을 받기도 했다.

하이네의 지속적인 변신과 이로 인한 모순적 다양함은 무엇보다도 그가 지고의 목표로 설정한 진정한 인간해방, 즉 그가 '삶의 원칙' 이라고 부른 근원적 이념을 찾아 끊임없이 헤맨 사실에서 그 원인을 찾아야 할 것이다. 하이네의 작품세계가 최종적 결론이 없이 그저 모순과 갈등으로 점철되어 있음은 아마도 하이네가 삶의 원칙이라는 '마지막 진실' 에 이르지 못한 사실의 암시일 수도 있다. 그러나 이는 또한 하이네가 '주어진' 진리나 아니면 스스로가 찾아낸 그 어떤 진리에도 안주하지 않았음을 말해주는 것이기도 하다. 그는 좀 더 완성된, 좀 더 높은 단계의 삶의 진리에 도달하려고 끊임없이 물으며 찾아 헤맨 시인인 것이다.

이처럼 우리는 끊임없이 물어 본다;
사람들이 마침내 한줌 흙으로
우리의 주둥아리를 틀어막을 때까지.
그러나 이것이 대답이란 말인가?

더 생각해볼 문제들

1. 하이네의 참여적 문학론의 토대는 "세계는 말의 서명(署名)이다"이라는 믿음이다. 여기에서 '말'은 구체적으로 무엇을 의미하나?

   예로부터 사람들은 그들의 생각이나 의견을 글로서 표현해왔다. 위대한 사상이나 이념의 경우도 마찬가지이다. 예를 들면 『자본론』은 칼 마르크스의 공산주의 사상이 집대성된 '말'이다. "세계는 말의 서명이다"라는 믿음은 따라서 세계의 현실은 이념이나 사상이 실현된 결과라는 믿음이며, '현실'이 우리의 '생각'을 지배하는 것이 아니라, 우리의 '생각'이 우리의 현실을 만들어 낸다는 믿음이다. 이런 관점으로 보면 세계의 역사는 이념의 역사이기도 하다.

2. 하이네는 왜 과격한 혁명론이나 공화주의에 회의를 갖기 시작했을까?

   혁명 또는 공화주의 등은 사람들이 더 좋은 세계를 만들어 가는 수단일 뿐 그 자체로서 목적은 될 수 없다. 이는 다른 모든 사상이나 이념에도 적용된다. 공화주의나 입헌군주제, 급진적 혁명이나 점진적인 개선, 공산주의나 자본주의 등은 인간을 위한 더 나은 세계를 만들어 가는 수단일 따름이다. 그

때 그때의 상황에 따라 사람들은 적절한 '수단'을 선택해야 할 것이다. 그런데 이 수단들이 과격화되면, 본래의 목적은 잊어버린 채 수단이 곧 목적이 될 수 있다. 그러면 인간을 위한 수단이 되어야 할 이념이나 사상이 인간의 위에서 군림하며 인간의 삶을 지배할 수 있게 된다. 바로 이러한 인식이 하이네로 하여금 과격한 사상에 회의를 갖게 한 원인이다.

3. '순수 예술'은 현실로부터 자유로운, 오로지 예술만을 위한 예술이다. 그런데 이러한 순수 예술이 어떻게 '현실참여적' 기능을 가질 수 있을까?

   현실로부터 자유로운 예술은 현실의 때가 묻지 않은 '순수함'을 본성으로 가진다. 이 '순수함'을 그 자체로서만 보지 않고 '순수하지 못한' 현실과 대비시켜 보면 현실의 '추악함'이 크게 부각되며, 이러한 추악한 현실에 대한 개선의 욕구가 생겨날 수 있다. 바로 이러한 점에서 순수 예술의 참여적 성격을 찾아볼 수 있을 것이다.

추천할 만한 텍스트

『하인리히 하이네: 로만체로』 김재혁 옮김, 문학과 지성사, 2003년.

『하인리히 하이네: 신시집』 김수용 옮김, 문학과 지성사, 1989년.

김수용(金秀勇)

연세대학교 문과대학 교수.

서울대학교 문리과대학 및 동 대학원 독어독문학과에서 독문학을 전공한 후 독일의 본대학과 뒤셀도르프 대학교에서 공부를 계속했고, 1980년 뒤셀도르프 대학에서 「하인리히 하이네의 사회적 개념들. 역사의 발전과 의미의 변화」라는 논문으로 문학 박사 학위를 취득했다.

주요 연구 분야는 18세기 후반기부터 19세기 중반기까지의 독일 문학, 즉 계몽주의 시대에서부터 질풍노도 시대, 고전주의 및 낭만주의를 거쳐 '청년독일파' 문학에 이르기까지의 독일 문학 사조와 작가들이다. 현재 레씽(G.E. Lessing), 괴테(J.W. Goethe), 쉴러(F. Schiller) 그리고 하이네 등의 작가들과 그들의 작품을 주로 강의하고 있다.

이미 죄 없는 자가 고통을 당하고 난 뒤에 지옥 같은 것이
무슨 소용이 있겠는가. 그리고 지옥이 존재하는데 조화가
있을 까닭이 없지 않은가. 나는 용서하고 싶다. 결단코 인간이
이 이상 고민하는 일이 없기를 바라기에. 만일 어린아이의 고통이
진리를 위해 필요하다면, 나는 미리 단언한다.
어떤 진리도 그만한 가치는 없다고.

도스토옙스키 (1821~1881)

1821년 모스크바 빈민병원의 군의관의 둘째 아들로 태어났다. 1838년 당시 러시아 최고의 건축학교였던 상트-페테르부르크 공병사관 학교에 입학했고 1843년에 졸업을 하여 공병단에 편입되었으나, 곧 그만 두고 문학에 전념하게 된다. 이 무렵 그가 번역한 발자크의 『으제느 그랑데』가 출간되었다. 1845년에는 그의 첫 장편소설 『가난한 사람들』이 당시 평단의 거두인 벨린스키의 칭찬을 받았다. 그 후 푸리에적인 공상적 사회주의를 기치로 한 운동 단체인 페트라셰프스키 모임에 출입하면서 그는 벨린스키가 고골에게 보낸 편지를 읽었다는 죄목으로 체포되어 사형선고를 받았으며 사형 집행 직전에 형이 감형되어 10여 년간 감옥 생활 및 유형 생활을 한다.
유형이 끝나자마자 도스토옙스키는 두 편의 희극 소설을 냈고, 이어 그는 형 미하일과 함께 잡지를 창간하는가 하면, 그의 후기 작품 세계를 여는 이정표 역할을 할 『지하 생활자의 수기』를 발표한다. 이후 『죄와 벌』(1866), 『백치』(1868), 『악령』(1871~72), 『미성년』(1875), 『카라마조프가의 형제들』(1880)을 냈으며 1881년 자택에서 폐출혈로 사망했다.

02

죄와 벌의 시학

도스토옙스키의 『카라마조프 가의 형제들』

김연경 | 서울대학교 노어노문학과 강사

인간 도스토옙스키와 작가 도스토옙스키

도스토옙스키(Dostoevsky, Fedor Mikhaylovich)는 이미 오래 전에 톨스토이와 더불어 러시아 문학을 대표하는 작가이자 세계 문학의 거장으로 자리매김되었다. 하지만 그는 생전에는 매순간 자신의 재능에 대해 회의하고 주위 비평가들의 말에 신경을 곤두세우곤 했다. 이것은 등단 초기부터 그가 여러 귀족 작가들 틈에서 겪었던 열등감 그리고 지나치게 예민한 자의식의 산물이기도 했다. 만성질환과도 같았던 가난과 간질발작, 도박뿐만 아니라 그의 생활 전반에 깊숙이 침투되어 있던 이른바 '한탕주의' 식의 삶의 태도 또한 인간 도스토옙스키의 단점이었다.

그러나 도스토옙스키는, 몇몇 호사가들이 그의 작품을 두고 무책임하게 떠벌리는 것과는 달리, 성격이 좀 유별났다는 것을 빼면 '거대한 악'을 행할 만한 패륜적인 인물은 아니었다. 또한 세상의 많은 청년들처럼 시대정신에 충실했던 나머지 정치범으로서 사형대까지 갔다가 청장년 시절의 귀중한 십여 년을 감옥에서 보냈다는 이력을 빼면 그다지 영웅적인 인물도 아니었다. 하지만 작가로서의 도스토옙스키는 현재 가장 고전적이면서도 가장 모던한 작가가 되는 극히 드문 행운을 얻었다. 그렇다면, 도대체 무엇이 빈민병원의 군의관의 아들로 태어난 건축학도이자 군인이었던 젊은이를 세계 문학의 거장으로 만든 것일까?

부친살해(Parricide) 테마와 그 형상화 전략

도스토옙스키의 모든 작품들을 묶어 하나의 제목을 붙인다면 '죄와 벌'이라고 할 수 있을 지도 모른다. 『죄와 벌』을 비롯한 작가의 작품 전체를 엮어주는 이 테마가 『카라마조프 가의 형제들(*Bratya Karamazovy*)』에서는 "만인은 만인에 대해 유죄"라는 사상, 즉 "모든 사람들은 모든 사람들 앞에서 모든 일에 있어서 죄를 짓고 있는 것이다"는 말로 구체화된다. 여러 작중 인물에 의해 반복되는 이 말은, 인간이 범할 수 있는 죄의 의미 영역이 형사상의 범죄를 넘어서서 우리의 사유와 욕망의 영역으로까지, 나아가 타자와 마주한 우리의 대화를 포함한 행동 전반에서 나타날 수 있다는 것이다. 『카라마조프 가의 형제들』은 인간사에서 가장 치명적인 죄인 아버지 죽이기를 그림으로써 죄와 벌의 테마를 예술적으로 형상화해내고 있다.

시베리아의 옴스크 형벌지
도스토옙스키가 사형선고를 받았다가 풀려난 후 징역형을 받아 복역했던 시베리아의 옴스크 유형지.

이 과정에서 추리 소설적인 기법이 차용된다. 도스토옙스키는 지난 시대의 고전이나 동시대 대가들의 작품뿐만 아니라 지금은 문학사에서 잊혀진 삼류 소설 및 신문이나 잡지들도 탐독하곤 했다. 이러한 그가 독자의 흥미를 직접적으로 자극할 수 있는 추리소설 장르를 선택한 것은 일종의 방법론적인 전략이었다. 표도르 카라마조프가 살해된 직후 드미트리가 "내가 아니라면 도대체 누가 아버지를 죽였단 말입니까?"라고 말했을 때 독자도 드미트리 못지않게 고통스러운 의혹에 빠져든다. 표도르 카라마조프의 사생아 스메르쟈코프가 범인으로 밝혀지는 순간은 추리 소설로서의 『카라마조프 가의 형제들』의 절정이라고 볼 수 있겠다.

하지만 주제의 자극성과 구성상의 전략만 놓고 보자면 『카라마조프 가의 형제들』을 능가할 작품은 세계 문학사에 무수히 많다. 그렇다면 이 작품을 불멸의 걸작으로 만들어준 진정한 매력은 다른 곳에 있을 터이다. 논의의 초점을 이반 카라마조프와 「찬과 반」의 장(章)에 삽입된 「대심문관」에 맞추어서 그 매력을 찾아가보도록 하자.

카라마조프들 속의 이반

가족소설임을 전면에 내세우고 있는 고전적인 제목 '카라마조프가의 형제들'이 시사하듯, 이 소설은 패륜적인 아버지인 표도르 카라마조프, 그리고 그의 네 아들인 드미트리, 이반, 알료샤, 끝으로 이반보다 나이가 몇 달 정도 더 많은 사생아 스메르쟈코프 사이에서 발생하는 갈등을 다루고 있다. 서문에 제시되었듯 작가의 원래 구상에 의할 때, 본 소설은 러시아 종교문학의 대표적 장르인 성자전(聖者傳)[1]을 모델로 한, 알료샤의 성장, 죄와 벌, 참회, 부활 등을 다룬 작품이 될 것이었다. 현재 우리가 읽는 텍스트는 그 원대한 기획의 도입부, 혹은 제1부에 해당하는 것이다.

반면, 구성상에 있어서 작품의 주인공은 응당 부친 살해 사건의 한복판에 들어 있는 드미트리가 되어야 한다. 그는 신성의 육화인 알료샤, 지성의 육화인 이반과 더불어 소설의 감성의 축을 형성하

1) 성자의 일대기를 다룬 중세 러시아 문학의 한 장르다.

2) 도스토옙스키의 장편 소설들에서 특정한 사상이나 이념을 대변하는 주인공들을 흔히 '주인공-관념인'이라고 부른다.

고 있다. 무엇보다도, '죄를 통한 구원' 이라는 도스토옙스키 특유의 주제를 형상화함에 있어서 드미트리는 아버지를 실제로 죽이지는 않았으나 죽이고 싶어했다는 것과 그것으로 인한 수난, 나아가 구원 및 부활을 물리적인 차원에서 구현하고 있다.

그러나 위에서 언급한 여러 인물들의 중요성에도 불구하고 이 작품에서 독자에게 가장 각인되는 인물은 이반 카라마조프이다. 작가의 창작노트 중 이반에 관한 부분에서는 '무신론자', '학자' 라는 메모가 발견되기도 했다. 즉, 이반은 서구적인 합리주의와 이성주의의 러시아적 발현으로 구상되었던 것이다. 실제 작품 속에서도 그는 『지하생활자의 수기』의 지하생활자를 출발점으로 하여 『죄와 벌』의 라스콜리니코프, 『악령』의 키릴로프와 스타브로긴, 『미성년』의 베르실로프로 이어지는 주인공-관념인[2]의 계보를 완성하고 있다.

신화적이고 종교적인 층위에서 이반은 카인 및 프로메테우스와 본질을 공유하기도 한다. 가령 카인의 말을 변용한 "내가 내 아우를 지키는 문지기냐?" 라는 말이 이반에 의해 몇 차례 반복된다. 히브리 문명의 카인과 비슷하게 헬레네 문화에서 '신에 대한 반항을 통해 인류의 구원' 을 실현하려 했던 프로메테우스 역시도 이반의 형상 및 사상을 이해하는 데 중요한 역할을 한다. 부조리하게 창조된 신의 세계에 반기를 들고 '천상의 불' 을 지상으로 갖고 내려와 유토피아를 건설하고자 했던 프로메테우스의 꿈은 곧 대심문관(大審問官), 즉 이반의 꿈이었기 때문이다.

신에 대한 반역

그리스도 신화와 프로메테우스 신화의 종합과도 같은 「대심문관」의 주제는 "모든 것이 허용된다"는 이반의 사상에서 출발한다. "신이 존재하지 않는다면 불멸에 대한 믿음도 없고 도덕률의 존재 근거도 없으며 따라서 모든 것이, 심지어 식인(食人)마저도 허용된다"는 것이다. 이반은 「반역」의 장에서 "신을 받아들이지 않겠다는 것이 아니라 신이 만든 세계를 받아들이지 않겠다"고 알료샤에게 말한다. 이른바 '유클리드식 이성', 삼차원적 논리에 매인 이성으로는 이 지상 세계를 온갖 부조리와 불의, 추악한 죄악의 소굴로 만든 조물주 신의 '너무도 오묘한' 섭리를 도저히 이해하지 못하겠다는 것이다. 이반에게 있어서 전일적인 화합과 조화로 충만한 진정한 유토피아의 도래는 평행선의 두 끝이 서로 만나는 것 못지않게 불가능한 일인 것이다. 이렇게 이반은 신의 죽음 혹은 최소한 신을 향한 반역·반항을 선언하는 것이다.

「대심문관」은 이반의 지적 사유가 낳은 시적이고 상징적인 성과물이다. 로마 카톨릭의 부패가 극에 달하고 연일 종교재판이 열렸던 16세기의 스페인, 이곳에 재림한 그리스도와 아흔 살의 대심문관의 숙명적인 대면이 이루어진다. 대심문관은 황야에서 예수 그리스도와 같이 힘겨운 수행에 몰두하던 중 "무덤 뒤에는 어둠 밖에 없다"는 것을 깨닫고서 신 대신 악마와 결탁한다. 인간이란 본디 나약한 존재여서 신이 부여한 자유를 누릴 자격을 갖추지 못했으며 따라서 인간에게서 자유를 반납 받고 대신 빵을, 즉 물질적 안락을 제공함으로써 진정으로 인간을 행복하게 만들 수 있다는 것이 그의 믿음이었다. 그리하여 그는 민중-양떼들을 신비, 기적, 권위의 기치 아래 통합시켜 지상의 유토피아를 건설한 것이다. 이런 내용을 담은 대심문관의 기이한 고해성사는 그 자체로도 매력적이지만, 이보다 더 높은 예술성은 그리스도와 대심문관의 만남을 종결짓는 방식에 있다.

대심문관의 기나긴 독백이 끝났을 때 그리스도는 대심문관에게로 다가가 그의 핏기 없는 입술에 조용히 입을 맞춘다. 이렇게 느닷없는 결말을 놓고 이반은 "키스는 마음속에 불타고 있지만 노인 — 대심문관 — 은 여전히 자신의 이념을 고수하지"라는 말로 설명한다. 이렇듯, 도스토옙스키는 그리스도로 하여금 말 대신 침묵을 고수하도록 했으며, 나아가 심리적이고 육체적인 차원에서의 말이라고 할 수 있는 입맞춤을 행하도록 했다. 여기서 알 수 있듯, 도스토옙스키가 꿈꾼 진정한 화해란 논리 대 논리의 투쟁이 아니라 상호적인 사랑과 이해에 기반한 것이었다.

이반 카라마조프의 죄와 벌, 그리고 구원의 문제

「대심문관」을 작품 전체와 연결시킨다면, 대심문관은 이반의 분신이 되며 그리스도는 알료샤와 등치된다. 그렇다면, 이반 카라마조프의 내부에 도사린 악마의 정체, 즉 죄는 무엇이며 벌은 무엇인가? 여기서 스메르쟈코프에 주목할 필요가 있겠다. 그는 표도르 카라마조프의 아들이면서도 '악취 나는 하인'이자 '부엌데기 요리사' 대접만을 받아왔다. 이 '괴물'을 도스토옙스키는 작품 속에서 크람스코이의 그림 「관조자」에 비유한다. 어떤 뚜렷한 목적도 없이

카라마조프 목판화
『카라마조프가의 형제들』의 내용을 그린 목판화.

수시로 행해지는 '관조'의 행위, 즉 '인상들'의 축적 행위는 처음에는 일련의 기괴하고 심지어 고양이 장례식 치르기와 같은 악마적인 행위로 나타났지만, 카라마조프 집안의 부자간 갈등이 심해지고 이반과의 지적인 교류가 무르익어 가면서 결국 부친 살해, 나아가 세계와의 화해를 전면 부정하는 자살로 이어진다. 서유럽 낭만주의에 기반한 악마주의자 이반과는 달리 순수하게 러시아 토양의 악을 대변하는 스메르쟈코프의 행동력과 파괴력이 더 강렬했던 것이다.

이반의 입장에서 문제는 '예감', 그 스스로의 표현을 빌자면 '기대의 권리' 였다. 스메르쟈코프가 행랑채 하인 그리고리와 마르파는 혼수상태에 빠질 것이며 자신은 간질 발작을 연기할 수 있다는 등 애매한 암시를 했을 때 이반은 "한 마리의 뱀이 다른 뱀을 잡아먹도록 하라지"라고 했던 자신의 냉소적인 발언이 정말로 실현되고야 말 것임을 '예감' 하고 동시에 그러길 '기대' 한다. 그렇다면 더더욱, 이반 자신은 아버지를 지키는 '문지기' 가 되어야하건만 모스크바로 떠나버린다. 즉, 이반은 스메르쟈코프에게 아버지를 살해하라고 직접적으로 사주하지 않았기 때문에 결코 살인범이 아니다. 오히려 스메르쟈코프가 범행을 자백하면서 표도르 카라마조프의 방에서 훔쳐 온 3천 루블을 내놓았을 때 이반이 진정으로 경악하는 것이 그 증거일 터이다. 하지만 이반은 자신이 사유와 욕망의 형태로 갖고 있었던 살의(殺意), 그것을 도저히 용서할 수 없었던 것이다. 여기서 이반의 벌이 시작된다.

이반에게 주어진 벌은 양심의 가책이었다. 그 정도가 얼마나 심했으면, 그는 기어코 물질적이고 육체적인 분신, 즉 중년 식객의 모양새를 한 악마를 보는 지경에까지 이른다. 정녕, 한 인간이 오로지 죄의식 때문에 정신분열에까지 이를 수 있다는 것을 도스토옙스키의 마지막 반항아가 보여주고 있는 것이다. 고통스러워하는 이반에게 알료샤는 사랑과 애원을 담아 "아버지를 죽인 건 형이 아니야!" 하고 외친다. 이것은 인류에 대한 사랑 때문에 역설적으로 지상낙원 대신 안티유토피아를 건설한 대심문관에게 보내는 그리스도의 침묵 속 전언의 반복이다. 그리고 동시에 형의 죄와 그로 인한 벌에 대한 동생의 이해와 용서, 사랑의 표현이기도 하다. '대심문관' 에게 행한 그리스도의 키스를 모방한 알료샤의 키스도 구원의 문제에 대한 작가의 고민이 낳은 산물이었다.

이렇듯 작가의 주제의식은 심리적이고 형이상학적인 차원과 맞물려 있으며 궁극적으로 종교적인 차원에서의 총체적인 화합을 지향하고 있다. 이 작품의 제사가 『요한복음』[3]의 일절에서 취해졌으며, 결말 부분에서 예수 그리스도와 제자들의 최후의 만찬을 연상시키는 알료샤와 아이들의 추도식 모임 그리고 알료샤의 설교가 나오는 것도 이러한 맥락에서 이해될 수 있다.

도스토옙스키를 읽어야 되는 이유

'카라마조프적인 것'을 뜻하는 '카라마조프쉬나(Karamazovshchina)'라는 개념이 있다. 일차적으로, 카라마조프 집안의 특성들을 의미하는 이 단어는 상징주의자들이나 소비에트 학자들에 의해서 곧 세기말을 맞이하게 될 러시아 사회의 묵시록적인 혼돈을 상징하는 것으로 이해되기도 했다. 중요한 것은 카라마조프적인 것이 오늘 날에도, 지구상 어디에서건 나날이 재현되고 있다는 점이다. '아비=차르(황제)=신'이라는 공식을 따를 때, 카라마조프쉬나와 결합된 살부(殺父) 행위는 곧 정치학적 차원에서의 혁명, 나아가 형이상학적이고 종교적인 차원에서의 반역·반항으로 변모된다.

그렇다면, 이 총체적인 아비 죽이기에 맞서, 서유럽에 비해 명백

3) 『요한복음』 12장 24절에는 이런 구절이 있다. "내가 진실로, 진실로 너희에게 이르노니 한 알의 밀이 땅에 떨어져 죽지 아니하면 한 알 그대로 있고 죽으면 많은 열매를 맺느니라."

하게 후진국이었던 19세기 러시아의 작가이자 러시아 문학사에서 '최초의 프롤레타리아' 작가였던 도스토옙스키가 제시한 해법이란 어떤 것인가? "그리스도의 재림은 러시아에서 이루어질 것"이라는 광기에 가까운 슬라브식 메시아주의는 '죽음에서 부활한 이후', 즉 '죽음의 집'으로 상징된 유형생활 이후 도스토옙스키의 주된 화두가 되었다. 이와 더불어 인류를 위해 고난의 십자가를 짊어지고자 하는 욕망이 또한 그의 작품 속에 만연하게 되었다. 이 모든 것은 선과 악의 복합적인 혼합물인 인간, 자유의지와 자의식으로 고통받는 인간의 본질에 대한 작가의 잔혹할 만큼 심오한 해부에서 나온 것이다. 생명 창조의 신화마저 인간의 것으로 만들 만큼 과학은 발달했지만 인간 개개인과 인류 전체의 분열과 광기는 더욱더 중증으로 치닫고 있는 현시점에서 우리가 도스토옙스키를 읽어야 되는 이유는 바로 여기에 있다.

더 생각해볼 문제들

1. 부친살해 사건에 있어서 이반, 나아가 드미트리의 죄와 벌을 어떻게 정의할 것인가?

   도스토옙스키에게서 죄와 벌의 개념은 비단 형사상의 범죄 및 처벌과 관련된 행동의 영역에 머무르지 않고 한 인간이 타자와 겪게 되는 관계 전반으로, 나아가 한 인간의 사유 및 욕망의 영역으로까지 확대된다.

2. 『카라마조프 가의 형제들』의 주제를 논할 때 알료샤 및 그의 정신적 아버지 조시마 장로의 의의는 어디에 있는가?

   이 작품은 기본적으로 종교적인 관점에서 씌어진 만큼, 이반의 분열로 상징되는 세계 전반의 혼돈은 이해와 용서에 기반한 종교적인 차원의 화해와 맞닿아 있다.

3. '카라마조프쉬나'와 관련하여 표도르 카라마조프의 형상을 어떻가 정의할 수 있는가?

   표도르는 일차적으로 자본주의의 패악과 이기주의, 인간의 추한 욕망의 집적체로, 나아가 구시대 러시아의 악덕의 종합으로 설명된다.

추천할 만한 텍스트

『카라마조프의 형제』, 도스토옙스키 지음, 김학수 역, 범우사, 1999.

『까라마조프씨네 형제들』, 도스토옙스키 지음, 이대우 역, 열린책들, 2002.

김연경(金燕景)

서울대학교 노어노문학과 강사.

서울대학교 노어노문학과 및 동 대학원 석사 과정을 졸업하고 동 대학원 박사과정을 수료한 후 2004년 모스크바 국립사범대학에서 박사 학위를 취득했다.

역서로 도스토옙스키의 『악령』(2000)이 있으며, 논문으로 「도스토옙스키의 창작에서의 분신유형학과 중편소설 '분신'(1846/1866)」, 「도스토옙스키의 환상소설 '여주인' 연구」, 「도스토옙스키의 '희극 소설' 연구: 연극성의 문제를 중심으로」, 「도스토옙스키의 '아케이드 프로젝트': '악어'와 '콩알'을 중심으로」 등이 있다.

1달러 87센트. 그것이 전부였다. 그 중에서 60센트는
일 센트짜리 동전들이었다. 이 잔돈으로 말하면 그녀가 식료품 가게와
채소상과 푸줏간에서 물건을 사면서 한 푼 두 푼 값을 깎아
모은 것이었다. 이 돈을 모으느라고 이 여자 참으로 구두쇠로구나,
하는 가게 주인의 무언(無言)의 비난에 얼굴을 붉혔던
적이 한두 번이 아니었다. 델러는 세 번이나 그 돈을 세어 보았다.
틀림없는 1달러 87센트였다. 그런데 내일은 크리스마스였다.
낡고 초라한 조그만 침대에 엎드려엉엉 소리내어
우는 수밖에는 별다른 도리가 없었다. 그래서 델러는
침대에 엎드려 정말로 엉엉 울기 시작했다.

오 헨리 (1862~1910)

1862년9월 미국 노스캐롤라이나 주 길포드 군 그린스보로에서 내과의사인 아버지 앨저넌 시드니 포터와 어머니 메리 제인 버지니아 스웨임의 셋째아들로 태어났다. 오 헨리는 필명이고 본명은 '윌리엄 시드니 포터' 이다. 어머니가 폐결핵으로 사망하자 주로 숙모 집에서 자랐다.

폐결핵 증상으로 몸이 허약했던 오 헨리는 텍사스 주에 가서 목동과 우편물 배달인 노릇을 하며 서부 생활을 익혔다. 그곳 '오스틴 퍼스트 내셔널 은행' 의 출납 계원으로 일했던 그는 공금 유용 혐의로 체포되어 오하이오 주 콜럼버스에 있는 연방 교도소에서 복역하였다. 교도소에서 출소한 뒤부터는 본격적으로 여러 잡지에 작품을 발표하기 시작하여 단편소설 작가로 일약 이름을 떨쳤다.

단편집으로 『양배추와 임금님』(1904), 『4백만 명』(1906), 『준비된 등불』(1907), 『서부의 마음』(1907), 『도시의 목소리』(1908), 『점잖은 사기꾼』(1908) 등이 있다. 1910년 6월 폐결핵에 간경변증과 당뇨병이 겹쳐 뉴욕 시에서 사망하였다.

03

휴머니즘의 문학

오 헨리의 『단편선(短篇選)』

김욱동 | 서강대학교 영어영문학과 명예교수

미국의 소설가 어니스트 헤밍웨이(Ernest Hemingway)는 불행한 어린 시절이야말로 작가에게 더할 나위 없이 좋은 교육이 된다고 말한 적이 있다. 어린 시절에 겪는 뼈저린 고통과 절망은 뒷날 작가에게 창조적 에너지가 될 수 있다는 말이다. 헤밍웨이의 이 말은 어느 작가보다도 오 헨리에게 참으로 잘 들어맞는다. 미국 문학사, 아니 세계 문학사를 통틀어 오 헨리만큼 불행한 어린 시절을 보낸 작가를 찾아보기란 쉽지 않다.

미국 노스캐롤라이나 주 그린스보로에서 태어난 오 헨리는 세 살 때 폐결핵으로 고생하던 어머니를 여위었다. 독학으로 내과 의사가 된 아버지는 정신질환 증세에다 알코올 중독자로 아버지로서의 구실을 제대로 하지 못하였다. 그리하여 오 헨리는 할머니와 고모 밑에서 외로운 어린 시절을 보내야만 하였다.

더구나 오 헨리 자신도 건강이 썩 좋은 편이 아니었다. 어머니와 마찬가지로 폐결핵 증세가 있었던 그는 일찍이 고향을 떠나 1882년 황무지와 다름없던 텍사스 초원에서 목동과 우편배달부 노릇을 하며 홀로 외롭게 살았다. 먼 타향에서 맞이한 아내 역시 폐결핵이라는 병마와 싸우는 처지였고, 오스틴에서 잠시 은행에 근무하던 그는 공금 유용 혐의로 경찰에게 쫓기는 몸이 되었다. 루이지애나 주 뉴올리언스를 거쳐 중앙아메리카 온두라스로 피신하지만 아내의 임종을 지켜보기 위하여 귀국하였다가 검거되어 마침내 유죄 판결을 받고 3년여 동안 오하이오 주 콜럼버스에 있는 연방 교도소에서 수감 생활을 하였다.

오 헨리가 작가가 된 것은 바로 교도소의 약제사로 복역하면서 틈틈이 글을 쓰기 시작하면서부터였다. 그는 1898년 9월 「라버 캐년의 기적」이라는 단편소설을 미네소타 주 세인트폴에서 발행하는 한 지방신문에 처음 발표하였다. 이렇게 교도소에서 첫 작품을 쓴 오 헨리는 본격적인 작가로 새롭게 태어나기 위하여 '윌리엄 시드니 포터' 라는 본명을 버리고 '오 헨리' 라는 조금 어리둥절한 필명을 사용하기 시작하였다.

오 헨리가 소년기와 청년기를 통하여 겪은 이러한 다양한 경험은 그의 작품에 잘 나타나 있다. 다른 작가와 비교해 볼 때 무엇보다도 그의 작품은 소재가 무척 다양하다. 세계 문학사를 통틀어 오 헨리만큼 삶의 경험을 폭넓게 다룬 작가도 아마 찾아보기 어려울 것이다. 물론 그는 창녀 이야기 같은 누추한 경험이나 종교를 둘러싼 이야기는 좀처럼 다루지 않는다. 그러나 이러한 경우를 빼고 나면 그는 주위에서 쉽게 볼 수 있는 일상 경험을 즐겨 작품의 소재로 삼는다. 아무리 평범하고 진부한 일상 경험이라도 일단 그의 손에 들어오면 마치 연금술사의 손에서 무쇠덩어리가 황금으로 만들어지듯 예술 작품으로 승화되었다.

뉴욕에서 생활하던 오 헨리는 어느 날 친구들과 함께 식사를 하고 있었다. 그때 뉴욕의 한 신문사 편집자였던 어빈 콥이라는 인사가 그에게, 어떻게 해서 그렇게 다양한 작품의 플롯을 얻을 수 있느냐고 물었다. 그러자 오 헨리는, "눈을 돌리는 곳마다 이야깃거리가 있지요. 세상만사가 모두 작품의 소재가 됩니다" 하고 대답하면서 식탁 위에 놓여 있는 메뉴 한 장을 집어 들었다. "바로 이 메뉴에도 이야깃거리가 있어요" 하고는 「식탁에 찾아온 봄」이라는 작품의 줄거리를 들려주는 것이었다.

오 헨리 문학은 이러한 소재의 다양성 말고도 생동감 넘치는 장소 의식이라는 또 다른 특징을 지닌다. 실제로 그가 다루는 지역이나 장소는 동부에서 서부, 남부에서 북부에 이르는 미국 전역을 포함하고 있다시피 하다. 미국은 말할 것도 없고 중앙아메리카 등지에 옮겨 다니면서 살아야 하였던 그는 다른 어떤 작가보다도 지리적 공간에 대하여 뛰어난 감각을 지니고 있었다.

그런데 이 가운데에서도 오 헨리가 가장 애틋한 애정과 관심을 기울이고 있는 곳은 다름 아닌 흔히 '세계의 도시' 라고 일컫는 뉴욕이다. 오 헨리 하면 곧 뉴욕을, 뉴욕 하면 오 헨리를 금방 떠올릴 만큼 그와 뉴욕, 특히 맨해튼은 아주 깊이 관련되어 있다. 모두 300

여 편에 이르는 작품 가운데에서 뉴욕을 소재로 한 작품이 가장 많으며, 더구나 그의 대표적인 작품들은 거의 대부분 이 도시를 중심적 배경으로 삼고 있다. 가령 「마지막 잎새」와 「크리스마스 선물」을 비롯하여 「준비된 등불」, 「순경과 찬송가」, 「재물의 신과 사랑의 신」, 「낙원에 들린 손님」, 「추수 감사절의 두 신사」, 「식탁에 찾아온 봄」 같은 작품이다.

오 헨리 문학의 또 다른 특성으로 탁월한 해학성(諧謔性)을 빼놓을 수 없다. 그의 전기 작가 로버트 데이비스는 "나는 우울할 때마다 오 헨리의 작품을 읽는다"고 말한 적이 있다. 그의 작품 가운데에는 「세상 사람들은 모두 친구」나 「어느 바쁜 브로커의 로맨스」 또는 「사랑의 묘약」처럼 어릿광대의 익살 같은, 조금 질이 떨어지는 해학도 없지 않다. 그러나 대부분의 작품에서 그의 해학은 삶의 겉모습과 실제 모습, 삶에서 기대하는 것과 그 결과 사이의 엄청난 괴리 때문에 생겨나는 수준 높은 해학이다. 다시 말해서 그가 다루는 해학은 삶의 아이러니나 부조화에서 비롯한다.

또한 오 헨리는 평범한 소시민이거나 삶이라는 싸움에서 패배한 낙오자들을 즐겨 작중인물로 삼는다. 그의 작중인물은 하나같이 사회로부터 버림을 받거나 사회의 밑바닥에 떠도는 부랑아와 거지, 범법자, 아니면 한때는 남부럽지 않은 생활을 하고 있었지만 지금은 상황이 달라진 삶의 패배자 또는 '삶의 축제에 초대받지 않은' 국외자 등이다. 그러나 누구보다도 오 헨리로부터 깊은 관심과 동정을 받고 있는 인물이라면 역시 어린 나이로 백화점 같은 상점에서 고달프게 일하고 있는 점원 아가씨들이다.

오 헨리의 작품은 같은 시대에 활약한 어느 다른 작가보다도 사회사적인 의미가 무척 크다. 그가 활약하던 20세기 초엽은 미국의 역사에서 아주 중요한 시기였다. 1861년에 일어나 1865년에 막을 내린 남북전쟁을 분수령으로 하여 미국은 사회적으로 크나큰 변화를 겪었다. 전쟁이 끝난 뒤 산업화와 공업화가 급속도로 진행되면서 경제적 부국을 이루었으며, 이러한 과정에서 사회적으로 여러 부산물과 역기능을 낳았다. 그의 작품에는 이러한 경제적 상황 말고도 1898년의 스페인과의 전쟁, 서부 개척지의 생활 등을 엿볼 수 있다. 특히 이 무렵 뉴욕을 중심으로 한 대도시의 온갖 풍물과 관습을 연구하는 데에도 그의 작품은 무척 소중하다. 이 밖에도 20세기 초엽에 유행한 의상이라든지, 이 무렵 관심을 끌었던 연극이나 오락 등도 이 시대에 살았던 사람들의 취향과 기호를 연구하는 데 좋은 자료가 된다.

오 헨리는 세계 문학사에 크게 이바지하였다는 평가를 받는다. 특히 단편소설 장르에서 그가 이룩한 업적은 무척 크다. 오 헨리 하면 단편소설을, 단편소설 하면 곧 오 헨리를 떠올리게 된다. 이렇듯 그와 단편소설은 마치 샴의 쌍둥이처럼 떼려야 뗄 수 없을 만큼 서로 깊이 연관되어 있다. 미국 문학사로 그 범위를 좁혀 말하더라도 그는 19세기 중엽 '미국 문예부흥' 시대에 너새니얼 호손과 허먼 멜빌 그리고 에드거 앨런 포 같은 작가가 수립한 단편소설 전통을 계승하여 발전시켰다. 스콧 피츠제럴드와 윌리엄 포크너 같은 미국 작가들의 작품을 읽다 보면 여기저기에서 오 헨리의 그림자가 어른거린다. 비단 미국 문학에 그치지 않고 세계 문학사를 통해서도 단편소설에 끼친 그의 영향은 참으로 엄청나다. 그래서 어떤 비평가는, "오 헨리는 단편소설에 싱그러운 새 바람을 불어넣음으로써 단편소설이라는 장르가 독자들로부터 받던 불신이나 모욕을 없애 주었다"고까지 평가했던 것이다.

오 헨리는 단편소설의 내용이나 주제에 끼친 영향이 무척 크다. 어느 작가보다도 그는 인간성의 숭고함과 고귀함을 드러내는 데 남다른 관심을 기울였다. 사회적 지위나 신분, 지적 능력, 물질적 풍요에 관계없이 그는 모든 인간에 대하여 깊은 동정과 이해를 보여준다. 구대륙 유럽과는 달리 자유 민주주의를 표방하는 신대륙 미국에서는 사회적 신분이나 지위는 별다른 의미를 지니고 있지 않다. 그러나 상업 자본주의 국가를 내세우는 미국은 경제적 지위나 신분이라는 또 다른 계급을 만들어내었다. 19세기 말부터 20세기 초엽에 걸쳐 빈부의 차이의 골이 그 어느 때보다도 깊었다. 그런데 그는 자본가들보다는 오히려 그들에게 억압받고 착취 받는 노동자들에 남다른 애정을 보였다.

오 헨리의 전기를 쓴 앨폰소 스미스는 일찍이 워싱턴 어빙[1]이 단

---

1) 미국 최초의 단편소설 작가로 「립 밴 윙클」, 「슬리피 할로우의 전설」 등의 작품을 남겼다.

2) 미국의 단편소설 작가이며 시인, 비평가로서 「어셔 가의 몰락」, 「검은 고양이」, 「모르귀가의 살인」 등으로 탐정 소설과 공포 소설 장르를 개척하였다. 프랑스 상징주의가 발전하는 데 큰 영향을 끼쳤다.

3) 미국의 작가로 청교도 식민지 시대를 소재를 작품을 많이 썼다. 대표작으로 『주홍 글자』(1850) 같은 장편소설, 「영 굿먼 브라운」, 「라파치니의 딸」 같은 단편소설이 있다.

4) 미국의 단편소설 작가로 주로 서부 개척지 생활을 소재로 작품을 썼다.

편소설을 '전설화' 하였고, 에드거 앨런 포[2]가 그것을 '표준화' 하였으며, 너새니얼 호손[3]이 그것을 '우화화(寓話化)' 하였고, 브렛 하트[4]가 그것을 '지역화' 하였다면, 오 헨리는 그것을 '인간화' 하였다고 지적한다. 스미스의 말대로 단편소설은 오 헨리에 이르러 비로소 인간의 모습을 갖추었다고 할 수 있다. 인도주의야말로 오 헨리 문학에서 가장 핵심적인 주제이다. 그의 작품에 관류하는 한 가지 주제가 있다면 그것은 바로 인간에 대한 뜨거운 동정과 이해라고 할 수 있다. 거지와 부랑아, 도둑이나 범법자, 삶의 낙오자와 패배자처럼 삶의 밑바닥에 떠도는 사람들, 그리고 낮은 임금에 시달리는 직장 여성은 비록 사회로부터 소외된 채 그늘진 응달에 살고 있지만 작가에게는 여전히 '인간 가족'의 소중한 구성원일 뿐이다.

오 헨리가 특히 힘주어 말하고 있는 주제는 사랑과 희생의 중요성이다. 인간에 대한 동정과 이해는 바로 사랑과 희생 없이는 불가능하다. 말하자면 사랑과 희생은 인도주의의 집을 떠받들고 있는 기둥이라고 할 수 있다. 예를 들어 「크리스마스 선물」에서 여주인공 델러는 사랑하는 남편에게 선물을 사 주기 위하여 자신이 그토록 아끼는 머리채를 판다. 마찬가지로 짐 또한 가보(家寶)처럼 전해 내려온 자신의 소중한 시계를 팔아 아내의 선물을 사는 것이다. 「사랑의 희생」에서 젊은 부부는 상대방을 위하여 자신의 예술을 기꺼이 희생시킨다. "예술을 사랑하게 되면 어떠한 희생된 감수하는 법이다"는 명제를 버리고 "누군가를 사랑하게 되면 어떠한 희생도 감수하는 법이다"는 새로운 진리를 깨닫는다. 그러나 이러한 사랑과 희생의 주제를 가장 설득력 있게 형상화하고 있는 작품으로는 뭐니뭐니 하여도 「마지막 잎새」를 빼놓을 수 없다. '실패한' 화가 버먼 영감은 폐렴으로 죽어가고 있는 존시를 위하여 비를 맞아가며 밤새도록 담 벽 위에 담쟁이 잎새를 그려놓음으로써 존시를 살리고 자신은 폐렴으로 죽어간다. 버먼 영감의 이러한 행동이야말로 '삶의 예술' 에서 최대 걸작품이라고 일컫지 않을 수 없다.

오 헨리는 단편소설의 내용과 주제뿐만 아니라 기교와 형식에서도 새로운 기원을 이룩하였다. 무엇보다도 언어 구사 능력이 뛰어나다는 평가를 받는다. 때로는 속어나 비어를 사용하고 지나치게 상투적인 표현을 사용한다는 비난을 받기도 하지만 풍부한 어휘력을 바탕으로 능수능란한 문장을 구사한다. 한 비평가는 "오 헨리는 프랑수아 라블레[5]를 제외하고는 지금까지 어느 누구도 그렇게 하지 못한 방식으로 문장을 끝맺는다"고 밝힌다. 러시아 구성주의 예술 운동을 이끈 예술가들은 오 헨리의 위트와 간결한 문체 그리고 반어법을 재즈나 자동차 못지않게 가장 미국적인 특징으로 받아들였다. 오 헨리를 흔히 '재즈 왕' 으로 일컫는 재즈 피아니스트 스콧 자플린에 견주는 학자들도 있다. 특히 오 헨리는 언어의 연금술사라고 할 만큼 비유법이나 말장난에서 놀라운 솜씨를 보여준다.

더구나 그는 단편소설에 이른바 '트위스트 엔딩' 이라는 새로운

5) 르네상스 때 프랑스에서 활약한 소설가로서 대표작으로 『팡타그뤼엘』과 『가르강튀아』가 있다. 흔히 환상적 리얼리즘의 선구자로 일컫는다.

6) 작가가 자신의 의도에 맞게 사건을 선택하고 배열해 놓은 줄거리를 말한다. 사건의 인과 관계에 따른 배열로서 단순히 사건을 연대기적으로 요약해 놓은 '스토리' 와는 다르다.

기교를 도입하였다. 트위스트 엔딩이란 글자 그대로 독자의 기대나 예상을 뒤엎고 결말을 역전시키는 수법을 말한다. 한 작품에서 오 헨리는 "서술의 기법은 독자가 알고 싶어 하는 것을 작가가 화제에 대하여 자신의 소견을 폭로할 때까지 숨기는 데 있다"고 밝힌다. 그런데 그 특유의 이러한 결말 방법은 좀처럼 인위적이지 않고 거의 언제나 논리적이면서도 개연적이다. 예를 들어 「낙원에 들린 손님」에서 로터스 호텔에 머무는 동안 돈 많은 귀부인으로 손님들로부터 부러움을 한 몸에 받던 마담 보몽은 스타킹 가게에서 일하는 여점원으로, 그리고 더할 나위 없는 신사의 모습으로 마담 보몽과 로맨스를 즐기던 패링턴 씨는 옷가게의 수금원으로 드러난다. 그들은 비록 짧은 여름휴가 동안이나마 가혹한 현실과 단조로운 일상에서 잠시 벗어나 상류 사회 사람으로 행세하고 싶었던 것이다.

그러나 오 헨리가 단편소설에 끼친 가장 중요한 영향이라면 역시 플롯[6] 중심의 전통을 계승하고 발전시켰다는 점이다. 역사적으로 볼 때 단편소설은 양대 산맥의 전통에서 발전하였다. 흔히 '객관적 전통'과 '주관적 전통'이라고 일컫는 것이 바로 그것이다. 주로 오노레 드 발자크와 기 드 모파상 같은 프랑스 작가들이 수립하여 발전한 첫 번째 전통은 문학 사조에서 볼 때 사실주의와 깊이 연관되어 있다. 이 전통에서는 예리한 관찰, 생생한 세부 묘사, 명료하고 적확한 표현 등을 무엇보다도 강조하였다.

한편 '주관적 전통'의 단편소설은 주로 러시아에서 뿌리를 내리고 가지를 뻗었다. 객관적 전통과는 달리 이 전통에서는 플롯보다는 작중인물에 훨씬 더 무게를 실었다. 작중인물에 무게를 두되 작중인물의 단순한 외부 행동보다는 오히려 그가 느끼는 감정이나 심리적 갈등 또는 성격 묘사를 강조하였다. 이 전통은 이반 투르게니에프를 비롯하여 안톤 체호프, 니콜라이 고골리 같은 작가가 처음 그 씨앗을 뿌렸다.

오 헨리는 단편소설의 두 전통 가운데에서 플롯 중심의 객관적 전통을 이어받아 발전시키는 데 크게 이바지하였다. 작중인물의 미묘한 성격이나 내적 갈등보다는 오히려 외적 행동에 관심을 기울인다. 다시 말해서 그는 러시아 전통보다는 프랑스 전통을 계승하여 독특한 형태로 발전시켰다.

티 없는 옥이 없다고 물론 그의 작품에도 결점은 있다. 첫째, 지나치게 감상적이고 멜로드라마틱하다. 삶의 문제를 깊이 있게 다루기보다는 '수박 겉 핥기' 식으로 피상적으로 다루는 경우가 적지 않다. 대부분의 작품을 일간 신문이나 잡지에 싣기 위하여 썼으며, 독자들에게 흥미를 주는 것을 가장 큰 목표로 삼았다는 점을 감안하더라도 지나치게 독자의 감정에 호소한다는 비판을 면하기 어렵다. 『크리스마스 선물』의 한 장면에, "인생은 흐느낌과 훌쩍거림과 미소로 이루어져 있지만 그 중에서도 훌쩍거릴 때가 제일 많다"는 말이 나오는데, 이 말은 비단 이 작품뿐만 아니라 그의 다른 작품에서도 쉽게 엿볼 수 있다.

둘째, 소재가 똑같거나 거의 비슷한 주제를 다루는 작품이 적지 않다. 예를 들어 소재와 주제에서 「크리스마스 선물」은 「사랑의 희생」, 「가구 딸린 셋방」은 「채광창이 있는 방」 그리고 「어느 바쁜 브로커의 로맨스」는 「마부의 자리에서」와 아주 비슷하다. 그러나 오 헨리의 창작 과정에서 보면 이것은 어쩔 수 없는 일처럼 보인다. 줄잡아 일주일에 한 편 꼴로 모두 300여 편에 이르는 작품을 쓰다 보니 플롯이 겹칠 수밖에 없었다. 1904년에는 일 년에 65편에 이르는 작품을 썼다. 『양배추와 임금님』에 실린 작품까지 합친다면 한 해 동안 무려 75편을 쓴 셈이다. 그 이듬해에는 모두 50편에 이르는 작품을 썼다.

그러나 무엇보다도 오 헨리의 작품이 지니는 가장 큰 결점이라면 역시 케케묵은 교훈을 늘어놓는다는 점이다. 그는 작품 속에 직접 개입하여 독자들에게 도덕적이고 윤리적인 메시지를 전달하려고 한다. 적어도 이 점에서 그는 아직도 19세기 중엽의 빅토리아 시대 소설 전통에서 크게 벗어나지 않는다. 빅토리아 시대 작가처럼 그도 독자의 도덕성이나 윤리성을 함양하는 것을 문학의 큰 목표로 삼고 있었던 것이다. 헨리 제임스[7]는, 작가란 독자들에게 삶의 모습을 '보여주어야' 하지 그것을 '말해서는' 안 된다고 밝힌 적이 있다. 그런데 오 헨리는 독자들에게 삶의 모습을 자연스럽게 '보여주기' 보다는 애써 진부한 교훈을 '말하는' 데 훨씬 더 깊은 관심을 쏟았다.

오 헨리의 작품은 이러한 단점과 결점 못지않게 많은 장점을 지니고 있다. 코르크 부스러기가 떨어졌다고 하여 그 오래된 포도주

---

7) 미국 소설가로 심리주의 리얼리즘의 대표적인 작가. 『어느 귀부인의 초상』, 『나사의 회전』 등의 작품이 있다. 소설 이론에도 깊은 관심을 보인 그는 소설을 예술 장르로 끌어올리는 데 크게 이바지하였다.

를 그냥 버릴 수 없는 것처럼, 그의 작품도 몇몇 단점이나 결점이 있다고 하여 무시할 수는 없다. 더구나 한 작가는 어디까지나 훌륭한 작품에 따라 평가를 받는 것이지 수준 낮은 작품이나 작품의 평균치에 따라 평가받지 않는다. 바꾸어 말해서 아무리 보잘것없는 작품을 많이 썼다고 하더라도 만약 뛰어난 작품 한두 편만 있으면 바로 그것으로 평가를 받는 것이다. 모두 300여 편에 이르는 엄청난 양의 작품을 썼지만 오 헨리가 뛰어난 작가로 평가받는 것은 30여 편 남짓한 작품을 근거로 한다. 이 30여 편의 작품은 어디에 내놓아도 손색이 없을 만큼 훌륭한 작품으로 앞으로도 문학사에 기념비로서 길이 남게 될 것이다.

더 생각해볼 문제들

1. 오 헨리는 한 작품에서 "훌륭한 스토리는 겉에 설탕을 입힌 쓰디쓴 알약과 같다." 하고 밝힌다. 그의 작품과 관련하여 이 말을 어떻게 받아들여야 할까?

   이러한 문학 이론을 두고 흔히 당의설(唐衣說)이라고 일컫는다. 몸에는 이롭지만 맛이 써서 먹으려고 하지 않기 때문에 알약에 설탕을 입히는 것처럼, 문학가도 감미로운 이야기를 통하여 독자들에게 삶에 대한 소중한 교훈을 가져다준다는 것이다. 오 헨리는 이렇게 처음부터 작품을 통하여 독자들을 가르치려는 분명한 목적을 지니고 있었다. 그러나 그는 단순히 도덕 교과서처럼 가르치는 것이 아니라 가슴 뭉클한 감동적인 이야기를 통하여 독자들을 설득하려고 하였다.

2. 오 헨리는 한 작품에서 폐품을 파는 고물상을 언급하면서 "헨리 제임스의 작품, 축음기 판 6장, 테니스 화 한 짝, 겨자 두 병, 고무로 만든 식물"을 모두 1달러 89센트에 판다고 밝힌다. 오 헨리는 왜 헨리 제임스의 작품을 폐품으로 간주하였을까?

   미국 문학에 심리적 리얼리즘 전통을 세운 19세기 작가 헨리 제임스는 바로 '점잖은 전통' 을 대변하는 가장 대표적인 소설가이다. 그는 주로 뉴잉글랜드 상류 계급의 삶을 작품의 소재로 즐겨 다루었다. 그러나 오 헨리는 동북부 상류 계급의 삶의 방식과 세계관에 대하여 못마땅하게 생각하였다. 그에게는 제임스의 작품에 등장하는 인물은 위선자로서밖에는 보이지 않았다. 헨리 제임스와는 달리 오 헨리는 좀 더 평범한 인물, 필부필녀가 살아가는 삶의 애환에 깊은 관심을 기울였다.

3. 소설가 헨리 제임스의 친형으로 철학적으로 척박한 미국 땅에 실용주의 철학의 씨앗을 뿌리고 심리학 이론을 펼친 윌리엄 제임스는 오 헨리의 작품을 무척 좋아하였던 것으로 알려져 있다. 윌리엄 제임스는 왜 오 헨리의 작품을 좋아하였을까?

윌리엄 제임스는 그의 유명한 저서 『심리학 원리』(1890)에서 습관에 관하여 한 장(章)을 할애하고 있는데 오 헨리의 작품에서 큰 영향을 받았다. 오 헨리는 플롯 중심의 단편 소설 전통을 정립하는 데 이바지하였지만, 동시에 작중인물의 성격에 대해서는 깊은 관심을 보였다. 오 헨리는 작중인물들이 유전이나 환경보다는 오히려 습관이나 인습 탓에 희생되는 모습을 즐겨 그렸다. 가령 『시계추』에서 주인공 존 퍼킨스는 자신이 없는 사이에 아내가 친정에 간 것을 알고는 그 동안 자신이 아내에게 소홀히 하였다고 뉘우치고 새 사람이 되기로 결심한다. 그러나 아내가 막상 집에 돌아오자 그는 다시 옛날의 상태로 되돌아간다.

추천할 만한 텍스트

『오 헨리 단편선』, 오 헨리 지음, 김욱동 역, 이레, 2003년.

김욱동 (金旭東)

서강대학교 영어영문학과 명예교수.

한국외국어대학교 영어영문학과 및 동 대학원을 졸업하고 미국 미시시피 대학교에서 영문학 석사 학위를, 뉴욕 주립대학교에서 영문학 박사 학위를 받았다. 미국 하버드 대학교, 듀크 대학교, 노스캐롤라이나 대학교 등에서 교환교수를 역임한 바 있다. 미하일 바흐친의 대화주의 이론 및 포스트모더니즘 등 서구 이론을 국내에 처음 소개하고 그 이론을 바탕으로 우리 문학과 문화 현상을 새롭게 읽어내어 큰 주목을 받았다.

현재 문학 비평가이자 번역가로 활동하고 있으며 수사학, 문학 생태학, 소수민족 문학, 번역학 등에 관심을 기울이고 있다. 저서로 『이문열』, 『강용흘』, 『윌리엄 포크너』, 『은유와 환유』, 『포스트모더니즘』, 『생태학적 상상력』 등 20여 권, 번역서로 『허클베리 핀의 모험』(마크 트웨인), 『위대한 개츠비』(스콧 피츠제럴드), 『피츠제럴드 단편선』(스콧 피츠제럴드), 『앵무새 죽이기』(하퍼 리), 『호밀밭의 파수꾼』(J. D. 샐린저), 『그 겨울의 끝』(이디스 워튼), 『주홍 글자』(너새니얼 호손) 등 10권이 있다.

아버지, 나의 아버지, 만일 할 수만 있으시다면,

이 잔을 제게서 거두어주소서

나는 당신의 완고한 뜻을 사랑하여

이 배역을 맡는 데 동의했나이다.

하지만 이제 다른 연극이 시작되오니

이번만은 저를 피하도록 하옵소서

하지만 막의 순서는 이미 짜여져 있으니

종말은 피할 수 없네.

파스테르나크 (1890~1960)

1890년 2월 10일 모스크바의 유대계 가정에서 태어났다. 아버지는 톨스토이의 『부활』의 삽화, 레닌의 초상화 등을 그린 저명한 화가였으며, 어머니는 루빈슈타인의 제자로서 당대에 이름을 떨친 피아니스트였다. 어린 시절 파스테르나크는 음악을 공부하였으나, 스승인 스크랴빈의 만류에도 불구하고 음악의 길을 포기한다. 1909년 모스크바 대학의 역사철학부에 입학했으며, 1912년에는 독일의 마르부르크대학교에서 신칸트학파의 거두인 코헨에게서 사사했다. 하지만 철학 역시도 그에게는 맞지 않다는 것을 깨닫고서 러시아로 귀국하여 1913년 모스크바 대학을 졸업하고 문학의 길을 걷는다.

대표적 작품으로는 처녀시집 『구름 속의 쌍둥이』(1914), 『나의 누이 - 삶』(1922), 『주제와 변주』(1923), 『제 2의 탄생』(1932) 등의 시집, 『안전통행증』(1931)과 같은 산문집이 있다. 그는 비록 미래주의 그룹의 일원이긴 했지만, 그의 시는 미래주의의 전위성과는 거리가 멀고 차라리 라이너 마리아 릴케와 상징주의의 영향이 느껴지는 서정성을 특징으로 한다. 정치적인 색채도 배제되어 있다. 스탈린 통치기인 1930년대 중반부터는 셰익스피어, 괴테, 릴케 등을 번역하면서 생계를 유지했으며 그 이후 10년에 걸쳐 그의 유일한 장편 소설이자 1958년 노벨문학상 수상작이 된『닥터 지바고』를 썼다. 1960년, 모스크바 교외에서 사망했다.

04

사랑과 혁명의 시
파스테르나크의 『닥터 지바고』

김연경 | 서울대 노어노문학과 강사

『닥터 지바고』의 정치적 운명

20세기 러시아-소비에트 문학 작품 중에서 독자들의 사랑을 가장 많이 받는 작품은 단연코 파스테르나크(Pasternak, Boris Leonidovich)의 『닥터 지바고』일 것이다. 하지만 이 작품의 운명은 그다지 순탄하지 않았다. 1955년에 완성된 이 작품은 혁명의 이데올로기를 부정하고 있다는 이유로 출판이 거부되어 1957년 이탈리아에서 먼저 출판되었다. 이어 노벨상 수상작으로 결정되었으나, 작가는 사실상 노벨상을 거부할 수밖에 없었다. 또한 이 일을 계기로 파스테르나크는 '작가동맹'에서 제명되었으며 러시아에서 추방당할 위험에까지 처하게 되었다. 일종의 스캔들과 같은 일련의 사건들은 냉전구도에 기반한 당시 국제 정치의 역학 관계, 그리고 이른바 '사회주의 리얼리즘' (Socialist Realism)의 기치 하에 문학을 비롯한 모든 예술을 정치에 종속시킨 소련의 상황과 연결되어 있었다.

하지만 역설적으로 정작 파스테르나크는 문학과 예술과 학문 외적인 어떤 것, 즉 정치나 혁명에는 무관심한 사람이었다. 이런 그에게 혁명 이후, 특히 스탈린 치하의 러시아에서 산다는 것은 적잖은 고통을 요구했다. 그럼에도 그는 여러 망명 작가들과는 달리, 정치적 타협과 문학적 침묵을 감수하더라도 고국에 남는 것을 택했다. 『닥터 지바고』를 비롯한 파스테르나크의 작품들이 어떤 의미에서 '내적 망명 문학', '유배 문학' 이라고 불릴 수 있는 것은 이 때문이다. 작가의 무정치적인 태도와는 별개로 이 작품을 이해함에 있어서 문학과 정치, 예술과 이데올로기 사이의 역학 관계를 파악하는 것이 출발점이자 종결점이 되는 것도 마찬가지 이유에서다.

대러시아제국에서 소비에트 연방으로

파스테르나크는 1890년생으로서 『닥터 지바고』의 주인공 지바고와 마찬가지로 1905년 '피의 일요일 사건, 제1차 세계 대전, 1917년 2월 혁명과 10월 혁명 — 볼셰비키 혁명 —, 백위군과 적위군 사이의 내전에 이르기까지 천년의 울림을 자랑하는 대러시아제국이 하루아침에 소비에트 연방으로 바뀌는 과정을 '살아 있는 역사' 로 체험했다. 이 역사의 격동기에 파스테르나크의 동시대 작가들이 고민했던 문제는 대부분, 정치 혁명과 예술 혁명, 이데올로기와 예술(문학) 사이의 관계였다. 혁명 전야, 젊은 작가들은 혁명을 새로운 세계의 도래로 생각하면서 환영했으며, 종교적이고 비의적인 색채를 곁들어 신비화시키기도 했다. 이는 봉건적 러시아에 대한 환멸과 새로운 것에 대한 갈망이 얼마나 강렬한 것이었는지를 보여준다.

다른 한편으로 20세기에 접어들면서 톨스토이가 이미 문학 활동을 접은 데다 체호프가 사망하자, 러시아 특유의 메시아주의는 젊은 작가들의 손으로 넘겨졌다. 도스토옙스키를 거의 신화화하면서 새로운 미학을 구축하고자 했던 상징주의[1] 그룹이 그 대표적인 예이다. 이들보다 조금 늦게 등장한 미래주의[2]는 훨씬 더 과격한 방식으로 미학 혁명을 시도했다. 미래주의가 레프(LEF)[3], 나아가 레프(REF)[4]와 라프(RAPP)[5]로 바뀌는 지점은, 곧 문학이 다분히 낭만적인 개념인 혁명이 아닌 극히 사실주의적 개념인 정치와 뒤섞였다가 결렬되는 지점이기도 했다. 미학 혁명과 정치 혁명을 자신의 문학과 삶 속에서 융합시켰던 '혁명의 시인' 마야코프스키(Mayakovskij, Vladimir)[6]의 자살은 이 과정을 상징적으로 보여주

---

1) 19세기 말과 20세기 초 러시아 문학의 주된 사조로서 프랑스 상징주의의 영향을 받아 형성되었다. 이분법적인 세계 구도, 상징을 통해 '저 세계'의 비밀을 파악하고자 하는 이상주의, 언어의 음악성 등을 특징으로 한다.

2) 20세기 초, 마야코프스키를 비롯한 젊은 작가들이 중심이 된 문학 사조로서 러시아 문학의 모든 고전을 "현대의 기선 밖으로 내던져라"는 기치 아래 새로운 문학을 창조하고자 했다. 아방가르드 - 전위문학 - 라고도 불린다.

3) 정식 명칭은 '예술좌익전선'이다. 1922년 말, 이전의 미래주의자들이 모스크바에서 조직한 문학·예술 단체로서 전위 예술 및 선동 예술을 표방했다.

4) '예술혁명전선'의 약칭으로 1929년 레프(LEF)의 와해 이후 마야코프스키가 만든 단체이다.

5) 정식 명칭은 '러시아 프롤레타리아 작가동맹'이다. 1925년에 결성된 예술 단체로서 프롤레타리아 문학의 주도권 장악에 앞장섰다.

는 듯하다.

당시 러시아의 혼란스러우면서도 고무적인 분위기는 풍요로운 교육 환경과 타고난 감수성, 온화한 성격과 지적인 소양 등 여러 면에서 귀족적인 인텔리겐챠를 대표했던 파스테르나크에게도 영향을 미쳤다. 그는 상징주의자들뿐만 아니라 미래주의자들과 폭넓은 교류를 가졌으며 미래주의 그룹, 나아가 레프에 직접 가입하기도 했었다. 파스테르나크의 이러한 문학적, 정치적 활동에는 마야코프스키에 대한 각별한 애정이 깔려 있었다. 그는 마야코프스키의 화려하고 요란한 '노란 재킷' 미래파의 상징과도 같았다 속에 깃든 고뇌와 비애를 볼 수 있었으며, 그의 시와 삶에서 낭만적인 영웅주의를 보았다. 『닥터 지바고』에서도 주인공 지바고의 입을 빌어 마야코프스키가 "모든 점에서 도스토옙스키의 계승자"라고 할 수 있으며 그의 시는 라스콜리니코프를 포함한 도스토옙스키의 젊은 주인공들이 쓴 것 같은 느낌을 준다고 말한다.

이렇듯, 파스테르나크는 정치 전반과 볼셰비키 혁명에 무관심한 태도를 취했지만, 혁명가-시인들에게는 동정적인 태도를 가지고 있었다. 작가 파스테르나크의 분신인 지바고가 군의관으로 1차 세계대전에 참전하고 볼셰비키 혁명 및 내란 과정에서 파르티잔으로 활동하도록 그려진 것도 이러한 맥락에서 이해될 수 있다. 하지만

---

6) 마야코프스키(1893~1930)는 러시아 미래주의의 대표적인 시인이자 극작가였다.

7) 동반자 작가(pisateli-poputchiki)란, 러시아의 사회주의 혁명에 적극적으로 참여하지는 않았지만, 혁명에 어느 정도 동조적인 입장을 취했던 작가군을 일컫는다.

파스테르나크 자신은 '동반자 작가'[7]의 입장을 고수하면서 혁명과 정치의 한가운데로 뛰어들기 보다는 차라리 자기 자신과 무수한 마야코프스키들의 형상을 문학 속에 남기는 쪽을 택했다. 그 산물이 바로, 시인의 소설이면서 자전적 소설인 『닥터 지바고』이다.

죽음과 불멸

죽음은 어린 시절부터 지바고에게 낯설지 않은 것이었다. 소설은 지바고가 유년 시절에 맞게 된 어머니의 장례식으로 시작된다. 여기서 "지바고(부인)의 장례식을 치른다"는 문장은 '산 자를 매장한다' – 지바고(Zhivago)라는 단어는 '살아 있는 사람'을 의미하기도 한다 – 로 읽힐 수도 있다. 곧이어, 지바고의 아버지가 달리는 기차에서 투신 자살하는 장면이 묘사된다. 이와 같이 부모의 때 이른 죽음을 겪으면서, 그리고 대학자로 알려진 그의 외숙 니콜라이로부터 정신적인 영향을 받으면서 지바고는 삶과 죽음에 대해 남달리 초연한 태도를 갖게 된다. 비단 종교적인 차원의 논의를 떠나서 '죽음'의 대극에 서 있는 것은 '삶'이면서 다른 한편으로 '불멸'이라는 인식을 갖게 되는 것이다. 그리하여 연일 죽음과 대면하는 의사 지바고는 이제 시인으로 태어나기를 꿈꾼다. 문학이야 말로 부활과 불멸을 향한 욕망을 실현시켜줄 수 있는 공간이기 때문이다.

하지만 문학이 정치 이데올로기를 담아내지 않으면 사장될 수밖에 없었던 시대적 분위기 속에서 지바고와 그의 시와 산문(일기)은 가히, 작가 파스테르나크에게 붙여졌던 '퇴폐적'이라는 비난을 면할 수 없는 성질의 것이었다. 마찬가지로, 한 인간으로서의 지바고도 다분히 기회주의적이거나, 그것이 아니라면 최소한 무기력하고 나약한 인물로 보일 수 있다. 그가 1차 세계 대전에 군의관으로 참전했던 것은 어떤 거국적 이념이나 명분이 있어서가 아니었다.혁명기의 내란 중 파르티잔 활동을 하게 된 것도 자신의 연인인 라라를 만나러 가다가 납치되었기 때문이다. 전쟁과 혁명뿐만 아니라 사랑에 있어서도 그는 생의 한가운데에 서는 것을 꺼려했던 것이다. 하지만 지바고에게는 자기만의 고유한 영역이 있었는데 그것은 바로 시(詩)였다.

『닥터 지바고』의 끝부분인 17장에 수록된 지바고의 시들은 혁명의 가두리에 머물고 있다가 불가피하게 그 물결 속으로 휩쓸려 들어간 지식인의 역사와 문학, 자신의 소명에 대한 성찰을 담고 있다. 이 중 첫 번째 시 「햄릿」이 특히 주목할 만하다. 햄릿은 행동하기보다는 사유하는 인물로서 파괴를 통한 창조를 모토로 했던 혁명기의 러시아-소비에트에서는 부정적으로 인식되었을 법하다. 하지만 지바고는 「햄릿」을 비롯한 여러 시에서 햄릿의 형상을 예수 그리스도의 형상과 결합시키면서, 이 문학적이고 종교적인 형상을 혁명과 마주한 시인의 이상적인 모습으로 제시하고 있다. 「햄릿」 다음 구절은 역사의 법칙과 인간의 운명에 대한 지바고의 생각을 여실히 보여준다.

> 아버지, 나의 아버지, 만일 할 수만 있으시다면,
> 이 잔을 제게서 거두어주소서
> 나는 당신의 완고한 뜻을 사랑하여

이 배역을 맡는 데 동의했나이다.
하지만 이제 다른 연극이 시작되오니 이번만은
저를 피하도록 하옵소서
하지만 막의 순서는 이미 짜여져 있으니
종말은 피할 수 없네.

햄릿-그리스도 혹은 햄릿의 역을 맡은 한 배우의 입을 빌어 지바고는 개개인의 노력이나 투쟁 혹은 어떤 외적인 충격으로는 역사의 흐름을 바꾸어놓을 수 없음을 강조한다. 요동치는 역사 위에 더 높고 숭고한 원칙이 존재하기 때문이다. 여기서 지바고, 나아가 파스테르나크가 택한 길은 이 드높은 원칙에 대해 깊이 사유하고 그것을 예술적으로 형상화하는 것이었다. 그렇게 함으로써 혁명과의 대면을 회피한 무기력하고 나약한 지식인 지바고는 예술을 통해 불멸 및 영원성을 추구한 시인으로서 부활한다. 그렇다면, 『닥터 지바고』가 지바고의 육체적 죽음이 아닌, 그의 시를 통해 끝맺음되는 것은 당연한 일이다.

붉은 마가목 열매 - 사랑과 혁명

지바고가 성장기를 보낸 그로메코 집안의 파티에서는 마가목 열매로 담근 보드카를 선보이곤 했다. 붉은 마가목 열매는 대러시아제국이 존재했던 시절, 지바고의 유년의 기억과 맞닿은 그 무엇이었다. 하지만 『닥터 지바고』의 등장인물들이 성장하고 이와 맞물려 혁명이 본 궤도에 오르면서 마가목 열매의 의미도 달라진다. 파르티잔 부대의 주둔지 근처 눈 밭 위에 홀로 우뚝 솟은 산마가목 나무에 달린 붉은 열매들은 무엇보다도 혁명의 선혈을 상징한다(12장 『눈 속의 마가목』). 러시아의 하얀 설원을 장식하는 붉은 산마가목 열매는, 또한 그 눈부신 아름다움과 신비스러움에 있어서 라라와 합치되기도 한다. 파르티잔들 사이에서 벌어지는 살육과 광기를 견디다 못해 탈출을 결심하고 방황하던 중 지바고의 눈에 들어온 눈 밭의 또 다른 산마가목 나무는 '나의 마가목 아가씨' 라라의 다른 이름이었던 것이다.

지바고의 기억 속에서 라라는, 그가 톨스토이의 『크로이처 소나타』를 읽으며 훗날 그의 아내가 될 토냐, 친구 미샤 등과 함께 금욕과 순수를 논하던 어린 시절, 음란한 욕망과 타락의 상징이면서 동시에 '다른 세계에서 온 소녀' 로서 신비스러움을 갖춘 존재였다. 다른 한편으로 그녀는 가혹한 운명에 맞서 자신의 삶을 개척하고자 했으며 남편 파벨과 지바고에게 희생적인 사랑을 베푸는 여성이기도 했다. 라라의 이런 복잡한 형상은 파르티잔 부대에서 탈출하여 바르이키노로 돌아온 지바고를 돌보는 장면에서 종교적인 이미지마저 띠게 된다. 지바고의 시 속에서 그가 햄릿-그리스도였다면, 라라는 예수 그리스도의 발을 씻기던 막달라 마리아로 변모되는 것이다.

붉은 마가목 열매가 혁명과 사랑의 상징이라면, 이 소설의 또 다른 주인공인 파벨 안치포프를 빼놓을 수가 없다. 그는 1905년 혁명 당시 철도 파업을 주동하여 투옥되었다가 1917년 혁명 이후에는 가족도 내팽개치고 무자비한 '관료적 혁명가' 가 된 안치포프의 아들이다. 아버지와는 달리 섬세하고 여린 성정을 지녔기에, 그는 자신의 순수한 열정을 라라에 대한 사랑과 이것을 매개로 한 지식욕으로 표출한다. 하지만 그 사랑은 너무도 맹목적이었기 때문에 결혼 직후 밝혀진 라라의 때 이른 순결의 상실과 육체적 타락을 받아들일 수 없었다. 파벨은, 라라의 표현대로 개인적인 차원에서의 악-불행을 시대정신, 즉 보편적인 악으로 환원시켜 버렸던 것이다.

이 점에서 파벨 안치포프의 1차 세계대전 참전은 결혼 생활로부터의 일시적인 도피이기도 했지만 무수한 코마로프스키들, 즉 구시대 러시아의 악의 대변자들에 대한 복수극의 출발점이기도 했다. 안치포프의 복수극은, 그가 종전 후 자신의 이름이 사망자 명단에 오른 것을 이용하여 '스트렐리니코프' 이 말 속에는 '학살자', '총살자' 의 뜻이 포함되어 있다 라는 이름으로 부활한 뒤 혁명에 적극적으로 가담함으로써 극에 다다른다. 라라에 대한 열정이 맹목적이었던 만큼이나, 혁명을 향한 그의 집념도 지독한 것이었다. 지바고와는 달리, 그는 '의지의 화신' 으로서 역사의 흐름을 한 인간의 의지로 좌지우지 할 수 있다고 믿었으며, 자신의 이상을 실현시키기 위해서 어떤 잔혹한 행위도 서슴지 않는다. 하지만, 정작 혁명이 완성되자마자 정식 당원이 아니면서도 수뇌부와 너무 가까웠기 때문에 최고형을 선고받는다.

안치포프-스트렐리니코프의 비극적 운명은, 낭만적인 혁명과 현실적인 정치가 결합했다가 분열해가는 역사의 보편적인 풍경을 잔혹할 정도로 설득력 있게 보여주고 있다. 혁명을 위해 사랑하는 가족과의 만남조차 미루었던 그는 라라가 떠나버린 지바고의 은신처 바르이키노로 숨어들었다가, 지바고와의 대화로 지새운 밤이 채 끝나기도 전에 자살한다. 그러니까 아침녘 지바고의 눈에 비친, 하얀 눈밭 위에 붉게 번져 있는 안치포프-스트렐리니코프의 피는 또 다른 붉은 마가목 열매였던 것이다. 이것은 파스테르나크의 조금 어린 벗 마야코프스키처럼 너무도 순수하고 열정적이었기 때문에 혁명 이후 관료화되어가는 사회에서는 살아남을 수 없었던 진정한 혁명가들, 영원한 혁명가들의 비극적인 죽음에 바치는 파스테르나크의 애도의 표현이기도 하다.

영원한 혁명의 시대

대러시아제국이 '소비에트 연방' 이라는 이름으로 거의 한 세기에 걸쳐 진행시켜온 사회주의 실험이 실패로 끝나고, 다시 '러시아' 로 돌아간 지도 이미 10년이 넘었다. 이제 마르크스주의 자체, 레닌(Lenin, Vladimir Ilich)[8]의 『무엇을 할 것인가』와 트로츠키(Trotskij, Lev-Leon Davidovich)[9]의 영구 혁명론 등은 박제가 되어버린 천재처럼 되었다. "만국의 프롤레타리아여, 단결하라" 라는 『공산당 선언』[10]의 마지막 문구도 잊혀진 지 오래며 러시아 본토에서도 마르크스·엥겔스 전집은 좀처럼 읽히지 않는 고서가 되어

---

8) 레닌(1870~1924)의 본명은 울리야노프(Ulyanov)다. 러시아의 정치가이자 혁명가로서 1917년 10월 혁명을 주도했다. 『무엇을 할 것인가』는 레닌이 1900년대 초에 쓴 저서이다.

9) 트로츠키(1879~1940)는 레닌과 함께 볼셰비키 혁명을 이끌었으나, 레닌 사후 스탈린에 의해 국외로 추방되었다.

10) 1848년 마르크스와 엥겔스가 함께 집필한 공산주의 선언문이다.

버렸다.

하지만 새로운 사건과 새로운 변혁의 꿈틀거림은 인류가 멸망하지 않는 한 어떤 식으로든 전개되고 있다는 사실을 망각하지 말아야 할 것이다. 앞으로 수세기가 지난 후, 현재 우리가 살아내고 있는 이 시대를 미래의 역사학자나 사회학자는 '혁명의 시대'로 기록할 지도 모를 일이다. 이와 맞물려 근시안적인 관점에서 보자면 정치나 경제에 비할 수 없을 만큼 무기력하고 나약한 문학 및 예술의 소명에 대해서도 생각해 봐야 할 것이다. 혁명이라는 것이 우리의 삶, 나아가 역사 자체와 동의어일 수 있다면, 문학과 예술은 지금도 진행 중이며 아마 앞으로 영원히 지속될 혁명에 대한 충실한 기록이 되어야 할 것이다. 이는 어떤 의미에서 작가의 의지와는 무관한 것일 수도 있다. 『닥터 지바고』의 주인공과 작가 파스테르나크의 삶이 보여주듯, 한 인간으로서 작가의 운명은 그의 의지와는 무관하게 특정 시대의 운명 속으로 녹아들기 때문이다.

더 생각해볼 문제들

1. 예술과 정치, 문학과 혁명의 역학 관계를 어떻게 이해할 것인가?

   거시적인 차원에서 볼 때 참여문학이든 순수문학이든 특정한 작가와 작품은 그것이 생산된 시대와 발생학적인 연관관계를 가질 수밖에 없다.

2. 『닥터 지바고』에서 유리 지바고와 파벨 안치포프-스트렐리니코프의 혁명관 및 세계관에 있어서의 차이점을 어떻게 바라볼 것인가?

   혁명과 역사에 대한 서로 상반되는 태도(능동적인 태도와 수동적인 태도)는 가치론적인 관점이 아니라 존재론적인 관점에서 논의되어야 한다.

3. 『닥터 지바고』를 역사소설의 관점에서 읽을 수 있는가?

   이 작품은 톨스토이의 『전쟁과 평화』와 같은 정통 역사소설이라기보다는 서정 시인이 쓴 자전적 소설로서의 의의를 더 많이 지닌다.

추천할 만한 텍스트

『닥터 지바고』, 파스테르나크 지음, 오재국 역, 범우사, 1996.

『닥터 지바고』, 파스테르나크 지음, 박형규 역, 열린책들, 2001.

김연경(金燕景)

서울대학교 노어노문학과 강사.

서울대학교 노어노문학과 및 동 대학원 석사 과정을 졸업하고 동 대학원 박사 과정을 수료한 후 2004년 모스크바 국립사범대학에서 러시아 문학 박사 학위를 취득했다.

역서로 도스토옙스키의 『악령』(2000)이 있으며, 논문으로 「도스토옙스키의 창작에서의 분신유형학과 중편소설 '분신'(1846/1866)」, 「도스토옙스키의 환상소설 '여주인' 연구」, 「도스토옙스키의 '희극 소설' 연구: 연극성의 문제를 중심으로」, 「도스토옙스키의 '아케이드 프로젝트': '악어'와 '콩알'을 중심으로」 등이 있다.

서양의 고전을 읽는다 3-문학 上

지은이 | 곽차섭 외 13인

1판 1쇄 발행일 2006년 5월 22일
1판 1쇄 발행부수 5,000부 총 5,000부 발행

발행인 | 김학원
편집인 | 한필훈 이재민 선완규 한상준
크리에이티브 디렉터 | 김영철
마케팅 | 이상용 하석진
저자 · 독자 서비스 | 조다영(humanist@hmcv.com)
스캔 · 표지 출력 | 이희수 com.
용지 | 화인페이퍼
인쇄 | 청아문화사
제본 | 정민제본

발행처 | 휴머니스트
출판등록 제10-2135호(2001년 4월 18일)
주소 | 서울시 마포구 연남동 564-40 121-869
전화 | 02-335-4422 팩스 | 02-334-3427
홈페이지 | www.hmcv.com

ISBN 89-5862-101-x 03800

만든 사람들

편집 주간 | 이재민(ljm2001@hmcv.com)
책임 기획 | 우찬제(서강대 교수) 안광복(중동고 교사) 표정훈(출판 평론가)
책임 편집 | 박환일
표지·본문 디자인 | AGI 윤현이 황일선 신경숙